★★★
ISAAC ASIMOV
以撒·艾西莫夫
★★★ 基地三部曲之一 ★★★
Foundation
基 地

【各界推薦】

「基地是我的經濟學啓蒙之作。」

——保羅．克魯曼（Paul Robin Krugman，二〇〇八年諾貝爾經濟學獎得主）

「科幻大師的星際預言，歷久不衰的璀璨經典。歷史與銀河交織而成的星圖，映照出人性的勇敢，同時也見證了人心的墮落，眼見時代無情遞嬗，人們該如何傳承寶貴的文明與記憶？且讓我們搭乘艾西莫夫巧手鑄造的太空船，航向不可知的宿命終站。」

——何敬堯（奇幻作家、《妖怪臺灣》作者）

「艾西莫夫的《基地》系列以充滿懸疑的精彩情節，形塑出瑰麗壯闊的銀河史詩！毫無疑問是一部老少咸宜、值得代代相傳的科幻經典！」

——李伍薰（海穹文化總編輯）

「『基地三部曲』與後續系列，一部接著一部翻轉讀者的思維，一步接著一步開展宏大的計劃。科幻界不可多得的巨構，不看到最後絕不能罷手！衷心期盼這部經典著作在台灣再度掀起熱潮。」

「……科幻長篇作品之最，令人廢寢忘食的經典之作。」

——李知昂（[illegible]，科幻作家，第一屆倪匡科幻獎首獎得主）

——李柏勳（台大星艦學院前任社長）

「我小時候就是看艾西莫夫長大的。」

——唐鳳

「本書所要描述的，便是全宇宙的精英們如何窮盡一切知識與智慧，來推演出一場橫跨千百年的鬥智決戰。」

——夏佩爾（作家，第二屆倪匡科幻獎首獎得主）

「艾西莫夫的重要科幻小說都能提出令人耳目一新的奇幻因素，成爲後來科幻小說的典範。」

——張系國（知名科幻作家）

「艾西莫夫從年輕就創造了一個宏大的宇宙，萬萬沒有料到，會是他終其一生都說不完的偉大史詩。」

——張草（作者兼醫師兼科幻作家）

「科幻小說是個極具彈性的文類，不只能夠帶領讀者探索未來，也能包容過去歷史的脈絡。且看艾西莫夫，如何藉著基地這千年的未來史詩，帶領我們穿越帝國衰亡的時代，反思人類文化發展途中的必然與意外。」

——陳心一（交大科幻科學社前任社長）

「基地的偉大，不是莎士比亞那種偉大，而是因爲它最初是刊登在一本兩毛錢的科幻雜誌上，讀者平均年齡是十二歲，而十二歲的孩子看到基地裡的人類遍布整個銀河，跨越幾萬年的興衰起落，他們對世界的想像就不一樣了，例如比爾．蓋茲和伊隆．馬斯克。」

——陳宗琛（鸚鵡螺文化總編輯）

「在艾西莫夫的《基地》中，歷史並非翻過的書頁，而是滾滾洪流，下一秒出乎讀者預料，卻都在謝頓的掌握中。」

——陳湘婷（交大科幻科學社前任社長與創社社員）

「基地三部曲，以及後續的『基地系列』，不僅是首開銀河史詩的一部經典科幻，還卓然傲立於其他一切太空科幻的創作之上。它的價值、內涵、深度、情節、構思，遠非其他作品所能望其項背。『基地三部曲』不只是一套提供娛樂故事的小說，它還飽藏了科學、人文、社會、歷史和哲學的豐富意涵。它也不只是一部科幻經典，還可列入世界文學經典而當之無愧。」

——陳瑞麟（中正大學哲學系講座教授）

「艾西莫夫以其無限想像展示其快意飛越，引領讀者馳騁銀河星空，穿梭億萬光年宇宙。」

——黃海（知名科幻作家）

「未來的歷史、科幻的極致、城邦的《基地》。」

——葉言都（科幻作家）

「沒有艾西莫夫的《基地》，大概就沒有喬治盧卡斯的《星際大戰》……」

——難攻博士（【中華科幻學會】會長兼常務監事）

「在『基地』系列中，本身便是科學家的艾西莫夫獨創了一個貫通全書的『心理史學』，綜合了『氣體運動論』（物理學）、『群衆心理學』（心理學）、『歷史決定論』與『群體動力論』（歷史學），以一位不世出的心理史學巨擘謝頓爲主要人物，讓他以宏觀的角度預知了書中銀河帝國行將出現的悲慘命運，並試圖力挽狂瀾，改變似乎無可避免的大黑暗時期到來……

——**蘇逸平**（科幻作家）

還有**冬陽**（推理評論人）、**郝廣才**（格林文化發行人）、**臥斧**（文字工作者）、**張元翰**（中央研究院物理研究所研究員）、**陳穎青**（資深出版人）、**廖勇超**（國立台灣大學台灣文學研究所副教授）、**詹宏志**（知名文化人）、**謝哲青**（《青春愛讀書》節目主持人）、**譚光磊**（知名版權人）等人列名推薦。

【譯者序】

生命中最美好的事物

葉李華

在元旦假期剛剛結束，即將恢復單調作息之際，心有不甘的加菲貓想方設法要延續節慶的氣氛，最後找到一個絕佳的藉口，開始大張旗鼓慶祝艾西莫夫的生日……

這是整整三十年前，發表在許多報紙上的一則漫畫。由於只是幽默小品，漫畫家並沒有特別指出，正如十二月廿五日之於耶穌，一月二日也並非艾西莫夫眞正的生日。原因有點難以置信，艾西莫夫的父母居然忘了他是哪天呱呱墜地的，於是他在懂事後，便很有主見地替自己做了決定。至於爲何選這一天，或許可說他希望自己盡量年輕點，因爲有證據顯示，他眞正的生日介於一九一九年十月和次年的年初。

這個看似無關痛癢的決定，後來在他生命中激起了一次蝴蝶效應。一九四五年九月，美國陸軍徵召了一批年齡不滿二十六歲的青年，名單裡赫然有艾西莫夫，據說還是最「年長」的一員。他就這麼陰錯陽差當了九個月的大頭兵，最後以下士官階退伍。幸好這時二次大戰已經結束，否則他爲國捐軀的機率恐怕不小。

假如在另一條歷史線上，艾西莫夫眞的英年早逝，當然是科幻界的一大損失。不過即便如此，我敢說他仍會在二十世紀科幻文壇享有盛名，甚至仍有可能和克拉克及海萊因鼎足而三，正如享年三十七歲的拉斐爾仍能躋身文藝復興三傑之列。

這主要是因爲艾西莫夫成名甚早，二十一歲就以科幻短篇《夜歸》（Nightfall）一炮而紅，而他最重要的兩大科幻系列——基地與機器人——在他從軍前已打下重要基礎，例如《基地三部曲》已經完成三分之二，機器人系列的重要角色也出現了大半。這麼豐盛的成果，已經超越不少奮鬥一生的專業作家，然而事實上，那時的他尚未正式踏出校園。

想必有人不禁要問，這位年紀輕輕的業餘作家怎能如此多產，而且靈感源源不絕？針對這個問題，艾西莫夫晚年寫了一篇短文，爲我們提供了第一手資料。在這篇題爲《速度》的文章中，他把自己的快筆歸納成三個原因：

一、他從未上過任何文學創作課程，也未曾讀過這類的書籍，所以心理上沒有包袱，只知道把自己想到的故事一股腦寫出來，然後不管成果如何，一律盡快交卷。

二、打從九歲起，他放學後還得在自家的雜貨店幫忙，寫作的時間少之又少，逼得他不得不下筆如飛，更正確地說是運鍵如飛，不過當然還不是電腦鍵盤。

三、他勤於筆耕有個非常實際的目的，那就是貼補自己的大學學費。當時的小說稿酬相當微薄，爲了確保收入穩定，他必須成爲多產作家，因爲並非每篇小說都賣得出去。

至於靈感源源不絕這個問題，我在他的第三本自傳《艾西莫夫回憶錄》中，找到了這麼一段話：

「原因之一，我不寫作時其實仍在寫。當我離開打字機的時候，不論是吃飯、打盹或盥洗，我的腦子仍在工作。偶爾，我能從自己的思緒中聽到幾句對白或幾段論述，內容通常都跟我正在寫或準備寫的故事有關。即使沒聽到這些聲音，我也知道自己的潛意識在朝這方面運作。因此之故，我隨時隨地都能寫作。或許可以說，我早已寫好完整的腹稿。只要坐下來，讓大腦開始複述，我便能以每分鐘最多一百字的速度打出來。」

除此之外，艾西莫夫的靈感偶爾也有意想不到的來源。在我搜集的資料中，要數下面三個最有代表性：

一、想當年，一位教父級的科幻主編相當賞識艾西莫夫，要他定期到雜誌社討論自己的寫作計畫，頗為類似指導教授和研究生的互動。話說一九四一年八月一日（這個日子比他的生日更真實），雖然早已約好要面見主編，但由於忙著碩士課程，艾西莫夫的靈感掛零。他只好在前往雜誌社的途中，利用「自由聯想」強行製造一個點子；他隨手翻開一本書，讓思想不斷自由跳躍，如此連三跳之後，銀河帝國就在腦海中誕生了。

二、一九五七年，艾西莫夫已經是著名的教授作家，有一天，他正在校對一本生物化學教科書新版的校樣，突然接到科幻雜誌的邀稿電話。抽不出時間的他不得不忍痛推辭，因為校對雖然是苦功，他卻絕對不敢假手他人。沒想到剛掛了電話，正準備上樓工作的時候，他就在樓梯上想到一個好點子。等到進了書房，他不管三七二十一，把一大疊校樣丟到一旁，開始創作一篇以訴訟為主軸的科幻小說，主角則是協助教授校對文稿的機器人。

當年我翻譯這篇小說，最頭痛的就是題目，因爲艾西莫夫玩了一個巧妙的雙關語遊戲（Galley Slave），直到我將正文翻譯完畢，才終於想到《校工》兩字。

三、一九七五年年初，艾西莫夫接到一個頗具挑戰性的稿約，請他以「兩百歲的人」爲主題寫個短篇，用以慶祝美國開國二百週年。他覺得這是個有趣的構想，不久就完成了自己最滿意的機器人故事《雙百人》，並於一九七七年榮獲雨果獎與星雲獎雙料冠軍。唯一美中不足的是，原定的國慶科幻專集胎死腹中，因爲其他答應撰稿的作家，不是後來跳票了，就是寫得文不對題或品質不佳……

對我而言，艾西莫夫是個永遠談不完的話題（倪匡這位「東方艾西莫夫」也一樣），爲了避免一發不可收拾，今天就聊到這裡吧。最後請容我再引述一句「壽星」的自白，當作本文的結語：「我一生所做的事都是自己最想做的，我絕不惋惜花在寫作上的一分一秒，也從不覺得錯過了生命中任何美好的事物。」

葉李華・二〇二一年一月二日

【推薦序】

科幻大師艾西莫夫的三塊磨刀石

郝廣才

劍要鋒利需要什麼？

磨刀石。人呢？什麼是人的磨刀石？

一九四一年八月一日，紐約一個二十一歲年輕人，在地鐵坐立不安。他要去見科幻雜誌的大編輯坎貝爾（John W. Campbell），談寫書計畫。但腦中一片漆黑，沒有一點燭光。他翻開手邊的書，目光在字裡行間散步。突然看見「哨兵」，聯想到帝國，他讀過兩回《羅馬帝國興亡史》，寫一個「銀河帝國」興亡史如何？

坎貝爾聽了，毛髮都站起來，他要年輕人立刻寫，每集要有開放式結局。年輕人心虛的回家，開始動手，從一九四二年連載八年，寫完《基地系列》。是的，他就是三大科幻小說家艾西莫夫（Isaac Asimov）。

艾西莫夫是猶太人，出生在俄國，一九二三年三歲時，父母帶他移民到紐約，爸爸日夜打工，存錢開了糖果書報店。九歲起，天天清晨五點起床，六點顧店，再去上學。放學後繼續顧店，沒事就拿店裡雜誌來讀，特別愛讀科幻小說，十一歲動手自己寫。

大量閱讀，練就過目不忘的功夫。在功課比記憶力的時代，十五歲讀完高中，申請哥倫比亞大學。校方說他「年齡不足」，叫他讀附屬社區學院。入學後，他發現問題不是年齡，而是種族，當時猶太人等同有色人種受歧視。一九三八年，學院倒閉，哥大只好收了所有學生，他轉入哥大。轉學空檔，創作短篇小說，成功賣出第一篇作品。一九三九年，大學畢業。窮人翻身的捷徑是什麼？當醫生。他申請醫學院，收到五封拒絕信。不是不夠優秀，真的原因是「猶太人」。不信邪再敲一次門，再吃五回閉門羹。等待中寫了第一則機器人故事，原本想寫令人同情的機器人，越寫越覺得，機器人是工程師設計的產品，內建的邏輯和安全機制，不該引發情緒，也不可能威脅人。這段思考，埋下日後「機器人三大法則」的種子。

被醫學院拒絕，沒有澆熄深造的熱情。他改申請哥大化學研究所，結果呢？被拒絕。他跟校方談先試讀一年，表現不好自動離開。哥大同意，他拼命讀書，用力打工，努力寫短篇小說投稿賺錢。兩年拿到碩士，累積登出三十一篇作品，認識很多編輯，他遇到文學生涯第一個高人《驚奇科幻》雜誌主編坎貝爾。

坎貝爾習慣找作者聊天，丟出問題給作者接招，激發創作潛力。他跟艾西莫夫談愛默生的詩：「如果蒼穹繁星，千年方得一見。面對上帝之城乍現，人類如何敬畏、讚嘆、膜拜、世代流傳這份記憶？」

他好奇如果用這首詩爲題，能寫出什麼故事？艾西莫夫接過挑戰，二十二天寫出《夜幕低垂》Night Fall。坎貝爾投出變化球，艾西莫夫擊出全壘打！這篇作品讓艾西莫夫一炮而紅。

兩人不斷思想交鋒，推動他寫出架構龐大的《基地系列》。而且歸納出「機器人三大法則」，

一、機器人不得傷害人類，或坐視人類受到傷害。

二、在不違反第一法則的前提，機器人必須服從人類的命令。

三、在不違反第一與第二法則的前提，機器人必須保護自己。

他寫出《機器人系列》，被尊稱爲「現代機器人故事之父」。二戰期間，在海軍實驗室從軍三年。戰後再深造，一九四八年拿到化學博士，留在哥大研究瘧疾。隔年到波士頓醫學院擔任生化講師，堂堂學生爆滿。講課太受歡迎，即使沒有研究成果，也升任教授，得到終身俸。

期間寫出三大系列的《銀河帝國》首部曲，這是他第一本長篇小說，書在「雙日出版社」Doubleday 出版。編輯布雷伯利（Walter Bradbury）是第二個高人，他是科幻出版的造神手，他捧紅跟他同姓的雷．布雷伯利（Ray Bradbury），《華氏451度》的作者。

長篇小說出版，如同棒球員登上大聯盟。他興奮地寫新書，每一個句子都精雕細琢，反覆修改。布雷伯利客氣地問他，知不知道海明威會怎麼寫「第二天太陽升起」The sun rose the next morning？

他想了想，回答說不知道。布雷伯利說海明威寫的就是「第二天太陽升起」！這個當頭棒喝，敲醒艾西莫夫。從此他保持句子簡潔的風格，不再胡思亂想。同時用筆名「法國保羅」Paul French，寫兒童故事《幸運星》Lucky Star 系列。

一九五七年十月四日，蘇聯成功發射衛星史普尼克一號，震驚美國。他看到美國媒體如大夢驚醒，決定來寫科普文章來教育大衆。於是放下教書，專心寫作。一路寫了二十年，等於是最好看的科學百科全書。他一生寫超過五百本書，範圍涵蓋圖書所有分類，給書迷回了十萬封信；爲影集《星艦迷航記》Star Trek做科學顧問，打造科幻劇的經典。美國兒童能對科學深入理解，並產生巨大想像，都是經過艾西莫夫這道門。

他能有巨大產量，歸功三大習慣，

一，大量閱讀。他寫作的房間都堆滿上千本書。

二，專心寫作。他刻意在旅館租個房間來工作，只有一扇窗戶，打開看不見公園、街道，是一面磚牆。吃東西叫房間服務。早上八點寫到晚上十點，從不接受午餐和晚餐應酬。

三，快速切換。他在房間放六台打字機，每台顏色不一樣，上面要寫的東西也不同。一旦靈感卡住，立刻換到另一台打字機。他經常同時寫五個故事，最多是九個。

那人生的磨刀石是什麼？

三大磨刀石是書本、高人、還有挫折。寧靜的海是練不出傑出水手！如果你還沒有碰到什麼困境，那你的夢想就還沒有下床！

【推薦序】

宏大架構，有趣情節，以及重要啓發——關於「基地系列」

臥斧

一九四一年，美國紐約，年輕作家找雜誌編輯討論一個新點子。

雜誌編輯叫坎貝爾，一九一〇年生，二十出頭時以科幻作品邁入文壇成爲作家，一九三七年成爲《驚奇雜誌》的編輯；作家比編輯年輕十歲，十九歲時發表科幻小說，不到二十歲就拿到大學文憑。因爲投稿的因緣，作家和坎貝爾成爲好友，當時幾乎每週見面。一九四一年八月一日那天，作家告訴坎貝爾，他想寫個短篇小說，以眞實世界裡羅馬帝國衰亡的歷史爲底，講一個正在緩慢頹傾的銀河帝國。坎貝爾很喜歡這個點子，兩人聊了很久，最後作家決定寫一系列短篇，描述銀河帝國逐步崩解及緩慢重建的過程，一個月之後，作家交出第一個短篇。

這個故事名爲〈基地〉，這名作家叫艾西莫夫。

坎貝爾買下這個短篇，隔年在雜誌上發表，陸續交稿的三個短篇，分別在一九四二年及一九四四年刊登。艾西莫夫繼續創作系列故事，除了原先的四個短篇，又添四個中篇，《驚奇雜誌》在一九五〇年將八個故事全數發表完畢，一九五一年，原初的四個短篇集結成冊出版，艾西莫夫增寫了另一個短篇，做爲全書的序章；後續四個中篇則兩兩集結，在一九五二、一九五三年出版。

三部作品，合稱爲「基地三部曲」。

艾西莫夫自承創作靈感來自吉朋的歷史鉅作《羅馬帝國衰亡史》，但「基地三部曲」讀來並無任何沉重遲滯。艾西莫夫的筆法平實流暢，尤其是收錄在首部曲《基地》中的五個短篇，幾乎可用「輕巧」形容。艾西莫夫選擇以短篇形式敘述宏觀歷史，將每個短篇發生的時點定在歷史即將發生劇變的關鍵，一方面簡化長時間裡的時局變遷，一方面聚焦短時間裡的勢力拉鋸，藉以創造情節轉折與劇情張力，技法相當巧妙。

故事能夠如此進行的重要因素，來自「心理史學」這個設定。

心理史學是艾西莫夫虛構的科學，揉合歷史學、社會學、社會心理學、統計學及數學等等學科，從設定裡還能發現艾西莫夫也參考了氣體動力學的部分理論。《基地》的故事由心理史學家謝頓的預言開場，按照心理史學的計算，他指出銀河帝國將在三百年內崩潰，人類會因此進入長達三萬年的黑暗時期；謝頓說服高層，在銀河邊陲行星建立「基地」，供各種專業人士居住並編寫百科全書，保存人類知識。此舉無法避免帝國毀滅，但能將黑暗時期縮短爲一千年。

「基地三部曲」以謝頓的預測爲主軸發展。

銀河歷史初看一如謝頓所言，轉變的關鍵都以謝頓的預言爲基礎變化；時序拉長之後，謝頓的預言似乎也失去精準，但在必要時刻又會發現謝頓明白心理史學的侷限，準備了不只一套應變措施。

「基地三部曲」出版三十年後，艾西莫夫寫了續集。

續集由兩部長篇構成，合稱爲「基地後傳」。在這兩部長篇裡，艾西莫夫將他其他兩個系列作品——「機器人系列」及「銀河帝國三部曲」——的故事線也整合進來，形成他的完整架空宇宙。因此在「基地後傳」中有時會出現其他系列的角色，不過艾西莫夫會適時增補說明，單獨閱讀並無障礙。

又過幾年，艾西莫夫寫了前傳。

前傳由一部長篇、四個短篇構成，分成兩冊出版，合稱爲「基地前傳」。「基地三部曲」中影響最深遠、但戲份非常少的謝頓，在前傳中成爲主角，故事描述他的生平、發展心理史學的過程、預測銀河帝國未來及構思基地的經過，最後收尾在他完成佈局、接到《基地》故事開始的時分。

不計其他系列，以「基地」爲主的七部作品都相當精采。

艾西莫夫寫作不賣弄花巧，讀來愉快，故事裡的科技想像現今看來自然不很實際——事實上，八〇年代之後與網際網路相關的科技發展，已經大幅顚覆了七〇年代之前大多數科幻作品的描述——但艾西莫夫對於人類社會轉變的觀察，對歷史的看法，對商業、宗教、軍事及政治制度等等交互影響的解讀，以及對人性的刻劃，仍然準確有力。閱讀「基地系列」，不只讀到有趣的科幻情節，也是思考歷史、社會，以及人類的重要啓發。

【導讀】

不朽的科幻史詩：基地三部曲

葉李華

銀河帝國已有一萬二千年悠久歷史，如今一位數學家卻作出驚人預言：帝國即將土崩瓦解，整個銀河注定化作一片廢墟，黑暗時期將會持續整整三萬年！

＊　＊　＊

著作逾身的艾西莫夫無所不寫，但不論他自己或全世界的忠實讀者，衷心摯愛的仍是他的科幻小說。在他的衆多科幻著作中，「機器人」與「基地」是最有名的兩大系列。其中「機器人」系列是從短篇故事起家，逐漸演化成一部機器人未來史，包括四個長篇與三十幾個短篇；「基地」系列則是先有一個龐大的架構，然後開始逐步經營——但想必連艾西莫夫也未曾想到，這部科幻史詩能夠經營半個世紀（1941-1992）。

艾西莫夫一生總共寫了七大冊的基地故事，其中流傳最廣、影響最深遠的，當然是核心部分的「基地三部曲」：《基地》、《基地與帝國》以及《第二基地》。不過艾西莫夫生前常常偷笑，說當初雖有明確的故事架構，卻並未刻意寫成什麼三部曲，而是以連載方式一篇篇發表在科幻雜誌上。直到一九五〇年代正式出書，三部曲的架構才首度出現。

爲了研究艾西莫夫創作基地系列的來龍去脈，讓我們試著回歸當初的架構，把三部曲重新拆解成原來的中短篇。

《基地》第一篇：心理史學家（出書時補寫）

《基地》第二篇：百科全書編者（短篇，連載第一篇）

《基地》第三篇：市長（短篇，連載第二篇）

《基地》第四篇：行商（短篇，連載第三篇）

《基地》第五篇：商業王侯（短篇，連載第四篇）

《基地與帝國》第一篇：將軍（中篇，連載第五篇）

《基地與帝國》第二篇：騾（中篇，連載第六篇）

《第二基地》第一篇：騾的尋找（中篇，連載第七篇）

《第二基地》第二篇：基地的尋找（中篇，連載第八篇）

* * *

許多人都知道基地系列的靈感來自《羅馬帝國衰亡史》（The Decline and Fall of the Roman Empire），不過其中一段頗爲傳奇的因緣卻鮮爲人知。引用艾西莫夫自傳中的文字，故事是這樣的：

一九四一年八月一日，下課後，我搭地鐵去坎柏（John Campbell, 1910-1971）的辦公室找他。一路上我絞盡腦汁，想要擠出一個新點子。屢試不成之後，我決定使出自己常用的招數：隨意打開一本書，第一眼看到什麼，就用什麼做自由聯想。

當天我帶著一本吉伯特與蘇利文（Gilbert and Sullivan）的歌舞劇選集，隨手便翻到《艾俄蘭斯》（Iolanthe）中仙后跪在哨兵威利斯面前的一張劇照。我從哨兵聯想到戰士，再聯想到軍事帝國，再聯想到羅馬帝國——然後再聯想到銀河帝國。哈，有了！

……我何不寫個銀河帝國盛極而衰、回歸封建的故事，而且是從第二銀河帝國承平期的觀點出發？我想我知道該怎麼寫，因爲我仔細讀過吉朋（Edward Gibbon, 1737-1794）的《羅馬帝國衰亡史》，至少從頭到尾讀過兩遍，只要把它改頭換面就行了。

我帶著具有感染力的熱情、志得意滿地走進坎柏的辦公室。或許熱情眞能傳染，因爲坎柏顯露出前所未有的激動。

「對短篇故事來說，這個主題太大了。」他說。

「我是想寫個中篇。」我一面說，一面調整自己的構想。

「中篇一樣不夠。必須是一系列的故事，每集都是開放式結局。」

「什麼？」我心虛地問。

「短篇、中篇、系列故事，通通放在一個特定的未來史框架中，包括第一銀河帝國的衰亡、隨之而來的封建時期，以及第二帝國的興起。」

「什麼？」我更心虛地問。

「沒錯，我要你寫出這個未來史的大綱。回家去，把大綱寫出來。」

——《記憶猶新》（In Memory Yet Green）原文版311頁

＊　＊　＊

「心理史學」是這個三部曲的中心科幻因素，而貫穿其間最重要的一個人物，自然就是心理史學宗師、基地之父哈里．謝頓。最有趣的是，「基地系列」的故事是從謝頓死後五十年講起（〈百科全書編者〉），也就是說眞正的主角竟然是個死人——這正是科幻小說的趣味所在，不受任何形式的束縛。不過在出書的時候，爲了交代前因後果，艾西莫夫又補寫了一篇〈心理史學家〉，讓八十高齡的謝頓現身說法。而在生命中最後五年，艾西莫夫再度眷顧這個傳奇角色，用兩本「前傳」詳盡刻劃謝頓的一生，以及心理史學與基地的創建過程。

耐人尋味的是，艾西莫夫晚年似乎愈來愈認同這個筆下人物，而他也的確與謝頓一樣，對人類文明有著高瞻遠矚、悲天憫人的關懷。「生年不滿百，常懷千歲憂」正是大師胸懷的最佳寫照。

博學多聞、博覽群書的艾西莫夫從不閉門造車，筆下的科學幻想多少都有所本。例如「心理史學」便是「氣體運動論」（物理學）、「群衆心理學」（心理學）、「歷史決定論」與「群體動力論」（歷史學）的綜合體；而刺激基地不斷成長茁壯的「謝頓危機」，則取材自歷史哲學家湯恩比（Arnold Toynbee, 1889-1975）首創的「挑戰與回應」理論。

由於影響人類行爲的因素過於複雜，人類又具有自由意志，因此個人行爲絕對不可能預測。然而當眾多個體集合成群時，卻又會顯現出某些規律，正如同在巨觀尺度下，氣體必定遵循統計方法所導出的定律。艾西莫夫將這些事實推而廣之，藉著筆下不世出的天才謝頓，讓心理史學發展到出神入化之境，成為一門探索未來世界巨觀動向的深奧科學。

透過心理史學的靈視，謝頓預見了人類悲慘的未來：國勢如日中天的銀河帝國正一步步走向滅亡，整個銀河將要經歷三萬年蠻荒、悲慘的無政府狀態，另一個大一統的「第二帝國」才會出現。

倘若上述發展絲毫無法改變，既然一切皆已注定，也就沒什麼戲劇性可言。故事之所以引人入勝，在於謝頓進一步發現：雖然阻止帝國崩潰為時已晚，若想縮短這段漫長的過渡期，在當時卻尚有可為。於是謝頓開始了力挽狂瀾、扭轉乾坤的努力，試圖將三萬年的動盪歲月縮減為一千年。為了達到這個目的，他窮後半生的精力，設立了兩個科學據點：第一基地（簡稱「基地」，由自然科學家組成）與第二基地（隱身在銀河舞台幕後，由心靈科學家與心理史學家組成）。

兩個基地的位置經過特別計算，分別設在「銀河中兩個遙相對峙的端點」（光是這句語帶玄機的話，便衍生出《第二基地》這本書）。此後一千年間，許多預設的歷史事件將一環扣一環發生，以促使一個更強大、更穩固、更良善的第二帝國早日實現。

基地三部曲的主線，便是第一基地如何克服一個接一個的週期性危機，激發出無窮無盡的潛力；第二基地又如何暗中相助，以逐步實現為期千年的謝頓計畫。謝頓本人則雖死猶生，仍然藉由類似錦囊妙計的全像錄影，不時指導著未來數十世代的子民。

不過「奇正相生」正是大師的拿手好戲，在既定的情節中，他總是有辦法再寫出變奏，令讀者忍不住感嘆人算不如天算。三部曲的變奏之一，是無端出現一個具有強大精神力量的異種人「騾」，以迅雷不及掩耳的速度席捲整個銀河；變奏之二，則是在「騾亂」成為歷史之後，兩個基地竟然發生鬩牆之戰！

三部曲結束於第二變奏告一段落之處，留下一個開放式結局。三十年後，在全世界科幻迷千呼萬喚之下，艾西莫夫重拾基地系列，所寫的續集便是第三變奏。這一「變」更是令人拍案叫絕，甚至連謝頓計畫都為之顛覆！也唯有經由這最後變奏，「基地」與「機器人」才得以遙相呼應，兩大系列方能融鑄成一體，化為一部俯仰兩萬載、縱橫十萬光年的銀河未來史。

【目錄】

「基地系列」時空背景與故事年表

葉李華整理

科幻設定

1. 故事距今約二萬年，人類後裔早已移民銀河系各角落。然而除了人類，從未發現任何其他智慧生物。（在《永恆的終結 The End of Eternity》這本書中，艾西莫夫對此有詳細解釋。）
2. 銀河系已有二千五百萬顆住人行星，總人口數介於千兆與萬兆之間。
3. 整個銀河系皆在「銀河帝國」統治下，已長達一萬二千年之久。
4. 帝國的首都行星「川陀」位於銀河中心附近，是最接近「銀河中心黑洞」的住人行星。

科學事實

1. 銀河系的形狀：外形類似凸透鏡，但由內而外伸出數條螺旋狀的「旋臂」。
2. 銀河系的大小：直徑約十萬光年，或約三萬秒差距（一秒差距＝三．二六光年）。
3. 銀河系的規模：至少有二千億顆恆星，行星數目不詳。
4. 銀河中心的巨型黑洞：質量超過二百五十萬個太陽。

故事年表（銀紀：銀河紀元，基紀：基地紀元）

葉李華整理

銀紀一二〇二〇年	前傳《基地前奏》
銀紀一二〇二八年	前傳《基地締造者》第一篇：伊圖．丹莫刺爾
銀紀一二〇三八年	前傳《基地締造者》第二篇：克里昂一世
銀紀一二〇四八年	前傳《基地締造者》第三篇：鐸絲．凡納比里
銀紀一二〇五八年	前傳《基地締造者》第四篇：婉達．謝頓
銀紀一二〇六七年	三部曲《基地》第一篇：心理史學家
銀紀一二〇六九年	前傳《基地締造者》第五篇：尾聲
（基紀元年）	
基紀四九—五〇年	三部曲《基地》第二篇：百科全書編者
基紀七九—八〇年	三部曲《基地》第三篇：市長
基紀一三四年	三部曲《基地》第四篇：行商
基紀一五四—一六〇年	三部曲《基地》第五篇：商業王侯
基紀一九五—一九六年	三部曲《基地與帝國》第一篇：將軍
基紀三一〇—三一一年	三部曲《基地與帝國》第二篇：騾
基紀三一六年	三部曲《第二基地》第一篇：騾的尋找
基紀三七六—三七七年	三部曲《第二基地》第二篇：基地的尋找
基紀四九八年	後傳《基地邊緣》
基紀四九八年	後傳《基地與地球》

主要參考資料：http://www.asimovonline.com/oldsite/insane_list.html

第一篇：心理史學家

哈里·謝頓：……生於銀河紀元一一九八八年，卒於一二〇六九年。他的生卒年份通常以目前的基地紀元記載，即生於基地紀元負八十一年，卒於基地元年。謝頓的故鄉爲大角星區的赫利肯星，父母爲中產階級的平民。（根據不太可靠的傳說，謝頓的父親是該行星水耕區的煙草農夫。）他自幼即顯露驚人的數學天分，關於這些天分的傳聞軼事不勝枚舉，有些甚至互相矛盾。據說他才兩歲的時候，就會……

……謝頓一生最大的貢獻，無疑是心理史學的開拓。在他剛接觸這門學問的時候，心理史學只是一組含糊的公設。而在謝頓手中，它成爲一門深奧的統計科學……

……關於謝頓生平的詳細記載，目前保有最權威的資料是蓋爾·多尼克所寫的傳記。在這位偉大的數學家去世之前兩年，當時仍是年輕人的多尼克才與他結識。關於他們相遇的故事……

——《銀河百科全書》＊

＊本書所引用的《銀河百科全書》資料，皆取自基地紀元一〇二〇年的第一一六版。發行者爲「端點星銀河百科全書出版公司」，作者承蒙發行者授權引用。

1

他名叫蓋爾．多尼克，只是一個鄉下孩子，以前從未到過川陀。或者應該說，他並沒有眞正來過。因爲蓋爾早已藉由超波電視熟悉了這座城市；偶爾也會在巨大的三維新聞幕中，觀賞皇帝加冕或銀河議會揭幕的盛況。因此，雖然他一直住在「藍移區」邊緣的辛納克斯行星，卻完全沒有脫離銀河的文明。在那個時代，銀河中沒有任何角落是與世隔絕的。

當時整個銀河系中，有將近二千五百萬顆住人行星，這些世界全部效忠銀河帝國。而川陀就是銀河帝國的首都，不過這個事實只能再維持半個世紀。

對年輕的蓋爾而言，這趟旅程無疑是他學術生涯的第一個高峰。他曾經到過太空，因此旅行本身的意義不算太大。事實上，他以前的太空旅行只是前往辛納克斯唯一的衛星，去蒐集隕石漂移的力學數據，用來做爲博士論文的材料。話說回來，太空旅行就是太空旅行，近至五十萬哩，遠至許多光年之外，其實都沒有什麼差別。

即將躍遷進入超空間的時候，他已做好心理準備，這將是「行星際旅行」所沒有的經驗。目前爲止，也或許直到永遠，「超空間躍遷」是往來恆星間唯一可行的辦法。普通空間中的運動，物體的速率永遠無法超過光速。（這個科學小常識，在人類歷史的黎明期便已被發現。）這就代表，即使在兩個最接近的住人星系間來回一趟，也得花上好幾年的時間。可是匪夷所思的超空間完全不同，它既非空間又非時間，既非物質又非能量，既非實有又非虛無；經由超空間，人類能在一刹那間穿越銀河。

在等待第一次躍遷時，蓋爾心中有些恐懼，腹部有輕微打結的感覺。結果在他尚未確定之前，躍遷所帶來的一陣輕微震動，以及體內被輕踢一下的感覺便已消失。就是如此而已。

然後在蓋爾意識中，就只剩下這艘碩大而閃閃發光的星船，它是帝國整整一萬二千年的科技結晶。此外他想到的就是自己，他剛剛獲得數學博士學位，帶著偉大的謝頓寄來的邀請函，準備前往川陀加入龐大而略帶神祕的「謝頓計畫」。

躍遷的經驗令他失望後，蓋爾期待的便是川陀的第一眼。他不時跑到觀景室，那裡的鋼質窗蓋在特定時段會捲起來。這些時候他都會待在那裡，觀看繁星閃耀的光輝，欣賞星團展現難以置信的朦朧，好像一大群螢火蟲永遠禁錮在一處。有一陣子，星船周遭五光年範圍內佈滿寒冷、藍白色的氣體星雲，像牛奶一般散佈在玻璃窗上，爲觀景室帶來一絲寒意。兩小時後，星船又做了一次躍遷，那些雲氣立時消失無蹤。

川陀的太陽首次出現的時候，看來只是一個明亮的白點，若不是星船上的嚮導指點，根本無法從無數類似的星體中分辨出來。這裡接近銀河的核心，恆星分佈得特別稠密。每經過一次躍遷，那顆恆星就顯得更明亮，從眾恆星中脫穎而出，而其他恆星則愈來愈黯淡稀薄。

一位高級船員走進來，對乘客說：「我們即將著陸，觀景室必須關閉了。」

蓋爾尾隨著那位船員，拉了拉船員白色制服的袖子——制服上繡著帝國「星艦與太陽」的國徽。

蓋爾說：「能不能讓我留下來？我想看看川陀。」

船員對他微微一笑。蓋爾有些臉紅，他忽然想到自己說話帶有鄉下口音。

船員說：「我們準備早上在川陀降落。」

「我是說，我想從太空中看看川陀。」

「喔，抱歉，孩子。如果這是一艘太空遊艇，我們就能幫你安排。但是本船將從『日照面』盤旋而下，你總不希望被太陽灼傷、弄瞎，而且被放射線照得體無完膚吧？」

蓋爾只好乖乖走開。

那位船員卻在後面叫住他。「別失望，反正從這裡看下去，川陀只是灰濛濛的一團。等你抵達川陀後，再去參加太空旅行團吧，很便宜的。」

蓋爾轉過頭來。「非常感謝您。」

爲這種事感到失望實在有點孩子氣，但孩子氣一樣會出現在成人身上，蓋爾感到喉嚨有些哽咽。他從未看過整個川陀的壯麗景觀，沒想到還要多等一會兒才能如願。

2

星船在許多混雜的噪音中降落。金屬船身切入大氣層擦出嘶嘶聲；艙內冷氣努力對抗摩擦產生的高熱，發出穩定而單調的嗡嗡聲；在星船減速時，發動機則傳出慢節奏的隆隆聲。此外還有登陸室中鼎沸的人聲，以及起重機吊運行李、郵件、貨物所發出的嘎嘎聲。所有的物件都集中在船身中軸，準備等一下傳送到卸貨月台上。

蓋爾感到一下輕微的震盪，這代表星船關掉了自身的動力，艙內的人工重力也逐漸被行星的重力所取代。剛才的降落過程中，登陸室在人工力場作用下輕輕搖擺，以便在變化的重力間調整方向，數千名旅客都耐心地坐在搖籃般的登陸室中。現在，他們終於能夠沿著彎曲的坡道，緩緩擠進一個敞開的巨大氣閘。

蓋爾沒有太多的行李。他來到入關處，海關將他的行李迅速而熟練地拆開又裝好，然後檢查簽證並蓋章。蓋爾有些心不在焉，並未留意這些過程。

這就是川陀！跟他的家鄉辛納克斯行星比起來，空氣似乎濃稠些，重力好像也大了點，但他很快就會習慣的。不過他卻懷疑，自己能否習慣這種巨大感。

入境大廈就是一座碩大無比的建築物，屋頂簡直就在視線之外。蓋爾幾乎能想像它高聳入雲的樣子。他甚至看不到對面的牆壁；放眼望去只見洶湧的人潮、無數的辦公桌，以及逐漸收縮而淡出的地板。

海關再度開口，顯得有點不耐煩。他說：「走吧，多尼克先生。」他必須打開簽證再看一眼，才能叫出蓋爾的名字。

蓋爾問道：「哪裡……往哪裡走？」

海關用大拇指比了一下。「搭計程飛車就往右走，在第三個通道左轉。」

蓋爾走了幾步，便看見高處憑空出現幾個閃亮的大字：「往各地的計程飛車」。

蓋爾離開海關後，立刻有一個人走過來。海關抬頭看了看，便向那人輕輕點了點頭。那人也向海關點頭示意，便跟著蓋爾這位年輕旅客走了。

他及時聽見蓋爾的目的地。

蓋爾站在欄杆前不知所措。

旁邊有個寫著「管理員」的小標誌。標誌下面的管理員並未抬頭，只是問道：「去哪裡？」

蓋爾不確定，但他只猶豫了幾秒鐘，後面就排了一大隊長龍。

管理員終於抬起頭來。「去哪裡？」

蓋爾沒帶多少旅費，但是只要熬過今晚，明天他就有工作了。他試著以平靜的口吻說：「請幫我找一家高級旅館。」

管理員卻不吃這一套。「都是高級旅館，你要指明一家。」

蓋爾無可奈何地說：「請給我最近的一家吧。」

管理員按下一個按鈕。地板上出現一條細長光束，加入由各種色彩、明暗各異的光線織成的光網。他又將一張票塞進蓋爾手裡，這張票竟然也微微發光。

管理員說：「票價一．二信用點。」

蓋爾一面摸著零錢，一面問：「我該往哪裡走？」

「沿著這條光線走。只要你的方向正確，票就會一直發亮。」

蓋爾抬頭看了看，便開步向前走。大廳中至少有數百人，全都沿著自己的光線小心翼翼地前進。每次遇到兩條光線的交叉口，人人都要辛苦地精挑細選一番，才能摸索到各自的目的地。

蓋爾來到自己這條路徑的盡頭，面前出現一名穿著藍黃相間制服的司機，他的制服是用永不沾污的塑料製成，看來筆挺如新、色彩鮮豔。司機一把抓起蓋爾的兩件行李。

「直達豪華旅館。」司機說。

跟蹤蓋爾的人剛好聽到這句話，還聽到蓋爾回答一聲「好」，並且目擊蓋爾鑽進鈍鼻的計程飛車。

計程飛車垂直升起。蓋爾從弧形的透明玻璃往外看，在封閉結構中飛行的感覺令他驚嘆不已，他不自覺地抓住駕駛座的椅背。巨大的景物很快就縮小了，人們變成零亂分佈的小螞蟻。景物又再縮小了一點，隨即迅速向後方挪動。

不久前方出現一堵巨牆，它的根基飄浮在半空中，頂端延伸到目力不可及的天空。牆上有無數小孔，每個小孔都是一條隧道的入口。他們的飛車向其中一個小孔接近，最後一頭鑽了進去。蓋爾萬分不解，想不通司機如何能選擇正確的入口。

隧道內一片漆黑，只有一個不斷後退的彩色交通號誌，勉強驅走幽暗的氣氛。空氣中則充滿了飛車全速前進的噪音。

當飛車減速時，蓋爾不自主向前傾。接著飛車便鑽出隧道，重新回到地面。

「豪華旅館到了。」司機多此一舉地說。然後他很有效率地幫蓋爾取出行李，並收了十分之一信用點的小費，馬上載著另一位客人升空。

從登陸到目前爲止，蓋爾還沒有瞥見天空。

川陀：……在銀河帝國第十三個仟年之初，這個趨勢達到頂峰。它是帝國政府的中心，數百代未曾間斷。川陀位於銀河的核心區域，周圍都是人口最稠密、工業最發達的世界，因此自然而然變成人類歷史上最密集、最富庶的社群。

都會化的過程不斷地穩定發展，最後終於達到極限。川陀表面所有的陸地，面積總共七千五百萬平方哩，變成一個單一的城市。人口最多的時候，超過四百億之眾。這麼龐大的人口，幾乎都是爲了應付帝國行政上的需要，即使如此，仍不足以應付龐雜的工作。（別忘了，末期幾位平庸的皇帝無法有效管理銀河帝國，正是帝國覆亡的一大原因。）爲了供應川陀居民口腹之需，每天都有數以萬計的太空船隊，負責載送來自二十個農業世界的糧食……

由於川陀依靠其他世界供應糧食，甚至所有的民生用品，它愈來愈容易以包圍的手段征服。在帝國的最後仟年，從未止歇的叛亂使每位皇帝都警覺到這個危機，保護川陀纖弱的頸動脈遂成了帝國的首要政策……

——《銀河百科全書》

12067GE Encyclopedia

3

蓋爾不確定現在有沒有太陽，甚至不曉得現在是白天或黑夜，他卻羞於啓齒問人。整顆行星就像包了一層金屬外皮。他剛用過的一餐，上面標明是「午膳」，但如今有許多行星都不管日夜顛倒之類的不便，一律使用銀河標準時間。每顆行星的自轉速率不盡相同，而他還不知道川陀的正確速率。

剛才他還興致勃勃地循著路標，找到那間所謂的「太陽室」，卻發現那裡只提供人工輻射日光浴。他只在裡面逗留了一會兒，便回到旅館的大廳。

他問旅館的職員說：「我在哪裡可以參加環球遊覽？」

「就在這裡。」

「什麼時候出發？」

「您剛錯過一班，不過明天還有。如果現在買票，就會幫您保留一個位子。」

「喔。」明天來不及了，因爲明天他必須到川陀大學報到。他又問：「這裡有沒有觀景塔什麼的？我的意思是，那種露天建築物。」

「當然有！如果您想去，這裡也可以買票。最好讓我先看看上面有沒有下雨。」職員按下手肘旁的一個開關，毛玻璃屏幕上便出現流動的字體。蓋爾和他一起盯著看。

職員說：「好天氣。我想起來了，現在應該正是乾季。」他又滔滔不絕地說：「我自己懶得到外面去，上次到戶外還是三年前的事。你只要看一次，明白那是怎麼回事就夠了——這是您的票，專用電梯在後面。電梯上寫著『直達高塔』，搭上就沒錯。」

那部電梯是最新型的，藉著反重力裝置推動。蓋爾進去後，馬上又進來許多人。操作員按下一個開關，電梯內的重力就完全消失，蓋爾馬上有一種飄飄然的感覺。等到電梯開始加速，他才又感覺到一點重量。可是電梯減速的時候，他的腳便脫離了地板，令他忍不住呱呱大叫起來。

操作員吼道：「把腳塞進欄條底下，你看不懂指示標誌嗎？」

其他人都沒有犯這個錯誤。當蓋爾拚命想爬回來，卻又做不到的時候，衆人對他露出同情的笑容。原來電梯地板上裝有許多平行的金屬管，每根相隔兩呎，其他乘客都用腳頂在這些鍍鉻的欄條上。進電梯的時候，他其實看到了這些欄條，只是完全沒有放在心上。

還好有一隻手伸出來，及時把他拉回地板。

當電梯停止時，蓋爾一面喘氣一面道謝。

走出電梯便是一個露天平台，白晃晃的光線令他的眼睛很不舒服。在電梯中向他伸出援手的那個人，此時正緊跟在他後面。

那人以親切的口吻說：「這裡座位很多。」

目瞪口呆的蓋爾趕緊合上嘴巴，然後說：「當然，看來沒錯。」他正準備找個座位，卻忽然停下來。

他說：「你不介意的話，我想在欄杆這裡站一下。我……我想多看點風景。」

那人和藹地對他揮揮手，蓋爾便靠在及肩的欄杆上，盡情飽覽四處的風光。

但是他無法看到地面，地面早已被愈來愈複雜的人工建築吞沒。他也看不見地平線，眼前只有一大片灰濛濛的金屬與天際接壤，而他知道這顆行星表面處處是同樣的景觀。放眼望去，幾乎見不到任何運動中的景物——只有幾艘旅遊飛船懶洋洋地飄浮在天空。蓋爾當然曉得，這個世界有著上百億熙來攘往的忙碌人群，只是他們都生活在巨大的金屬外層之下。

極目眺望也沒有任何綠色的景緻，沒有植物，沒有土壤，也沒有人類之外的生物。他依稀記得，在這個世界的某個角落，皇宮周圍有一百平方哩的自然土壤，那裡充滿綠意盎然的樹木，還點綴著彩虹般的鮮花。那是鋼鐵之洋中唯一的孤島，可惜從這裡看不見。也許遠在萬哩之外吧，他也不確定。

不久之後，他一定要做一次環球旅行！

他大聲嘆了一口氣，並想到自己終於來到了川陀。這顆行星是銀河的中樞、人類的重心。他還完全看不到這裡的弱點；他沒看到載運食物的船隻起落；他不知道有個纖弱的頸動脈，聯繫著川陀四百億人口與其他世界。他只能體會到人類最偉大的功業，那就是完完全全、近乎傲慢地征服了整個行星。

他離開欄杆，心中有幾分迷惘。剛才結識的那個人指了指旁邊的椅子，蓋爾坐了下去。

那人微微一笑。「我叫傑瑞爾。你第一次來川陀嗎？」

「是的，傑瑞爾先生。」

「我想也是。傑瑞爾是我的名字，不是姓。如果你具有詩人氣質，川陀會令你著迷的。不過，川陀人從不會到這裡來。他們不喜歡這種地方，會令他們神經過敏。」

「神經過敏！喔，我叫蓋爾。爲什麼這裡會讓他們神經過敏？這裡簡直壯麗無比。」

「蓋爾，這都是主觀的想法。假如你在斗室中出生，在迴廊中長大，又整天在密不通風的房間裡工作，假日只會去人擠人的太陽室，那麼一旦來到這個開闊的空間，頭上除了天空什麼也沒有，你就很可能神經衰弱。本地人在子女滿五歲之後，每年都會帶他們上來一次，我不知道這樣做有沒有好處，不過我認爲眞的不夠。小孩子前幾次來，每次都會尖叫到歇斯底里。他們應該早在斷奶後就來，而且每星期來一次。」

他繼續說：「當然啦，這並不重要。他們一輩子不出來又怎樣？他們喜歡躲在裡面，高高興興管理著帝國。你猜這裡有多高？」

蓋爾答道：「半哩吧？」他擔心猜得太離譜。

想必眞的很離譜，因爲傑瑞爾輕笑了一下。他說：「不，只有五百呎。」

「什麼？但是電梯走了有……」

「我知道，不過時間大多花在升到地表的過程。川陀地底都是甬道，足足有一哩深。就像冰山一樣，十分之九都看不見。海岸線附近的海底，甚至向下挖了好幾哩。事實上，這種深度足以讓我們利用地表和地底的溫差，提供我們所需的一切能源。這你知道嗎？」

「不知道，我以爲你們都用核能發電。」

「以前用過，但是這種能源比較便宜。」

「我也這麼想。」

「你對川陀的整體印象如何？」一時之間，傑瑞爾的和藹態度轉爲精明，看來幾乎還有點狡猾。

蓋爾搜索枯腸，最後還是再說一遍：「壯麗無比。」

「你來這兒度假？還是觀光旅行？」

「都不算——我一直很想來川陀看看，不過我這次來，主要是爲了一份工作。」

「哦？」

蓋爾覺得應該解釋得更清楚些。「我是來川陀大學，加入謝頓博士的研究計畫。」

「烏鴉嘴謝頓？」

「啊，不，我是說哈里．謝頓——那位著名的心理史學家。我不認識你說的那位謝頓。」

「我說的就是哈里．謝頓，大家都叫他烏鴉嘴。那是他的綽號，知道吧，因爲他一直在預測災難。」

「是嗎？」蓋爾十分震驚。

「你不可能不知道。」傑瑞爾並未露出絲毫笑容，「你不是來跟他工作的嗎？」

「喔，沒錯，我是個數學家。他爲什麼要預測災難？什麼樣的災難？」

「你猜是什麼樣的災難？」

「只怕我一點概念也沒有。我讀過謝頓博士以及他的同僚發表的論文，內容都是數學理論。」

「沒錯，你指的是他們發表的那些。」

蓋爾有點煩了，他說：「非常高興認識你，我想回房間去了。」

傑瑞爾隨便揮了揮手，算是與蓋爾道別。

蓋爾發現自己的房間裡竟然有一個人。一時之間，他由於太過驚訝，一句「你在這裡幹什麼？」到了嘴邊卻說不出口。

那人緩緩起身。他的年紀很大，頭髮幾乎全禿，還跛著一隻腳。然而他有一雙藍白分明、炯炯有神的眼睛。

他說：「我是哈里．謝頓。」蓋爾充滿困惑的大腦，這時也剛好將面前這個人，與記憶中那個熟悉的影像擺在一起。

心理史學：……蓋爾．多尼克使用非數學的普通概念，將心理史學定義成數學的一支，它專門處理人類群體對特定的社會與經濟刺激所產生的反應……

……在各個定義中都隱含一個假設，亦即作爲研究對象的人類，總數必須大到足以用統計方法來處理。群體數目的下限，可由「謝頓第一定理」決定……此外還有一個必要的假設，就是群體中無人知曉本身已是心理史學的分析樣本，如此才能確保一切反應皆爲眞正隨機……

心理史學成功的基礎，在於「謝頓函數」的發展與應用。這些函數表現的性質，全等於社會與經濟力量的……

——《銀河百科全書》

12067GE Encyclopedia

4

「午安，博士。」蓋爾說：「我……我……」

「你沒想到我們今天就會見面吧？在正常情況下，我們不必急著碰頭。但是現在，假如我們想雇用你，就必須盡快行動。如今找人可是愈來愈不容易了。」

「博士，我不明白。」

「你剛才在觀景塔上跟一個人聊天，對不對？」

「沒錯，他叫傑瑞爾。除此之外我對他一無所知。」

「他的名字沒有任何意義。他是公共安全委員會的人，從太空航站一路跟蹤你到這裡。」

「但是為什麼呢？只怕我愈來愈糊塗了。」

「那人沒有對你提到我嗎？」

蓋爾有些猶豫。「他管您叫烏鴉嘴謝頓。」

「他有沒有說為什麼？」

「他說您總是預測災難。」

「我的確如此——川陀對你有什麼意義？」

好像每個人都會問他對川陀的感想。蓋爾實在想不出其他的形容詞，於是又說一遍：「壯麗無比。」

「那是你的直覺印象。如果改用心理史學呢？」

「我從來沒想過用它來分析這種問題。」

「年輕人，在我們的合作結束之前，你就會學到用心理史學來分析所有的問題，而且會視為理所當然。注意看，」謝頓從掛在腰帶的隨身囊中取出一台電算筆記板。傳說他在枕頭底下也擺了一台，以便突然醒來時隨手取用。現在他手中這一台，原本灰色光亮的外表已稍有磨損。謝頓的手指已經起了老人斑，卻仍然能在密集的按鍵間敏捷地舞動。位於電算板上方的顯示幕，立刻出現許多紅色的符號。

謝頓說：「這代表帝國目前的狀況。」

然後他開始等待。

蓋爾終於說：「但這當然不是一個完整的表現。」

「沒錯，並不完整。」謝頓說：「我很高興你沒有盲目接受我的話。然而，這個近似表現足以示範我的命題。這點你接受嗎？」

「接受，但我等會兒還得驗證函數的推導過程。」蓋爾很小心地避免可能的陷阱。

「很好。讓我們把其他因素的已知機率都加進去，包括皇帝遇刺、總督叛變、當代經濟蕭條的週期性循環、行星開發率的滑落……」

謝頓進行著計算。他每提到一個因素，就會有新的符號出現在顯示幕上，然後融入原先的函數，使得函數不斷地擴充與改變。

蓋爾只打斷他一次。「我不懂這個『集合變換』為什麼成立？」

謝頓以更慢的速度示範了一遍。

蓋爾又說：「但是這種做法，是理論所禁止的『社會運算』。」

「很好。你的反應很快，可是仍然不夠快。在這種情況下，可以允許這樣做。讓我用展開式再做一遍。」

這回過程變得很長，等到算完之後，蓋爾謙遜地說：「對，我現在懂了。」

謝頓終於停下來。「這是三個世紀以後的川陀。你要如何解釋？啊？」他將頭偏向一側，等著蓋爾回答。

蓋爾感到不可置信。「完全毀滅！但是……但是這絕不可能。川陀從來沒有……」

謝頓突然既激動又興奮，一點也不像個老態龍鍾的老人。「說啊，說啊。你已經看到了導致這個結果的過程。現在用口語說出來，暫且忘掉數學符號。」

蓋爾說：「當川陀變得愈來愈專門化，也就變得愈來愈脆弱，愈來愈無法自衛。此外，它愈來愈是帝國的行政中心，也就成了首要的覬覦之的。隨著帝位的繼承愈來愈不確定，以及大世族間的摩擦愈來愈劇烈，社會責任感也就消失了。」

「夠了。川陀在三個世紀內完全毀滅的機率值是多少？」

「我看不出來。」

「你一定會做『場微分』吧？」

蓋爾感受到明顯的壓力，但是謝頓並未將電算板遞給他，他的眼睛離電算板有一呎之遙。他只好拚命心算，不一會兒前額就冒汗了。

最後他說：「大約百分之八十五？」

「不壞，」謝頓噘著下唇，「但也不能算好。正確的數值是百分之九二·五。」

蓋爾說：「這就是他們叫您烏鴉嘴的原因？在學術期刊中，我從來沒讀到過這些。」

「你當然讀不到，這是不能發表的。你想，帝國怎麼可能讓這種動搖的傾向，如此輕易地曝光呢？這只是心理史學一個非常簡單的示範。不過，我們一部分的結果，還是洩露到了貴族手中。」

「那可糟了。」

「也不盡然，一切都在我們考量之中。」

「可是，他們是不是爲了這個原因調查我？」

「對。只要和我的計畫有關，都會成爲調查的對象。」

「博士，您有危險嗎？」

「喔，沒錯。我會被處決的機率有百分之一．七，但即使如此，我的計畫也絕對不會終止。我們也已經將這點納入考量。好了，不談這些。明天你會到川陀大學來見我，對嗎？」

「我一定會去。」蓋爾說。

公共安全委員會：……自從恩騰皇朝最後一位皇帝克里昂一世遇刺後，貴族派便掌握實權。大體說來，在皇權不穩定亦不確定的數個世紀中，他們形成維持秩序的主體。大多數時期，這個委員會操在陳氏與狄伐特氏兩大世族手中，最後則變質爲維持現狀的盲目工具……直到帝國最後一位強勢皇帝克里昂二世即位，才將委員會的大權盡數釋除。首任的主任委員……

……就某個角度而言，委員會之所以沒落，可追溯到基地紀元前二年，它對謝頓所進行的一次審判。在多尼克所著的謝頓傳記中，對那場審判有詳細記載……

——《銀河百科全書》

12067GE　Encyclopedia

5

結果蓋爾並沒有赴約。第二天早上，他被微弱的蜂鳴器吵醒，那是旅館職員打來的電話。那位職員以盡可能細聲、禮貌，並且帶有一點懇求的口吻，告訴蓋爾公共安全委員會已經下令限制他的行動。

蓋爾立刻跳到門邊，發現房門果然打不開了。他唯一能做的，只有穿好衣服耐心等待。

不久委員會便派人將他帶走，帶到一間拘留所中。他們以最客氣的口吻詢問他，一切過程都非常文明。蓋爾解釋自己是從辛納克斯來的，又詳細敘述了他讀過的學校，以及獲得數學博士學位的年月日。又說了自己如何向謝頓博士申請工作，如何獲得錄用。他不厭其煩地一遍又一遍重複著詳情，他們卻一遍又一遍回到他參加「謝頓計畫」這個問題上。他當初如何知道有這個計畫？他負責的工作？他接受過哪些祕密指示？以及所有的來龍去脈。

蓋爾回答說完全不知情，他根本沒有接受過任何祕密指示。他只是一名學者，一位數學家而已，他對政治毫無興趣。

最後，那位很有風度的審訊官問道：「川陀什麼時候會毀滅？」

蓋爾支吾地說：「我自己並不知道。」

「你能不能說說別人的意見？」

「我怎麼能幫別人說話呢？」他感覺全身發熱，非常地熱。

審訊官又問：「有沒有人跟你講過這類的毀滅？它什麼時候會發生？」當蓋爾還在猶豫的時候，他繼續說：「博士，我們一直在跟蹤你。你抵達太空航站的時候，還有你昨天在觀景塔上的時候，旁邊都有我們的人。此外，我們當然有辦法竊聽你和謝頓博士的談話。」

蓋爾說：「那麼，你應該知道他對這個問題的看法。」

「也許吧，但是我們想聽你親自說一遍。」

「他認爲川陀會在三個世紀內毀滅。」

「他證明出來了？用什麼……數學嗎？」

「是的，他做到了。」蓋爾義正辭嚴地說。

「我想，你認爲那個什麼數學是可靠的。」

「只要謝頓博士這麼說，它就一定可靠。」

「我們會再來找你。」

「慢點。我知道我有權利請律師，我要求行使帝國公民權。」

「你會有律師的。」

後來律師果然來了。

終於出現的那位律師又高又瘦，一張瘦臉似乎全是直線條，而且令人懷疑是否能容納任何笑容。

蓋爾抬起頭，覺得自己看來一定很落魄。他來到川陀還不滿三十個小時，竟然就發生了這麼多事情。

那位律師說：「我名叫樓斯．艾法金，謝頓博士命我擔任你的法律代表。」

「是嗎？好，那麼聽我說，我要求立刻向皇帝陛下上訴。我無緣無故被抓到這裡來，我完全是無辜的，是清清白白的。」他猛然伸出雙手，手掌朝下。「你一定要幫我安排皇帝陛下主持的聽證會，立刻就要。」

艾法金自顧自地將一個夾子裡的東西仔細攤在桌上。若不是蓋爾心情惡劣，他應該認得出那是一些印在金屬帶上的法律文件，這種文件最適於塞到小小的隨身囊中。此外，他也該認得出旁邊那台口袋型錄音機。

艾法金沒有理會蓋爾的發作，直到一切就緒才抬起頭來。他說：「委員會當然會利用間諜波束刺探我們的談話。這樣做雖然違法，但他們才不管呢。」

蓋爾咬牙切齒。

「然而，」艾法金從容地坐下來，「我帶來的這台錄音機——怎麼看都是百分之百的普通錄音機，功能也一點都不差——具有一項特殊功能，就是能將間諜波束完全屏蔽。他們不會馬上發現我動了手腳。」

「那麼我可以說話了。」

「當然。」

「那麼我希望皇帝陛下主持我的聽證會。」

艾法金冷冷地笑了笑。他臉上竟然還裝得下笑容，原來全靠兩頰皺紋上多出來的空間。他說：

「你是從外地來的。」

「我仍然是帝國公民。我跟你，還有這個公共安全委員會的任何成員完全一樣。」

「沒錯，沒錯。只不過你們住在外地的人，並不瞭解川陀目前的情況。事實上，早就沒有皇帝陛下主持的聽證會了。」

「那麼我在這裡，應該向什麼人上訴呢？有沒有其他的途徑？」

「沒有，實際上沒有任何途徑。根據法律，你可以向皇帝陛下上訴，但是不會有任何聽證會。你可知道，當今聖上和恩騰皇朝的皇帝很不一樣。川陀恐怕已經落在貴族門第手中，換句話說，已被公共安全委員會的成員掌握。心理史學早已準確預測到這種發展。」

蓋爾說：「眞的嗎？如果眞是這樣，既然謝頓博士能預測川陀未來三百年的……」

「他最遠能預測到未來一千五百年。」

「即使他能預測未來一萬五千年，昨天爲什麼不能預測今天早上這些事，也好早點警告我……喔，抱歉。」蓋爾坐下來，用冒汗的手掌撐著頭。「我很瞭解心理史學是一門統計科學，預測個人的未來不會有任何準確性。我現在心亂如麻，才會胡言亂語。」

「可是你錯了，謝頓博士早已料到今天早上你會被捕。」

「什麼！」

「十分遺憾，但這是實情。對於他所主導的活動，委員會的敵意愈來愈濃，千方百計地阻撓我們招募新人。根據研判，假如現在就讓衝突升到最高點，會對我方最爲有利。可是委員會的步調似乎慢了一點，所以謝頓博士昨天去找你，迫使他們採取進一步的行動。沒有其他的原因。」

蓋爾嚇得喘不過氣。「你們欺人太甚……」

「拜託，這是不得已的。我們選擇你，絕對沒有私人的理由。你必須瞭解，謝頓博士的計畫是他十八年的心血結晶；任何機率夠大的偶發性事件，全都會涵蓋在裡面，現在這件事就是其中之一。我被派來這裡，唯一的目的就是安慰你，要你絕對不用害怕。這件事會有圓滿的結局；對我們的計畫而言，這點幾乎能確定；對你個人而言，機率也相當高。」

「機率到底是多少？」蓋爾追問。

「對於本計畫，機率大於百分之九九．九。」

「那我呢？」

「我被告知的數值是百分之七七．二。」

「那麼，我被判刑或處決的機率超過五分之一？」

「後者的機率不到百分之一。」

「算了吧，心理史學對個人的機率計算根本沒有意義。你叫謝頓博士來見我。」

「很抱歉，我做不到，謝頓博士自己也被捕了。」

蓋爾震驚得站起來，才剛剛叫出半聲，房門就被推開了。一名警衛衝進來，一把抓起桌上的錄音機，上下左右仔細檢查了一遍，然後放進自己的口袋。

艾法金沉著地說：「我需要那個裝置。」

「律師先生，我們會拿一個不發射靜電場的給你。」

「既然如此，我的訪談結束了。」

蓋爾眼巴巴望著他離去，又變得孤獨無助了。

6

審判並未進行得太久（蓋爾認爲那就是審判，雖然它與蓋爾從書上讀到的、那些精細的審判過程幾乎沒有類似之處。），如今才進入第三天。不過，蓋爾的記憶卻已無法回溯審判開始的情形。

蓋爾自己只被審問了幾句，主要火力都集中在謝頓博士身上。然而，哈里．謝頓始終好整以暇地坐在那裡。對蓋爾而言，全世界只剩下他是唯一穩定的定點了。

旁聽人士並不多，全是由貴族中精挑細選出來的。新聞界與一般民衆一律被拒於門外，因此外界幾乎不知道謝頓大審已經開始。法庭內氣氛凝重，充滿對被告的敵意。

公共安全委員會的五位委員坐在高高的長桌後方，他們身穿鮮豔的制服，頭戴閃亮且緊合的塑質官帽，充分代表他們在法庭上扮演的角色。坐在中央的是主任委員凌吉．陳，蓋爾不曾見過這麼尊貴的貴族，不禁出神地望著他。整個審判從頭到尾，陳主委幾乎沒有說半句話。多言有失貴族身分，他就是最好的典範。

這時委員會的檢察長看了看筆記，準備繼續審訊，而謝頓仍端坐在證人席上。

問：我們想知道，謝頓博士，你所主持的這個計畫，目前總共有多少人參與？

答：五十位數學家。

問：包括蓋爾．多尼克博士嗎？

答：多尼克博士是第五十一位。

問：喔，那麼總共應該有五十一位。請好好想一想，謝頓博士，也許還有第五十二、五十三位？或者更多？

答：多尼克博士尚未正式加入我的組織，他加入之後，總人數就是五十一。正如我剛才所說，現在只有五十名。

問：有沒有可能接近十萬人？

答：數學家嗎？當然沒有。

問：我並未強調數學家，我是問總人數有沒有十萬？

答：總人數，那您的數目可能正確。

問：可能？我認爲千眞萬確。我認爲在你的計畫之下，總共有九萬八千五百七十二人。

答：我想您是把婦女和小孩都算進去了。

問：（提高音量）我的陳述只說有九萬八千五百七十二人，你不用顧左右而言他。

答：我接受這個數字。

問：（看了一下筆記）那麼，讓我們暫且擱下這個問題，回到原先已討論到某個程度的那件事。謝頓博士，能否請你再說一遍對川陀未來的看法？

答：我已經說過了，現在我再說一遍，三個世紀之內，川陀將變成一團廢墟。

問：你不認爲這種說法代表不忠嗎？

答：不會的，大人，科學的眞理無所謂忠不忠。

問：你確定你的說法代表科學的眞理嗎？

答：我確定。

問：有什麼根據？

答：根據心理史學的數學架構。

問：你能證明這種數學眞的成立嗎？

答：只能證明給數學家看。

問：（帶著微笑）你是說，你的眞理太過玄奧，超出普通人的理解能力？我卻覺得眞理應該足夠清楚、不帶神祕色彩，而且不難讓人瞭解。

答：對某些人而言，它當然不困難。讓我舉個例子，研究能量轉移的物理學，也就是通稱的熱力學，人類從神話時代開始，就已經明瞭其中的眞理。然而今天在場諸位，並非人人都能設計一具發動機，即使聰明絕頂也沒辦法。不知道博學的委員大人們……

此時，一位委員傾身對檢察長耳語。他將聲音壓得很低，卻仍然聽得出嚴苛的口氣。檢察長立刻滿臉通紅，馬上打斷謝頓的陳述。

問：謝頓博士，我們不是來聽你演講的，姑且假設你已經講清楚了。讓我告訴你，我認爲你預測災難的眞正動機，也許是意圖摧毀百姓對帝國政府的信心，以遂你個人的目的！

答：沒有這種事。

問：我還認爲，你意圖宣揚在所謂的「川陀毀滅」之前，會有一段充滿各種不安的時期。

答：這倒是沒錯。

問：單憑這項預測，你就想朝那個方向努力，並且爲此召集十萬大軍？

答：首先，我想聲明事實並非如此。即使眞有那麼多人，只要調查一下，就會發現役齡男子還不到一萬，而且沒有任何一人受過軍事訓練。

問：你是否替什麼組織或個人工作？

答：檢察長大人，我絕對沒有受雇於任何人。

問：所以你公正無私，只爲科學獻身？

答：我的確如此。

問：那麼，讓我們看看你如何獻身科學。謝頓博士，請問未來可以改變嗎？

答：當然可以。這間法庭也許會在幾小時後爆炸，但也可能不會。如果它爆炸了，未來一定會產生些微變化。

問：謝頓博士，你在詭辯。那麼，人類整體歷史也能改變嗎？

答：是的。

問：容易嗎？

答：不，極爲困難。

問：爲什麼？

答：光就一顆行星上的人口而言，「心理史學趨勢」就有很大的慣性。想要改變那些趨勢，就必須以慣性相當的因素加諸其上。這需要很多人的集體力量，倘若人數太少，想要有所改變就得花費很長的時間。您能瞭解嗎？

問：我想我能瞭解。只要許多人都決定採取行動，川陀就不一定會毀滅。

答：這樣說很正確。

問：比如說十萬人？

答：不，大人，差太遠了。

問：你確定嗎？

答：請想想看，川陀的總人口數超過四百億。請再想想，毀滅的傾向並非川陀所獨有，而是遍佈整個帝國，而銀河帝國包含將近千兆的人口。

問：我懂了。不過十萬人仍有可能改變這種傾向，只要他們和子子孫孫不斷努力經營三百年。

答：恐怕還是不行，三百年的時間太短了。

問：啊！這麼說來，謝頓博士，根據你的陳述，我們只剩下一個合理的推論。你用你的計畫召集了十萬人，卻不足以在三百年內改變川陀未來的歷史。換句話說，不論他們做什麼，都無法阻止川陀的毀滅。

答：您不幸言中了。

問：話說回來，你那十萬人並沒有任何不法意圖？

答：完全正確。

問：（緩慢而帶著滿意的口氣）既然如此，謝頓博士——現在請注意，全神貫注地聽我說，因爲我們要一個經過深思熟慮的答案。那十萬人到底是用來做什麼的？

檢察長的聲音變得愈來愈尖銳。他冷不防地佈下這個圈套，將謝頓逼到死角，並狡獪地斬斷所有的退路。

旁聽席上的貴族因此掀起一陣騷動，甚至傳染到坐在前排的委員們。除了主任委員不動如山之外，其他四位衣著鮮豔的委員都在忙著交頭接耳。

哈里・謝頓卻不爲所動，靜靜地等著騷動消退。

答：爲了盡量降低毀滅所帶來的效應。

問：你這句話究竟是什麼意思？

答：答案非常簡單。川陀將要面臨的毀滅，並非人類發展過程中的孤立事件，而是一齣大戲的最高潮。這齣戲在幾世紀前便已開演，今後還會繼續加速進行。各位大人，我指的是整個銀河帝國的衰亡。

原先的騷動此時變成模糊的咆哮。檢察長也立刻吼道：「你公然宣傳……」然後就打住，因爲旁聽席上傳來陣陣「叛國」的怒吼，顯示這項罪名不必拍板便能定案。

主任委員將法槌緩緩拿起，重重敲下，法庭內便響起一陣柔美的銅鑼聲。等到回音消逝，旁聽席上的聒噪同時停止。檢察長做了一次深呼吸……

問：（誇張地）謝頓博士，你可明白，你提到的這個帝國已經屹立一萬兩千年，歷經無數代的起起伏伏，受到千兆子民的祝福和愛戴。

答：我對帝國的現狀和歷史都很清楚。請恕我直言，但我必須強調，我在這方面的知識要比在座每一位都多得多。

問：可是你卻預測它的毀滅？

答：這是數學所做的預測，我並未加入絲毫的道德判斷。對於這樣的展望，我個人也感到遺憾。即使承認帝國是一種不好的政體（我自己可沒有這麼說），帝國覆亡後的無政府狀態會更糟。我的計畫所誓言對抗的，正是那個無政府狀態。然而各位大人，帝國的覆亡是一件牽連甚廣的大事，可沒有那麼容易對付。它的原因包括官僚的興起、階級的凍結、進取心的衰退、好奇心的銳減，以及其他上百種因素。正如我剛才所說，它早已悄悄進行了數個世紀，而這種趨勢已經病入膏盲、無可救藥了。

問：帝國仍如往昔般強盛，這難道不是很明顯嗎？

答：我們見到的只是表面的強盛，彷彿帝國會延續千秋萬世。然而檢察長大人，腐朽的樹幹在被暴風吹成兩截之前，看起來也仍舊保有昔日的堅穩。此時此刻，暴風已在帝國的枝幹呼嘯。我們利用心理史學來傾聽，就能聽見樹枝間的嘰嘎聲。

問：（心虛地）謝頓博士，我們不是來這裡聽……

答：（堅定地）帝國注定將連同它所有的成就一起消逝。它累積的知識將會散逸，它建立的秩序也將瓦解。星際戰爭將永無休止，星際貿易也必然衰退；人口會急劇減少，而各個世界將和銀河主體失去聯繫。如此的情況會一直持續下去。

問：（在一片靜寂中小聲問）永遠嗎？

答：心理史學不但可以預測帝國的覆亡，還能描述接踵而來的黑暗時代。各位大人，如同檢察長所強調的，帝國已經屹立了一萬兩千年。其後的黑暗時代將不只這個數字，它會持續三萬年。然後「第二帝國」終將興起，但在這兩個文明之間，將有一千代的人類要受苦受難。我們必須對抗這種厄運。

問：（稍微恢復一點）你自我矛盾。你剛才說無法阻止川陀的毀滅，因此，想必你對所謂的帝國覆亡同樣束手無策。

答：我並沒有說可以阻止帝國的覆亡，但是現在還來得及將過渡期縮短。各位大人，只要允許我的人立刻行動，便有可能把無政府時期縮短到一個仟年。我們正在歷史的臨界點上，必須讓那些突如其來的重大事件稍加偏折——只要偏一點就好，也不可能改變太多。但這就足以從人類未來的歷史中，消除兩萬九千年的悲慘時代。

問：你準備如何進行？

答：善加保存人類所有的知識。人類知識的總和，不是一個人甚至一千人所能概括的。當我們的社會組織毀敗之後，科學也將分裂成上百萬的碎片。到時候，每個人學到的都僅僅是極零碎的片斷知識，它們會變得既無用又無法自足。知識的碎片起不了作用，也不可能再傳遞下去，它們將遺失在世代交替的過程中。但是，假如我們現在著手將所有的知識集中起來，那就永遠不會再失落。未來的世代可以從這些知識出發，不必自己再重新來過。這樣，一個仟年就能完成三萬年的功業。

問：你說的這些……

答：我的整個計畫，我手下的三萬人和他們的妻小，都將獻身於《銀河百科全書》的準備工作。他們一生都無法完成這個龐大的計畫，我甚至見不到這個工作正式展開。但是在川陀覆滅前它一定會完成，到時銀河各大圖書館都能保有一套。

主任委員舉起法槌敲了一下。哈里．謝頓走下證人席，默默走回蓋爾身邊的座位。

他微笑著說：「你對這場戲有什麼看法？」

蓋爾答道：「您先發制人。但是接下來會怎麼樣呢？」

「他們會休庭，試著和我達成私下協議。」

「您怎麼知道？」

謝頓說：「老實講，我並不知道。一切決定都操在這位主委手上。我花了幾年時間研究這個人，試圖分析他的行爲和手段。可是你也瞭解，將個人無常的行徑引進『心理史學方程式』有多麼不可靠。但我仍然抱著希望。」

7

艾法金走過來，向蓋爾點了點頭，然後彎下腰和謝頓耳語。休庭的鈴聲忽然響起，法警馬上走來將他們分開。蓋爾立刻被帶走了。

第二天的情況完全不同。除了哈里．謝頓與蓋爾．多尼克之外，就只有委員會的成員出席。他們一起坐在會議桌前，五位法官與兩位被告之間幾乎沒有隔閡。法官甚至還招待他們兩人抽雪茄。塑質雪茄盒表面散發著暈彩，像是一團不停流轉的液體；雖然它的確由堅硬乾燥的固體製成，卻會令眼睛產生運動感的錯覺。

謝頓拿了一支雪茄，蓋爾則婉謝了。

謝頓說：「我的律師並不在場。」

一位委員答道：「謝頓博士，審判已經結束了。我們今天是來和你討論國家安全問題。」

凌吉．陳突然說：「我來發言。」其他委員立刻正襟危坐，靜待主委的高見。室內變得分外寧靜，只等陳主委開口了。

蓋爾則屏息等待。事實上，精瘦結實、外表超過實際年齡的陳主委才是銀河帝國眞正的皇帝。目前那個具有皇帝頭銜的小孩子，只不過是他所製造的傀儡，而且還不是第一個。

陳主委說：「謝頓博士，你騷擾了京畿的安寧。生活在銀河各地的千兆子民，沒有任何人能再活上一百年。那麼，我們爲何要關心三個世紀以後的事？」

「我自己還剩不到五年的壽命，」謝頓說：「可是我對未來關心至極。你可以說這是一種理想主義，也可以說我個人認同了『人類』這個神祕而抽象的概念。」

「我不想浪費精力去瞭解什麼神祕主義。請你直截了當告訴我，爲何不能今晚就將你處決，順便將我自己見不到、既沒用又煩人的三世紀後的未來，跟你的屍體一塊拋在腦後？」

「一個星期之前，」謝頓輕描淡寫地說：「您這樣做，也許還有十分之一的機率活到年底。到了今天，這個機率已經降爲萬分之一。」

衆人立刻發出喘息的聲音與不安的騷動。蓋爾甚至感到後頸的汗毛直豎起來，陳主委則稍微垂下眼瞼。

「怎麼會呢？」他問。

「川陀的覆滅，」謝頓說：「是任何努力都無法阻止的。然而，要使它加速卻非常容易。這場審判半途終止的消息很快會傳遍整個銀河，人們會知道這個試圖減輕浩劫的計畫橫遭破壞，因而對未來失去信心。現代人已經對祖父輩的生活充滿羨忌，今後還會目睹政治革命的升高和經濟蕭條的惡化。整個銀河會蔓延著一種情緒，認爲到了那個時候，自己能搶到些什麼才是最重要的。野心家一刻都不會等待，亡命之徒更不可能放棄這個機會。他們將採取的行動，每一步都會加速各個世界的傾頹。假如將我殺掉，川陀覆滅的時刻將提前到未來五十年；而您自己的生命，則會在一年之內結束。」

陳主委說：「這些話只能嚇唬小孩子，不過將你處死並非我們唯一的選擇。」

他將壓在一疊文件上的細瘦手掌抬起來，只剩兩根指頭按在頂端那張紙上。

「告訴我，」他繼續說：「你將採取的唯一行動，眞的只是準備出版那套百科全書？」

「是的。」

「需要在川陀進行嗎？」

「大人，川陀是帝國圖書館的所在地，還有川陀大學豐富的學術資源。」

「可是如果讓你們到別處去，比方說到另外一顆行星，以免都會的繁華喧擾打擾你們的學術研究，好讓你的手下都能專心一志地投入工作——這樣不是也很好嗎？」

「也許稍微有點好處。」

「那麼，地方已經爲你們選好了。博士，你如果有空，也可以跟手下的十萬人一起工作。我會讓整個銀河的子民都知道，你們正在爲對抗帝國的覆亡而奮鬥。我甚至還會透露，你們的工作能夠阻止它的覆亡。」他微微一笑，「由於我個人並不相信這些事，也就根本不相信你所謂的覆亡，所以我絕對認爲自己在對人民說實話。博士，這樣一來，你就不會給川陀帶來麻煩，也就不會再攪擾皇帝陛下的安寧。

「除此之外，只剩下將你處決這一條路，還有你的手下，需要處死的也絕不留情。我才不理會你剛才的威脅。從現在開始，我給你整整五分鐘的時間，讓你選擇要接受死刑或是流放。」

「大人，您選定的是哪個世界？」謝頓問。

「我想它叫作端點星。」陳主委說，並隨手將桌上的文件轉向謝頓的位置。「現在沒有住人，不過相當適於居住，還能改造得符合學者們的需要。它可算是與世隔絕……」

謝頓突然插嘴道：「大人，它位於銀河的邊緣。」

「我說過了，可算是與世隔絕。它正好適合你的需要，在那裡一定能專心工作。趕快，只剩兩分鐘了。」

謝頓說：「我們需要時間來安排這趟遷移，算來總共有兩萬多戶人家。」

「你會有足夠的時間。」

謝頓又思考了一下，在進入倒數最後一分鐘的時候，他終於說：「我接受流放。」

謝頓這句話讓蓋爾的心跳停了一拍。他最主要的情緒，是爲了自己能逃過鬼門關而慶幸不已。但在大大鬆了一口氣之後，他竟然也因爲謝頓被擊敗而稍感遺憾。

8

當計程飛車呼嘯穿過幾百哩蛀孔般的隧道，向川陀大學前進時，他們有好長一段時間只是默默坐著。最後蓋爾忍不住了，他說：

「您告訴主委的話當眞嗎？假使您被處決，眞的會加速川陀的覆滅？」

謝頓說：「關於心理史學的研究結果，我從來不曾說謊。何況這次說謊根本沒有好處。陳主委知道我說的都是實情，他是一位非常精明的政治人物。由於工作的本質，政治人物對心理史學的眞理必須有很好的直覺。」

「那麼您需要接受流放嗎？」蓋爾表示不解，但是謝頓並未回答。

抵達川陀大學的時候，蓋爾的肌肉已經完全不聽使喚，他幾乎是被拖出飛車的。

整個校園籠罩在一片光海中，蓋爾這才想起川陀世界也應該有太陽。

校園的建築與川陀其他地方很不一樣。這裡沒有鋼鐵的青灰色，而是到處充滿銀色，那是一種類似象牙的金屬光澤。

謝頓說：「好像有軍人。」

「什麼？」蓋爾向廣場望去，果眞看到前方有一名哨兵。當兩人走到哨兵面前時，門口又出現一名口氣溫和的陸軍上尉。他說：「謝頓博士嗎？」

「是的。」

「我們正在等你。從現在開始，你和你的手下都將接受戒嚴令的監管。我奉命通知你，你們有六個月的時間可以準備遷移到端點星。」

「六個月！」蓋爾想發作，謝頓卻輕輕捏了捏他的手肘。

「這是我所奉的命令。」軍官重覆道。

那位軍官走開後，蓋爾轉身對謝頓說：「哈，六個月能幹什麼？這簡直是變相謀殺。」

「安靜點，安靜點，到我的辦公室再說。」

謝頓的辦公室並不算大，但是有相當完善、也相當能欺敵的防諜設備。如果有間諜波束射到這裡，反射回去的並非令人起疑的靜啞，也不是更明顯的靜電場。對方只會接收到很普通的對話，那是由包含各種聲音與腔調的語音庫隨機產生的。

「其實，」謝頓從容地說：「六個月足夠了。」

「我不明白。」

「孩子，因爲在我們這種計畫中，他人的行動全都能爲我所用。我不是告訴過你，陳主委是有史以來思維模式被分析得最徹底的一個人。若不是時機和狀況已經成熟，確定我們將得到預期的結果，我們根本不會引發這場審判。」

「但是您能夠安排——」

「——被流放到端點星？有何困難？」謝頓在書桌某個角落按了一下，背後的牆壁立刻滑開一小部分。這個按鈕設有掃瞄裝置，只會對他的指紋有所反應。

「裡面有幾捲微縮膠片，」謝頓說：「你把標著『端』的那捲取出來。」

蓋爾依言取出那捲膠片，謝頓將它裝到投影機上，並且遞過來一副接目鏡。蓋爾將接目鏡調整好，眼底就展現出微縮膠片的內容。

他說：「可是這……」

謝頓問道：「你爲何吃驚？」

「您已經花了兩年時間準備遷移嗎？」

「兩年半。當然，我們原來無法確定他會選擇端點星，但我們希望他會如此決定，所以我們根據這個假設來行動……」

「謝頓博士，可是爲什麼呢？您爲什麼要做這樣的安排？如果留在川陀，不是一切都能掌握得更好許多嗎？」

「啊，這裡頭有好幾個原因。我們去端點星工作，會得到帝國的支持，不會再引發危及帝國安全的疑懼。」

蓋爾說：「可是當初您引起那些疑懼，正是爲了要他們判您流放，這我還是不懂。」

「要讓兩萬多戶人家，心甘情願地移民到銀河的盡頭，似乎是不太可能的事。」

「但是何必強迫他們去呢？」蓋爾頓了頓，「不能告訴我原因嗎？」

「時辰未到。目前能讓你知道的，是我們將在端點星建立一個科學避難所。而另一個則會建在銀河的另一端，或者可以說，」他微微一笑，「在『群星的盡頭』。至於其他的事，我很快就要死了，你將比我看到得更多——別這樣，別這樣子。不要吃驚，也不必安慰我。我的醫生都說，我頂多只能再活一兩年。可是在此之前，我將完成一生中最大的心願，這也就死而無憾了。」

「您離世後，又該如何呢？」

「啊，自然會有後繼者——或許你自己也是其中之一。這些人將為我的計畫踢出臨門一腳，也就是在適當的時機，以適當的方式煽動安納克里昂叛變。從此之後，一切就會自行運作。」

「我還是不瞭解。」

「你會瞭解的。」謝頓佈滿皺紋的臉孔，同時顯現出安詳與疲憊。「大多數人將會去端點星，但少數人要留下來。這些都不難安排——至於我自己，」他最後一句話非常小聲，蓋爾只能勉強聽見他說的是：「吾事已畢。」

端點星：……它的位置偏遠（請參考星圖），與其在銀河歷史中扮演的角色形成強烈對比。但正如許多作家一再不厭其煩地指出，這乃是歷史的必然結果。端點星位於銀河旋臂的最前緣，是伴隨該處一顆孤獨恆星的唯一行星。它的自然資源貧乏，也幾乎毫無經濟價值。被發現了五個世紀，仍然沒有移民遷入。直到百科全書編者登陸……

下一代長大後，端點星的角色不可避免地起了變化，不再只是川陀心理史學家們的附屬品。隨著安納克里昂的叛變，以及首任市長塞佛·哈定的勢力逐漸崛起……

——《銀河百科全書》

1

在辦公室明亮的一角，路易．皮翰納正在書桌前埋頭苦幹。許多工作需要他協調，許多人力需要他規劃。就像千絲萬縷，需要他細心紡織成精美的織錦。

五十年過去了，他們花了五十年的時間，將這個「百科全書第一號基地」建立成一個完善的機構。這五十年的光陰，全都花在蒐集資料以及準備工作上。

如今準備工作終於告一段落。五年之後，銀河有史以來最偉大的巨著即將出版第一冊。此後每隔十年會再出一冊，時程定得像機械裝置一般準確。同時還將出版許多附冊，刊載重要時事的相關專文，直到……

當書桌上的蜂鳴器低聲嗚嗚作響時，皮翰納不安地挪動了一下。他幾乎忘了還有一個約會。他趕緊按下開門的掣鈕，便從眼角瞥見塞佛．哈定魁梧的身材出現在門口。不過，皮翰納並沒有抬起頭來。

哈定自我解嘲地微微一笑。他的確有急事，但是並未表現出任何不悅，因爲他很瞭解，皮翰納對於打擾他工作的任何人或任何事，一律採取這種不聞不問的傲慢態度。哈定只是坐到書桌另一側的椅子上，耐心地等待著。

現在，只有皮翰納的鐵筆劃在紙上所發出的沙沙聲，除此之外沒有任何的聲音或動作。哈定從背心口袋掏出一枚兩信用點的硬幣，順手彈到空中。硬幣在空中飛快翻滾，不銹鋼的表面反映出閃動的光芒。然後哈定伸手抓住硬幣，再將它彈出去，懶洋洋地盯著閃爍的反光。在這顆一切金屬仰賴進口的行星上，不銹鋼還眞是貨幣的適當材料。

皮翰納終於抬起頭，眨了眨眼睛。「停下來！」他的語氣充滿不悅。

「啊？」

「別再丟那可惡的硬幣了。」

「喔。」哈定將硬幣放回口袋，「你忙完的時候，請告訴我一聲好嗎？我已經答應他們，在新下水道的計畫付諸表決之前，一定趕回市議會去。」

皮翰納嘆了一口氣，起身離開書桌。「我有空了，但是希望你別拿市政府的公事來煩我。拜託，你自己處理就好了，百科全書已經佔了我全部的時間。」

「你聽到新聞了嗎？」哈定以冷靜的口氣問道。

「什麼新聞？」

「就是端點市超波接收站兩小時前收到的新聞，安納克里昂星郡的皇家總督已經自立爲王了。」

「哦？那又怎麼樣？」

「那就代表說，」哈定答道：「我們和帝國內域的聯繫被切斷了。我們早已預料到這件事，可是這卻於事無補。安納克里昂剛好橫跨我們和川陀、聖塔尼，以及織女星系的最後一條貿易路線之上。以後我們的金屬要從哪裡進口呢？過去六個月，我們未能弄到任何的鋼和鋁，現在更是一點辦法也沒有了，除非安納克里昂的國王大發慈悲。」

皮翰納不耐煩地「嘖」了好幾聲。「那就從他那裡進口好了。」

「但是我們能這樣做嗎？皮翰納，聽我說，根據設立這個基地的特許狀，百科全書委員會之下的理事會擁有完全的行政權。我這個端點市的市長，僅有的權力大概只能在一旁擤鼻涕，如果想要打個噴嚏，還得先請你副署一張行政許可令。好吧，就讓你和理事會來作決定。我現在以本市的名義請求你，趕快召開一個緊急會議，我們的繁榮全賴於和整個銀河的暢通貿易。」

「好了！別把競選演說搬到這裡來。哈定，給我聽好，理事會並沒有禁止在端點星上成立市政府。我們瞭解這是確有必要的，因爲自從基地建立以來，五十年間人口已有大幅的增加，而且和百科全書無關的居民愈來愈多。但是這並不代表說，我們這個基地首要的、也是唯一的目的——出版網羅人類全體知識的百科全書——已經不復存在。哈定，我們是一個國立的科學機構。我們不能、不可以，也不會介入任何的地方性政治。」

「地方性政治？皮翰納，看在皇帝陛下腳趾的份上，這是攸關生死存亡的大事。端點星自身並不能維持一個機械化文明。這裡極端缺乏金屬，這點你應該很明白。在這顆行星的表殼岩石裡，完全找不到一丁點的鐵礦、銅礦或鋁礦，其他的金屬也幾乎都沒有。假如那個所謂的安納克里昂國王吃定我們，你想想看，你的百科全書命運又會如何？」

「吃定我們？你難道忘了，我們是直屬於皇帝陛下的機構，不是安納克里昂星郡或者其他任何行政區的一部分。這點給我牢牢記住！我們這裡是皇帝陛下直轄的區域，沒有任何人敢碰我們，帝國會好好保護端點星的。」

「那麼，現在安納克里昂的皇家總督自立門戶，帝國爲什麼不阻止呢？而且何止安納克里昂，至少有二十個帝國最外圍的星郡，事實上就是整個的『銀河外緣』，全都已經各自爲政了。我告訴你，我對帝國根本不敢抱什麼指望，更不相信它有能力保護我們。」

「胡扯！皇家總督和國王——又有什麼兩樣？帝國裡面一向有各式各樣的政治主張，不同的人有不同的治國理念。過去也曾經有總督叛變，也有皇帝因而被罷黜或遇刺，但是這些可曾動搖帝國的根本？哈定，忘掉這個消息吧，這不關你我的事。我們是徹頭徹尾的——科學家，我們的志業就是銀河百科全書。喔，對了，我差點忘了。哈定！」

「什麼事？」

「管管你的那份報紙吧！」皮翰納的聲音帶著憤怒。

「你是指〈端點市日報〉嗎？那不是我的，它是一家私人企業。它哪裡惹到你了？」

「這幾個星期，它一直在鼓吹要擴大慶祝基地建立五十週年紀念。建議把這一天定爲公定假日，還倡導一些極不合宜的慶祝活動。」

「這有什麼不好呢？三個月之後，電腦鐘就會開啓『穹窿』。我認爲穹窿首度開啓是一件大事，你不這麼認爲嗎？」

「哈定，這並不適合舉辦愚蠢的慶典。穹窿的開啓只是理事會的事。如果我們獲得任何重要的訊息，一定會立刻向大衆宣佈。就這麼敲定，請務必向〈日報〉解釋清楚。」

「皮翰納，很抱歉，但是端點市憲章上保證了一點小事，叫作新聞自由。」

「或許吧，但是理事會卻不吃這一套。哈定，我可是皇帝陛下派駐端點星的欽命代表，在這方面我有絕對的權力。」

從哈定的表情，看得出他在盡最大的努力強忍怒意。他繃著臉說：「我還有最後一個消息，正是要對你這位欽命代表報告的。」

「跟安納克里昂有關嗎？」皮翰納緊繃著嘴唇，感到厭煩透了。

「對。兩個星期後，安納克里昂將派遣一名特使到這裡來。」

「特使？到這裡來？安納克里昂派來的？」皮翰納沉思許久，「來幹什麼？」

哈定站起來，將椅子推回書桌旁邊。「我讓你猜猜看。」

他隨即離去——連個招呼都沒有打。

2

安瑟姆．浩．若綴克是安納克里昂國王派到端點星來的特使，他是普洛瑪的副提督，此外還擁有五、六項其他頭銜。他的名字中間那個「浩」，代表的正是貴族血統。當他抵達端點星時，哈定特別親自到太空航站迎接，並且安排了隆重的外交禮節。

這位副提督帶著僵硬的微笑，微微彎下腰，將手銃從皮套中取出來，銃柄朝前遞給哈定。哈定也還以相同的禮數，他遞過去的手銃還是特地借來的。完成這個儀式後，就代表雙方從此建立起友誼與善意。即使哈定注意到若綴克肩處的突起，也謹慎地視而不見。

在迎接特使的地面車周圍，前後左右都簇擁著一群職位較低的官員。整個車隊以遊行般緩慢的速度開向「全書廣場」，沿途都有許多熱情民眾夾道歡迎。

副提督一直以軍人與貴族應有的矜持，接受著群眾的歡呼。

他對哈定說：「這座城市就是你們整個的世界？」

哈定努力提高音量，才能壓過鼎沸的人聲。「閣下，這裡是個新的世界。在我們這顆不起眼的行星短得可憐的歷史中，很少有像您這麼尊貴的貴族蒞臨巡視。因此，群眾才會這般如癡如狂。」

當然，這位「尊貴的貴族」並沒有聽出話中的諷刺之意。

他若有所思地說：「五十年前建立的。嗯——嗯！市長，你們一定還有很多未開發的土地，難道從來沒有想到劃分成領地？」

「目前爲止，還沒有這個需要。我們的人口相當集中，我們必須如此，這全是爲了那套百科全書。也許有一天，當我們的人口增長到……」

「眞是一個奇怪的世界！你們沒有農民嗎？」

哈定感到這位大人不斷在套他的話，不過技巧相當拙劣，不必多少敏銳度便能察覺出來。哈定只是隨口答道：「沒有——也沒有貴族。」

若綴克大人揚起眉毛。「那你們的領導者……等一下我要跟他碰面的那位？」

「您是指皮翰納博士？對！他是理事會的主席——還是皇帝陛下的欽命代表。」

「博士？沒有別的頭銜嗎？他只是一名學者？地位竟然比市長還要高？」

「啊，當然啦。」哈定親切地答道。「這裡的人多少都算是學者。畢竟這裡是皇帝陛下直轄的科學基地，而不是一個普通的世界。」

哈定故意將「皇帝陛下直轄」稍微加重了語氣，這似乎令副提督有點不知所措。在車隊抵達「全書廣場」之前，他一直維持著若有所思的沉默。

即使哈定對下午與晚間的活動感到萬分無聊，至少有一件事令他滿意。那就是他注意到皮翰納與若綴克這兩個人，雖然在見面時表現得非常熱絡而且相互尊重——骨子裡卻彼此極爲厭惡對方。

若綴克大人到百科全書大樓進行「視察」的時候，一直帶著茫然的神情聆聽皮翰納的解說。他們經過巨大的資料影片儲藏室以及無數間放映室，從頭到尾他都不失禮貌地帶著空洞的微笑，耐心聽著皮翰納急促的介紹。

走下一層又一層，經過了寫作部、編輯部、出版部、影視部，他才終於說出他的第一句感想。

「這一切都非常有趣，」他說：「但是對成年人而言，卻似乎是個奇怪的職業。這種工作有什麼用處？」

哈定注意到，對於這個評語皮翰納無言以對，但是從他臉上的表情，卻看得出他絕對不同意。

晚餐時的情形卻幾乎與下午完全相反，自始至終都是若綴克大人在說話。他不厭其煩地敘述最近安納克里昂與新近獨立的鄰邦司密爾諾王國開戰時，自己擔任營長所立下的彪炳戰功。他滔滔不絕地愈說愈興奮，連技術性細節也鉅細靡遺。

這位副提督的故事講到晚餐結束還意猶未盡，職位較低的官員一個個趁機告退。皮翰納與哈定則陪著他走到陽台，在夏日黃昏的溫暖空氣中偷閒片刻。直到這時，他才總算將大敗敵軍星艦的光榮戰果報告完畢。

「現在，」他興致勃勃地說：「該言歸正傳了。」

「洗耳恭聽。」哈定喃喃答道，同時點燃一根長雪茄——那是織女星系進口的，他突然想到所剩不多了。他仰靠在椅子上，撐起兩條椅腿來回地搖晃。

銀河高高懸在天空，透鏡狀的朦朧從地平線一端延伸到另一端。此處位於銀河的邊緣，天際僅有少數幾顆寒星，與壯麗的銀河根本無法相比。

「當然，」副提督說：「所有的正式會談，包括簽署文件等等無聊的技術性細節，都要在你們……你們管你們的議會叫什麼？」

「理事會。」皮翰納冷淡地答道。

「眞是古怪的名字！反正，那些都是明天的事。不過我想，現在最好先來解決一些可能的障礙，大家開誠佈公，好不好？」

「這話的意思是——」哈定立刻追問。

「很簡單。在銀河外緣這一帶，如今局勢已經有些改變，你們這顆行星的現狀也變得有點曖昧不明。如果我們能對目前的狀況達成共識，對雙方都會非常方便。對了，市長，這種雪茄還有沒有？」

哈定萬分不願地拿了一根給他。

若綴克大人將雪茄放在鼻端聞了聞，發出高興的「咯咯」笑聲。「織女煙草！你從哪裡弄來的？」

「這是上次的船貨，不過現在沒剩幾根了。天曉得我們何時能再補貨——或許沒有機會了。」

皮翰納皺起眉頭，他不會抽煙，因此很討厭煙味。「閣下，我想瞭解一下，您的任務就只是來釐清現狀嗎？」

若綴克大人一面點頭，一面使勁噴出第一口煙。

「既然如此，一句話就能說完。百科全書基地的地位仍如往昔一樣。」

「啊！那麼所謂往昔的地位又是什麼？」

「是一個國立科學機構，是神聖威嚴的皇帝陛下直轄的領域。」

這位副提督似乎不爲所動，只顧吐著煙圈。「皮翰納博士，很好的理論。我能想像你還擁有蓋了國璽的特許狀——但是當今實際的局勢又是如何？面對司密爾諾，你們要如何自處？你要知道，他們的首都離你們很近，可不是五十『秒差距』那麼遙不可及。此外，別忘了還有高努姆和洛瑞斯。」

皮翰納說：「我們和任何星郡都沒有瓜葛，我們是皇帝陛下的……」

「它們不是星郡，」若綴克大人提醒他，「它們已經是王國了。」

「就算是王國吧，我們仍然和他們沒有任何瓜葛。身為一個科學機構……」

「科學個屁！」對方突然開罵，「我們就要眼睜睜看著端點星被司密爾諾拿下，你這些鬼名目有個屁用？」

「可是皇帝陛下呢？他怎麼可能坐視不顧？」

若綴克大人冷靜下來，繼續說：「好吧，皮翰納博士，你尊重皇帝陛下的御產，安納克里昂其實也一樣，問題是司密爾諾可不這麼想。請記住一件事，我們才跟皇帝陛下簽訂一項條約——明天我會呈一份副本給你們的理事會。根據這項條約，我們有義務代表皇帝陛下維持『前安納克里昂星郡』境內的秩序。我們的責任至為明確，對不對？」

「當然，但是端點星並不屬於安納克里昂星郡。」

「可是司密爾諾……」

「我們也不屬於司密爾諾星郡，我們不屬於任何一個星郡。」

「司密爾諾知道這件事嗎？」

「我才不管他們知不知道。」

「可是我們得管。我們兩國的戰爭剛剛結束，他們至今還佔領我們的兩個星系。端點星位於我們兩國之間，佔有極重要的戰略地位。」

哈定聽得厭了，插口道：「閣下，請問您究竟有什麼提議？」

這位副提督似乎早已不想再拐彎抹角，他立刻單刀直入、簡單明瞭地說：「情況好像非常明顯，因為端點星無法自衛，安納克里昂為了自身的安全，必須負起保衛端點星的責任。你們應該瞭解，我們絕對無意干涉內政——」

「哼——哼。」哈定發出幾聲乾笑。「——但是我們相信，就各方面來說，讓安納克里昂在這顆行星建立一座軍事基地，都會是一項最佳的措施。」

「這就是你們想要的嗎——在端點星廣大無人的土地上建立軍事基地——就這樣而已嗎？」

「嗯，當然啦，還有這個防衛部隊的補給問題。」

哈定讓椅子恢復四腳著地，並將雙肘放到膝蓋上。「現在我們談到問題的癥結了，讓我們就明說吧。端點星今後要接受你們的保護，並且要向你們進貢。」

「不是進貢，而是納稅。我們保護你們，你們付出合理的代價。」

皮翰納在椅子上猛力一拍，發出一聲巨響。「哈定，讓我來說。閣下，我絕不會付半個信用點給安納克里昂或司密爾諾，也不會爲你們的地方性政治或小小戰爭出任何經費。我告訴你，這裡是免稅的國立機構。」

「國立？皮翰納博士，但我們才是這裡的『國』，而我們不要再『立』了。」

皮翰納氣沖沖地站起來。「閣下，我是神聖威嚴——」

「——皇帝陛下的欽命代表。」若綴克以尖酸的語氣唱和，「我卻是安納克里昂國王的欽命代表。皮翰納博士，安納克里昂離這裡近多了。」

「讓我們談正經事吧。」哈定勸道。「閣下，你們要如何徵收所謂的稅金？願意接受現物嗎，例如麥子、馬鈴薯、蔬菜、牲畜？」

副提督瞪大眼睛。「搞什麼鬼？我們要那些東西做什麼？我們自己都生產過剩了。我指的當然是黃金。若是你們剛好盛產鉻或釩，那就更好了。」

哈定哈哈大笑。「盛產？我們甚至連鐵都不產。黃金！來，看看我們的錢幣。」他將一枚硬幣扔過去。

若綴克大人掂掂那枚硬幣，又仔細看了看。「這是什麼做的？鋼嗎？」

「沒錯。」

「我不懂。」

「端點星幾乎不產任何金屬，所有的金屬都靠進口。因此，我們沒有任何黃金，除了能夠付你們幾千袋馬鈴薯，其他什麼都拿不出來。」

「那麼——工業製品呢？」

「既然缺乏金屬，我們又怎麼製造機器？」

沉默一陣子之後，皮翰納再度試圖說服對方。「這整個的討論都太離譜了。端點星並不能算一個世界，只是一座科學基地，專門負責編纂一部偉大的百科全書。太空啊，老兄，你難道一點都不尊重科學嗎？」

「百科全書又不能讓我打勝仗。」若綴克大人皺起眉頭，「所以說，這是個完全不事生產的世界——而且十之八九無人居住。好吧，你們可以用土地來抵付。」

「你這話是什麼意思？」皮翰納問。

「你們這個世界根本沒有什麼人，那些無人居住的土地也許很肥沃。安納克里昂的許多貴族都希望能擴充他們的領地。」

「你難道想提議說……」

「皮翰納博士，不必表現得那麼驚慌，這裡的土地足夠我們分的。如果一切都能按照計畫進行，而你們又充分合作，我們也許還能安排一下，讓兩位不但沒有損失，還能榮獲貴族頭銜，並且獲賜領地。我想，兩位瞭解我的意思吧。」

皮翰納冷笑一聲。「謝謝你的好意！」

這時哈定以直率的口吻說：「安納克里昂能不能提供我們足夠的鈽元素？我們的核電廠只剩幾年的存量了。」

皮翰納倒抽一口涼氣，接下來是好幾分鐘的死寂。當若綴克大人再度開口時，語氣竟然變得與先前完全不一樣了。

「你們有核能？」

「當然啦，這有什麼不尋常嗎？我相信核能的歷史至少有兩萬年了，我們為什麼不能用呢？唯一的問題就是鈽的取得有些困難。」

「是啊……是啊。」特使大人停了一下，然後心虛地說：「好吧，兩位先生，我們明天再討論這個議題。我要告辭了……」

皮翰納望著他的背影，咬牙切齒地說：「這隻超級大笨驢！簡直令人無法忍受……」

哈定插嘴道：「也不盡然，他只是那個環境的產物罷了。他只懂得一件事，『我有鎗，你沒有』。」

皮翰納氣急敗壞地轉身面向哈定。「你跟他大談軍事基地和貢品，到底是什麼意思？難道你瘋了？」

「不，我只是順水推舟，讓他把心裡的話通通說出來。你也該注意到，他已經不小心說溜了嘴，向我們透露了安納克里昂眞正的企圖——那就是，將端點星劃分成他們的封地。當然，我可不想讓這種事眞正發生。」

「你不想，你不想！你以爲自己是誰？我還要問你，你對他大吹我們的核電廠又是什麼意思？唉，你這樣說，唯一的結果是讓我們變成攻擊目標。」

「不對，」哈定咧嘴一笑，「是變成『絕不能攻擊的目標』。我提出這個問題，難道原因不明顯嗎？這樣便證實了我原來強烈懷疑的一件事。」

「那是什麼事？」

「安納克里昂已經不再擁有核能。倘若他們還有，這位大人一定會知道核能發電老早不用鈽元素作原料了。從這一點我們就可以推論，銀河外緣的其他世界也都沒有核能了。至少司密爾諾絕對沒有，否則在他們最近的戰爭中，安納克里昂不可能贏得大多數的戰役。這點很有趣，你說對不對？」

「哼！」皮翰納帶著怒氣離去，哈定卻很有修養地微笑著。

哈定丟掉抽完的雪茄，抬頭仰望伸展在天際的銀河。「他們回歸到了石油和煤炭的時代，是嗎？」他喃喃自語。至於他還想到些什麼，這時都還藏在心裡。

3

前些日子，哈定否認他擁有〈端點市日報〉，表面上是說實話，事實上卻沒有那麼單純。當初，在倡導組織端點星自治市的運動中，哈定始終是運動的領導人物；而在端點市政府成立之後，他又當選爲首任市長。因此，雖然哈定名下沒有半點〈日報〉的股份，他卻以間接的手段，控制著其中的百分之六十。

這不足爲奇，方法多得是。

因此之故，一旦哈定向皮翰納建議，也應該讓他出席百科全書理事會的會議，〈日報〉便不約而同地開始鼓吹同樣的主張。後來，還因此召開基地有史以來首度的群衆大會，一致要求市政府應該在「國家級」政府中佔有一席之地。

最後的結果，是皮翰納不得不勉強接受。

這時，哈定在理事會中敬陪末座，窮極無聊地想著，爲什麼科學家都是九流的行政人員。或許只因爲他們慣於處理彈性較少的自然現象，而不懂得如何應付善變的人心。

坐在哈定左邊的理事是湯瑪茲．瑟特與袞德．法拉，右邊的則是盧定．克瑞斯特與葉特．富漢，而主席就是皮翰納本人。哈定與所有的理事當然都相熟，但是他們在這個場合中，好像都故意端起一點特別的架子。

在會議開頭的例行程序中，哈定一直都在假寐。直到皮翰納舉起杯子喝了一口水，準備進入正題時，哈定才即時恢復清醒。皮翰納發言道：

「我非常榮幸有這個機會，向理事會報告下列事項：上次會議後，我接到一個重要的通知——帝國的總理大臣道爾文大人，將在兩星期後蒞臨端點星。毫無疑問，只要他向皇帝陛下稟報這裡的情況，我們和安納克里昂的緊張關係就會有完全令人滿意的改善。」

他微微一笑，對著坐在另一頭的哈定說：「這項消息的詳細內容已經轉交〈日報〉。」

哈定暗自感到好笑。這似乎很明顯，皮翰納所以會允許他參加這個「聖會」，原因之一就是要在他面前誇耀這個消息。

哈定故作鎮靜地說：「請各位不要言不及義，你們認為道爾文大人是來做什麼的？」

湯瑪茲．瑟特首先發言。他在發表正式談話時有個壞習慣，就是喜歡用第三人稱來稱呼對方。

「顯然，」他陳述道：「哈定市長是一位精明的政治人物。他不可能不知道，皇帝陛下絕對不會允許直接的權益受到侵害。」

「為什麼？如果真的發生這種事，皇帝陛下又會如何處置？」

這句話引起其他人的反感。皮翰納說：「你不遵守議事規則。」然後，他又加上一句：「此外，還發出跡近叛國的言論。」

「這算是對我的答覆嗎？」

「是的！如果你沒有別的話要說……」

「別急著下結論，我還想問一個問題。除了這個外交手段——它究竟有沒有用還很難說——我們面對安納克里昂的威脅，到底有沒有採取任何具體的因應措施？」

葉特．富漢撫摸著他深紅的八字鬍。「你看到了威脅，是嗎？」

「你看不到嗎？」

「幾乎沒有。」他露出虔敬的神態，「皇帝陛下……」

「太空啊！」哈定感到煩透了，「這算是哪門子？每隔一會兒就會有人提起『皇帝陛下』或是『帝國』，好像是唸什麼咒語一樣。皇帝陛下遠在幾千秒差距之外，我很懷疑他會對我們有一丁點的關心。即使真的關心，他又能如何？過去這個星域的確有皇家艦隊巡弋，不過現在卻是那四個王國的勢力範圍，而安納克里昂正是四王國之一。聽好，打仗要靠鎗砲，不是靠嘴皮子。

「現在聽我說。我們原本有兩個月的緩衝期，主要是因為我製造了假象，讓安納克里昂以為我們擁有核武器。不過，大家都知道這是我胡謅的。我們雖然擁有核能，卻只能做商業用途，而且他媽的少得可憐。他們很快就會發現眞相，如果以為他們開得起這個玩笑，你就大錯特錯了。」

「親愛的市長……」

「且慢，我還沒有說完。」哈定已經進入狀況，他就喜歡這種感覺。「把總理大臣拖下水是非常不錯的主意，但是弄來幾枚超級核彈才眞的妙。各位理事，我們已經浪費了兩個月，不太可能有另外兩個月再讓我們浪費了。你們打算怎麼做？」

這回輪到盧定．克瑞斯特發言，他的長鼻子氣得起了皺紋。「假如你想提議將基地武裝起來，我可是一個字也不要聽。因爲那就代表我們一腳跨進了政治圈。市長先生，我們這裡是一個純粹的科學基地。」

瑟特又補充一句：「此外，他根本不瞭解，建立武力就需要動員，就得抽調百科全書的重要工作人員。無論如何，這種事都不能發生。」

「非常正確。」皮翰納表示同意。「百科全書第一——永遠如此。」

哈定不禁在心中呻吟。這些理事的腦袋，似乎都被百科全書搞壞了。

他以冰冷的語氣說：「本理事會有沒有想過，端點星除了負責編纂百科全書之外，是否可能有其他的意義？」

皮翰納回答說：「哈定，我無法想像除了百科全書，基地還能有什麼其他的目標。」

「我不是指基地，我是說『端點星』。恐怕你們還搞不清楚狀況。端點星上共有百萬居民，直接參與百科全書工作的頂多只有十五萬人。對我們其他人而言，這裡是『家園』。我們生在這裡，長在這裡。和我們的家園、農莊或工廠比起來，百科全書對我們沒什麼了不起的意義。我們要起來保衛……」

他的話被衆人的呼喊聲打斷了。

「百科全書第一。」克瑞斯特義正辭嚴地說：「我們必須完成這項任務。」

「去你的鬼任務。」哈定吼道：「五十年前或許如此，現在已經是新的一代了。」

「這沒有什麼關係，」皮翰納回嘴道：「我們仍是科學家。」

哈定逮到大作文章的機會了。「是嗎，你們是嗎？那只是美麗的幻覺吧？你們這班人，正好是整個銀河數千年錯誤的縮影。你們準備在這裡待幾個世紀，只是爲了整理上個仟年科學家的工作，這算是哪門子科學？你們有沒有想過繼續研究發展，改良並延伸既有的知識？根本沒有！你們以抱殘守缺爲滿足。整個銀河都是如此，天曉得這種現象已經多久了。銀河外緣爲什麼會發生叛亂，各方的聯繫爲什麼會中斷，小型戰爭爲什麼永無休止，整個星域爲什麼都失去核能而回到原始的化學能科技，這就是眞正的原因。」

「倘若你們問我有什麼看法，」哈定繼續吼道：「我會說銀河帝國就要亡啦！」

他就此打住，坐下來調勻呼吸。有兩三個人同時搶著回應，他卻沒有注意聽。

克瑞斯特站起來。「市長先生，你發表這些瘋瘋癲癲的言論，我實在不知道你居心何在。你根本沒有提出任何建設性的意見。主席，我提出動議，市長的發言不要列入記錄，讓我們從被他打斷的地方繼續討論。」

這時裘德．法拉準備做第一次發言。在此之前，即使討論進行到最熱烈的時候，他也完全沒有插嘴。但是一旦開口，他低沉的聲音就重重敲擊每個人的耳膜，重得可以媲美他三百磅的身軀。

「各位，我們是不是忘了一樁事？」

「什麼事？」皮翰納不悅地問。

「一個月之後，我們將要慶祝基地五十週年紀念。」法拉一貫的說話技巧，就是能將最普通的事也說得深奧無比。

「那又怎麼樣？」

「到了週年慶那一天，」法拉不急不徐地繼續說：「哈里．謝頓的穹窿將會開啓。你們有沒有想過裡面是什麼？」

「我不知道，大概是應景的東西吧。也許是一段發表賀詞的影像。我認爲，我們完全不必強調穹窿的重要性，雖然〈日報〉——」他瞪了哈定一眼，哈定則咧嘴一笑。「——的確試圖在這方面大作文章。我已經叫他們閉嘴了。」

「啊，」法拉說：「但是也許你猜錯了呢。你有沒有想到過——」他頓了一下，將一根手指放在又小又圓的鼻頭上。「——穹窿可能開啓得正是時候。」

「你的意思是說，正好不是時候？」富漢低聲抱怨：「我們需要煩心的事已經夠多了。」

「還有比哈里．謝頓的訊息更重要的事嗎？我可不相信。」法拉顯得愈來愈莊嚴神聖，哈定若有所思地看著他。他葫蘆裡到底賣的是什麼藥？

「事實上，」法拉高高興興地說：「你們似乎都忘記了，謝頓是當代最偉大的心理學家，也是我們這個基地的創始人。我們可以合理地假設，謝頓曾經運用他所創立的科學，推算出不久之後可能的歷史軌跡。果眞如此，我再強調一遍，這很有可能，那麼他一定想出了警告我們的方法，或許還會指出解決之道。他極爲重視百科全書這項計畫，想必大家都知道吧。」

會議桌上瀰漫著一股困惑的氣氛。皮翰納乾咳了一聲。「好吧，我不予置評。心理學是一門偉大的科學，可是——我想，現在並沒有心理學家在場。我們似乎無法做出任何確定的結論。」

法拉轉頭問哈定說：「你不是曾在艾魯雲門下攻讀心理學嗎？」

哈定以十分嚮往的口氣答道：「是的，不過我沒有讀完，後來我對理論感到厭倦了。我原本想要成為一名心理工程師，但是此地缺乏足夠的設備。所以我退而求其次——進入政治圈。事實上，兩者可說殊途同歸。」

「那麼，你認為穹窿裡面藏著什麼？」

哈定謹慎地回答：「我不知道。」

接下來的會議，哈定沒有再發一言——即使議題又回到帝國總理大臣身上。

事實上，他根本沒有再聽下去。他發現了一個重要的新方向，所有的事都在朝這個方向發展。縱使目前線索不多，但是也足夠了。

心理學就是其中的關鍵，這點他十分肯定。

他盡力回憶曾經學過的心理學理論——從那些殘存的知識中，他一開始就捕捉到一個想法。像謝頓這樣偉大的心理學家，應該已經分析出人類的情感與本能反應，讓他足以廣泛地預測未來歷史的大趨勢。

而這代表著什麼呢？

4

道爾文大人嗜吸鼻煙。他留著長髮，不過從精巧的鬈曲髮式看來，那顯然並不是自然捲，他還喜歡不時撫弄兩側金黃色的蓬鬆鬢鬚。此外，這位大人說話過於裝腔作勢，並且在許多字眼後面加上「兒」音。

哈定對這位尊貴大臣的第一印象就是反感，一時之間自己也想不出什麼好理由。喔，對了，他發表意見之際，總是喜歡擺出優雅的手勢，還有每次表示肯定的時候，他都會刻意表現出紆尊降貴的姿態。

但是這些都不重要，現在唯一的問題是把他找出來。半小時之前，道爾文大人與皮翰納雙雙失蹤——連半個人影都不見了，眞該死。

哈定相當確定皮翰納一定很得意，因爲自己未能參加他們的初步討論。

不過，剛才有人在這一層樓的這個側翼看見皮翰納，所以只要一扇一扇門查看就行了。查過半數的房間後，哈定突然叫道：「啊！」然後立刻跑進那間漆黑的放映室。裡面的屏幕上，正清楚地映出道爾文大人精巧髮式的輪廓。

道爾文大人抬起頭來說：「啊！哈定。你正在尋覓我們，對不？」他掏出鼻煙盒——哈定注意到上面有過多的裝飾，而且手工也不高明。由於哈定禮貌地婉謝，大人自己吸了一撮，並露出優雅的微笑。

皮翰納皺著眉頭，哈定卻故意視而不見。

直到道爾文大人蓋上鼻煙盒，發出了「卡答」一聲，才打破這段短短的沉默。他將鼻煙盒放好，對哈定說：

「哈定，你們的這套百科全書，乃是傑出的成果兒。的確很了不起，稱得上有史以來最壯偉的成就兒之一。」

「閣下，我們也大多這麼想。然而，這項成就至今尙未全部完成。」

「由小看大，我已經看出你們這個基地效率非凡，我一點兒也不擔心。」他對皮翰納點了點頭，後者高興萬分地鞠躬還禮。

皮翰納眞會逢迎，哈定心裡這麼想。「閣下，我並非抱怨這裡工作效率太低，可是安納克里昂的效率絕對更高——不過卻是用在毀滅的途徑上。」

「啊，是的，安納克里昂兒。」大人不以爲然地揮揮手，「我剛打那兒來，萬分原始的行星。眞是無法想像，人類怎能住在銀河外緣這兒。文明人士最基本的生活所需，這兒幾乎全都沒有，也不能提供舒適便利的最基本條件，還完全廢棄了……」

哈定冷不防插嘴道：「不幸的是，安納克里昂人卻有開啓戰端的基本所需，以及毀滅敵方的基本條件。」

「沒錯兒，沒錯兒。」道爾文大人似乎有點不高興，或許是因爲他的話半途被打斷。「但是我們還不準備談公事兒。眞的，現在我還在忙別的。皮翰納博士，你不是還要給我看第二冊嗎？請吧。」

燈光立刻關閉，接下來的半小時中，根本沒有人理會哈定，彷彿他這個人已經跑到安納克里昂去了。屏幕上所投射的百科全書內容，對哈定而言沒有什麼意義，他也懶得浪費這個精神。反倒是道爾文大人，竟不時表現出相當眞誠的興奮。哈定還注意到，當這位大人在興奮的時候，他話中的

「兒」音就全部不見了。

燈光再度開啓時，道爾文大人說：「精采至極，眞正精采至極！哈定，你會不會剛好對考古學有興趣兒？」

「啊？」哈定從神遊狀態中清醒過來，「不敢，閣下，我不敢說有興趣。我原本想成爲心理學家，最後決定獻身政治。」

「啊！那是確確實實有趣兒的學問。本大人，我自個兒，你知道嗎——」他掐了一大撮鼻煙絲，猛吸了幾下。「對考古學也稍有涉獵。」

「眞的嗎？」

皮翰納打岔道：「大人對這個領域極爲精通。」

「嗯，也許吧，也許吧。」大人得意洋洋地說：「我在這門科學上花了無數苦工。事實上，可說是飽覽群書兒。你可知道，我讀遍了久當、歐必賈西、克羅姆威爾……等等大考古學家的所有著作。」

「我當然聽說過這些考古學家，」哈定說：「但是從來沒有讀過他們的著作。」

「親愛的朋友，改天你眞該讀一讀，保證受益無窮。啊，我認爲這趟兒來到銀河外緣眞不虛此行，因爲讓我看到拉瑪斯的絕版書兒。你們可相信，我們的圖書館一本兒都找不著。對啦，皮翰納博士，你答應過要複製一本兒給我帶回去，可沒忘記吧？」

「這是我的榮幸。」

「你們一定知道，」道爾文大人開始說教，「對於『起源問題』，拉瑪斯提出過一個嶄新而且萬分有趣兒的說法，我原本都還不曉得。」

「什麼問題？」哈定追問。

「我是說『起源問題』。你該知道吧，就是人類發源於何處兒這個大謎。你們一定知道，一般的理論都認爲人類最初發源於一個行星系統兒。」

「喔，對，我知道。」

「當然啦，沒人兒知道到底在哪兒——已經淹沒在遠古遺跡中。然而，有不少人兒提出過各種理論。有人兒認爲是天狼星，也有人兒堅持是南門二，或是金烏，或是天鵝座六十一號兒——你們可注意到，這些恆星都在天狼星區。」

「拉瑪斯又是怎麼說的？」

「嗯，他完完全全另闢蹊徑。他試圖用大角星系的第三顆行星上那些考古遺跡兒，證明在沒有任何太空旅行跡象之前，那兒已經有人類存在。」

「這就表示那裡是人類的故鄉嗎？」

「也許吧。我得先仔細讀讀他的書兒，估量他所提出的證據，然後才能下定論。我總得看看他的觀察有多可靠兒。」

哈定沉默了一會兒，然後說：「拉瑪斯的書是什麼時候寫的？」

「喔——我想差不多八百年前吧。當然啦，大部分的內容兒，都是根據葛林先前的研究結果兒。」

「那您爲什麼要依賴他的資料？爲何不親自到大角星系去研究那些遺跡？」

道爾文大人揚了揚眉，匆匆吸了一撮鼻煙絲。「親愛的朋友，爲啥兒去，去幹啥兒呢？」

「當然是去找第一手資料。」

「但是有這個必要嗎？爲了找資料到處亂跑亂竄，實在是捨近求遠，沒啥兒成功的指望。聽我說，我蒐集了過去最偉大的考古學家所有的研究記錄兒。我拿它們互相比較——然後存異求同——分析彼此的矛盾——再決定哪一種說法最可靠——如此就能取得結論兒。這就是科學方法。起碼——」他故意表現得苦口婆心，「這是我的看法。反之親自跑到天狼星，或者金烏，乃是萬分輕舉妄動的做法。因爲能找著的，考古大師們早就做了完整的研究兒，我們即使到了那兒，也沒有希望得到啥新的結果兒。」

哈定禮貌地喃喃道：「我明白了。」

「來吧，閣下，」皮翰納說：「我想我們該回去了。」

「啊，對，也許眞該走啦。」

當他們離開放映室之後，哈定突然說：「閣下，我能請問您一個問題嗎？」

道爾文大人露出和氣的微笑，還優雅地揮著手來強調他的口氣。「當然可以，親愛的朋友。只要本大人粗淺的學問幫得上忙，都萬分樂意效勞兒。」

「閣下，這個問題嚴格說來不是考古學。」

「不是嗎？」

「不是。我的問題如下：去年我們端點星收到一則消息，是關於仙女座三號的第五顆行星上核電廠爐心融解那件事。關於這個意外，我們只得到最簡單的報導——詳細情形完全不詳。不知道大人能否告訴我整件事的來龍去脈。」

皮翰納噘起嘴。「你怎麼拿這種完全無關的問題來打擾大人。」

「皮翰納博士，一點兒也不會。」總理大臣幫哈定解圍，「眞的沒關係，反正這件事兒也沒啥兒好說的。那兒的核電廠的確發生爐心融解，眞是一場慘難，你知道吧。我想那是放射性污染。其實，政府正在認眞考慮頒佈幾條嚴格限制，今後要杜絕核能的濫用——不過這種事兒不適合公開，你知道吧。」

「我瞭解，」哈定說：「但是那個電廠到底出了什麼問題？」

「唉，其實，」道爾文大人輕描淡寫地說：「誰又知道呢？幾年前那兒的核電廠就出過毛病，據說修理和換新的工作做得太差。這年頭兒，想要找著眞正瞭解電力系統詳細結構的工人兒，眞是難喔。」他以沉重的心情又吸了一撮鼻煙絲。

「您可知道，」哈定說：「銀河外緣的那些獨立王國，全都已經沒有核能了。」

「是嗎？我一點兒也不驚訝，個個都是原始的世界——喔，親愛的朋友，千萬別再用『獨立』這個詞兒。他們可沒有獨立，你知道吧。我們和他們簽訂的條約能夠證明這點兒，他們全都承認帝國的宗主權。當然啦，他們必須承認，否則我們根本不會和他們談判。」

「或許如此，可是他們有太多的行動自由。」

「是的，我想你說得對，可還眞不少呢。不過這倒沒啥兒關係。這樣一來，銀河外緣如今得依賴自個兒的資源，對帝國而言多少有點好處。你知道吧，他們對我們沒啥兒用。最最原始的世界，幾乎沒有文明兒。」

「他們過去倒很文明。安納克里昂曾經是外圍星域最富庶的地區之一，我知道它當年幾乎和織女星系一樣富有。」

「喔，可是，哈定，那是好幾世紀前的事兒。你不能從那兒妄下斷語。在古老的偉大時代，一切都大不相同。我們沒法兒再像古人那樣兒，你知道吧。不過，哈定，得了吧，你是我見過最滑頭、最頑固的小伙子兒。我不是告訴過你，今天絕對不談公事兒。皮翰納博士剛才還特別警告我，說你會想盡法子纏著我，但是應付這種事兒我太有經驗。咱們明天再談吧。」

他們的談話便到此結束。

5

倘若不算理事會成員與道爾文大人所做的非正式會談，今天是哈定第二次參加理事會的會議。不過哈定市長心知肚明，在此之前他們還舉行過少則一次、多則兩三次的理事會，但他就是沒有接到開會通知。

哈定還猜得到，若非因爲那份最後通牒，這次的會議仍舊沒他的份。

那份儲存在顯像裝置中的文件，表面上看起來，好像是兩位領導者之間友善的問候函件。然而至少在實質上，它是一份不折不扣的最後通牒。

哈定正用手指輕撫著那份文件。它的開頭是華麗的問候語：「神聖權威的安納克里昂國王陛下，致他的好友與兄弟——百科全書第一號基地理事會主席路易．皮翰納博士。」結尾處則更是誇張，蓋了一個巨大的、五顏六色的國璽，繁複的符號幾乎讓人眼花撩亂。

但無論如何，這仍然是一份最後通牒。

哈定說：「事實證明，我們的時間原本就不多——只有三個月而已。但即使只有這麼一點時間，還是被我們浪費掉了。這份文件只給我們一週的期限，我們要怎麼辦？」

皮翰納顯得愁眉苦臉。「這裡頭一定有什麼不對勁。道爾文大人向我們保證過皇帝陛下和帝國對此事的態度，這點他們明明知道，竟然還會採取這種極端的手段，簡直令人難以相信。」

哈定立刻跳起來。「我明白了。你把所謂的『皇帝陛下和帝國的態度』知會了安納克里昂的國王，對不對？」

「我是這麼做了——但是在此之前，我曾經把這個提議交付理事會表決，結果大家一致贊成。」

「表決是什麼時候舉行的？」

皮翰納恢復了主席的尊嚴。「哈定市長，我想我並沒有義務要回答你這個問題。」

「沒關係，反正我也沒有太大的興趣。我只是認為，你那份傳達道爾文大人珍貴意見的外交信函，」他咧開嘴角，做出皮笑肉不笑的表情。「是我們收到這個『善意回應』的直接原因。否則他們可能還會拖得久一點——不過根據本理事會一貫的態度，我想即使還有時間，對端點星仍然不會有什麼幫助。」

葉特．富漢發言道：「市長先生，你又是如何得出這個驚人的結論？」

「方法其實相當簡單，只是用到一點普遍遭到忽視的東西——常識。你們可知道，人類知識中有一門學問稱為符號邏輯，能將普通的語言文字中混淆語意的所有障礙物一一排除。」

「那又怎麼樣？」富漢追問。

「我利用了這個工具。我在百忙之中，抽空以符號邏輯分析了這份文件。其實對我自己而言，根本不用這麼麻煩，因為我很清楚它的眞正意義。可是我想對於你們五位科學家，利用符號解釋要比我直說來得容易。」

哈定將原先壓在手肘下面的幾張紙攤開來。「順便說一聲，這不是我自己做的。」他說：「你們可以看到，在這份分析下面簽名的，是邏輯部的穆勒．侯克。」

皮翰納靠著桌子傾身向前，以便看得清楚一點。哈定繼續說：「安納克里昂的這封信所透露的眞正訊息，其實非常容易分析，因爲寫信的人不是搖筆桿而是拿鎗桿的。所以它很容易蒸餾，讓赤裸裸的陳述顯露出來。若用符號表現，就是你們現在所看到的；倘若翻譯成普通語言，大意就是：『一週之內將我們所要的全數奉上，否則我們就要訴諸武力。』」

五位理事開始逐行研究這些符號，維持了好一陣子的沉默。然後皮翰納坐下來，憂心忡忡地乾咳。

哈定說：「皮翰納博士，沒有什麼不對勁吧？」

「似乎沒有。」

「好的。」哈定將那幾張紙收起來，「現在放在你們面前的，是帝國和安納克里昂所簽定的條約副本——代表皇帝陛下簽署這份條約的，正巧就是上週蒞臨本星的道爾文大人——旁邊這張是它的邏輯分析。」

那份條約用細小字體印了滿滿五頁，分析卻只有龍飛鳳舞的將近半頁手稿。

「各位理事，你們看到了，經過分析之後，這份條約的百分之九十都被蒸餾掉，因爲那些全都沒有意義。而剩下來的內容，可以用很有意思的兩句話來總括：

「安納克里昂對帝國應盡的義務：無！

「帝國對安納克里昂可行使的權力：無！」

五位理事再度焦急地研讀著分析，還拿著條約原文對照檢查。當他們忙完後，皮翰納以惴惴不安的語氣說：「這似乎也很正確。」

「那麼你承認，這份條約不折不扣就是安納克里昂的獨立宣言，並且還附有帝國的正式承認？」

「似乎就是如此。」

「難道安納克里昂不明白這一點嗎？他們現在一定急著強調獨立的地位，因此對於任何來自帝國方面的威脅，自然都會感到如芒刺在背。尤其目前的態勢很明顯，帝國根本無力對他們構成威脅，否則也絕對不會默許他們獨立。」

「可是，」瑟特插嘴道：「道爾文大人保證帝國會支持我們，這點哈定市長又要如何解釋？這些保證似乎——」他聳聳肩，「嗯，似乎令人滿意。」

哈定坐回椅子裡。「你可知道，這就是整個事件最有意思的一個環節。我承認剛剛見到那位大人的時候，曾經認爲他是全銀河最蠢的笨驢——後來事實證明，他其實是一位老練的外交家，而且再聰明不過。我自作主張，將他說的話都錄了下來。」

會場中立刻一陣慌亂，皮翰納嚇得連嘴巴都合不攏。

「這有什麼了不起？」哈定反問。「我瞭解這樣做非常有違待客之道，也是正人君子所不爲的手段。而且萬一當場被大人抓到，還會發生很不愉快的後果。不過他終究沒有發現，所以說我成功了，事實就是如此。我將錄音複製了一份，一併送到邏輯部，請侯克幫我分析。」

盧定．克瑞斯特問：「分析報告呢？」

哈定答道：「結果可是非常有趣。毫無疑問，這個錄音是三份文件中最難分析的。侯克不眠不休工作了兩天，終於成功地除去所有無用的廢話和修詞，以及沒有實質意義的言論。簡單地說，就是抽絲剝繭、去蕪存菁。結果他發現沒有任何東西剩下來，所有的命題都互相抵消了。

「各位理事，在整整五天的討論中，道爾文大人等於一個屁也沒放。他卻說得天花亂墜，把你們全部唬得一愣一愣的。這就是你們從偉大的帝國所得到的保證。」

哈定講完這番話之後，立刻爆發極大的騷動，即使他在會議桌上再擺一枚臭彈，也不會讓場面變得更加混亂。他耐心地等待騷動消退，愈等愈是不耐煩。

他終於開始下結論。「你們向安納克里昂傳達道爾文大人的訊息，也就是說，你們故意拿帝國來威脅他們，唯一的結果，就是激怒了那位更瞭解現況的國王。他當然只好立即採取行動，馬上送來這份最後通牒——這就兜回到我原來的問題。只有一週的時間，我們到底要怎麼辦？」

瑟特說：「我們似乎別無選擇，只好答應安納克里昂在這裡建立軍事基地。」

「這點我同意，」哈定答道：「但是一旦時機來臨，我們要如何把他們踢走？」

葉特．富漢的八字鬍抽動著。「聽來好像你已經下定決心，一定要用武力對付他們。」

「武力，」哈定反駁道：「是無能者最後的手段。可是我也絕不打算爲他們鋪上紅地毯，把他們迎爲上賓。」

「我還是不喜歡你這種說法，」富漢很堅持，「這是一種很危險的態度；而且我們近來還注意到，有大批群衆似乎在盲從你的提議，所以這就更加危險了。哈定市長，我可以告訴你，本理事會對於你最近的活動，可不是完全一無所知。」

他頓了一頓，其他理事都表示同意。哈定的反應只是聳聳肩膀。

富漢繼續說：「假如你要煽動全市採取武力手段，那就等於自取滅亡——我們不會讓你這樣做的。我們的政策只有一項基本原則，就是一切以百科全書爲重。我們做出的任何決定，不論是採取或是放棄某項行動，出發點都是爲了保護百科全書的安全。」

「那麼，」哈定說：「你的結論是，我們要繼續貫徹以不變應萬變的政策？」

皮翰納無可奈何地說：「你自己剛才已經證明帝國無法幫助我們，雖然細節部分我還不瞭解。

假如必須妥協……」

哈定覺得好像在做一場惡夢，拚命奔跑卻哪裡也到不了。「根本沒有妥協！軍事基地這種蠢話只是極其拙劣的藉口，你們難道看不出來嗎？若綴克已經告訴我們安納克里昂真正想要的是什麼——是徹底兼併端點星，把他們的貴族封地制度和小農經濟體系，強行加在我們頭上。我虛張聲勢說我們有核能，只能讓他們投鼠忌器，但他們遲早會行動的。」

哈定早已憤憤不平地坐不住了，其他人也跟著他站了起來——只有裘德·法拉例外。

這時法拉終於開口。「請各位都坐下來好嗎？我想我們已經離題太遠了。哈定市長，別這樣，生這麼大的氣根本沒用；我們這些人都沒有要背叛端點星。」

「這點，你可得好好說服我！」

法拉露出溫和的笑容。「你自己也知道這是氣話。請讓我發言吧！」

他那雙機靈的小眼睛瞇起一半，寬圓的下巴冒出油油的汗水。「本理事會已達成一項決議，現在似乎沒有任何隱瞞的必要。那就是關於安納克里昂這個問題，等到六天後穹窿開啟的時候，我們應該就能發現解決之道。」

「這就是你的高見嗎？」

「是的。」

「所以我們什麼也不用做，對不對？只要充滿信心地靜靜等待，穹窿中就會跳出意想不到的救星？」

「把你那些情緒化的措詞濾掉，就是我的想法。」

「明顯的逃避主義！法拉博士，你眞是個大愚若智的天才。不是像你這麼聰明的人，還眞想不出這麼高明的建議。」

法拉不以爲意地微微一笑。「哈定，你的尖酸刻薄可眞有趣，不過這回用錯了地方。事實上，我想你應該還記得，三個星期前開會的時候，我對穹窿所做的推論吧。」

「是的，我記得。我並不否認，單就邏輯推理而言，那不能算是愚蠢的想法。你上次說——我若說錯了，請隨時糾正——哈里．謝頓是這個星系最偉大的心理學家，因此他能預見我們如今所遭遇的各種困難；也因此他建立了穹窿，目的是爲了告訴我們如何趨吉避凶。」

「你領會了這個想法的精髓。」

「如果我告訴你，過去幾週以來，我都在仔細思考你這番話，你會不會感到驚訝？」

「非常榮幸，結果如何？」

「結果我發現光是推理並不夠，還需要用到一點點常識。」

「比如說？」

「比如說，假使他預見了安納克里昂將帶來的麻煩，當初爲什麼不把我們安置在離銀河核心近一點的地方？我們現在都知道，當時是謝頓用計誘使川陀的公共安全委員，基地才會設在端點星的。可是他爲什麼這樣做呢？假如他預先推算出銀河中的聯繫會中斷，我們因此會跟銀河主體隔絕，又爲強鄰環伺——而且端點星缺乏金屬，使我們無法自給自足，他爲什麼還要把我們帶到這裡來？這是最重要的一點！話又說回來，倘若他算得出來這些，又爲什麼不事先警告最初的移民，好讓他們可以有時間準備？他絕不會等到我們一隻腳已經踏出懸崖，才跳出來告訴我們如何勒馬。

「還有別忘了，就算他當年能夠預見這個問題，我們如今也能看得一樣清楚。因此，假如他當時就能想出解決之道，我們現在也應該有辦法做得到。畢竟謝頓不是什麼魔法師，我們解不開的難局，他也不會有什麼好辦法。」

「可是，哈定，」法拉提醒道：「我們眞的做不到！」

「但是你們還沒有試過，連一次都沒有試過。剛開始的時候，你們根本拒絕承認威脅的存在！然後又死守著對皇帝陛下的盲目信賴！現在又將希望轉移到哈里．謝頓身上。從頭到尾，你們不是依賴權威就是仰仗古人——從來沒有自立自強。」

哈定的拳頭不自主地愈捏愈緊。「這無異於一種病態——一種條件反射，遇到需要向權威挑戰時，自己獨立思考的能力就完全關閉。在你們心目中，皇帝陛下無疑比自己更有力量，謝頓博士一定比自己更有智慧。這是不對的，你們難道不覺得嗎？」

不知道爲什麼，沒有人想要回答哈定。

哈定繼續說：「不只是你們，整個銀河都一樣。皮翰納聽過道爾文大人對科學研究的看法，他認爲要做一位優秀的考古學家，唯一的工作就是讀完所有的相關書籍——死了幾百年的人寫的那些書。他還認爲解決考古之謎的辦法，就是衡量比較各家權威的理論。皮翰納那天都聽到了，卻沒有表示反對。你們難道不覺得這裡頭有問題嗎？」

哈定的語氣仍然帶著懇求。

可是仍然沒有人回答。他只好再說下去：「你們這些人，還有端點星一半的居民也一樣糟糕。你們坐在這裡，將百科全書視爲一切的一切。你們認爲最偉大的科學終極目標，就是整理過去的知識。這很重要沒錯，但是難道不應該繼續研究發展嗎？我們正在開倒車，你們當眞看不出來嗎？在銀河外緣這裡，到處都已經不會使用核能。在仙女座三號恆星系，一座核電廠因爲維修不良而爐心融解，堂堂的帝國總理大臣只會抱怨缺乏核能技工。可是因應之道是什麼？多訓練一些新手嗎？連想都沒想！他們採取的唯一措施，就是限制核能的使用。」

哈定第三次重申：「你們難道不覺得嗎？這是一種泛銀河的現象。這是食古不化，這是墮落——是一灘死水！」

哈定輪流向每位理事一一望去，對方都目不轉睛地瞪著他。

法拉是第一個恢復正常的。「好了，這些玄奧的大道理對我們沒有用。我們應該實際一點。難道你否認哈里．謝頓能用心理學的技術，輕易算出未來的歷史趨勢？」

「不，當然不否認。」哈定吼道。「但是我們不能指望他為我們提供解決之道。他頂多只能指出問題的癥結，但若是眞有解決的辦法，我們必須自己設法找出來。他無法為我們代勞。」

富漢突然說：「你所謂的『指出問題的癥結』是什麼意思？我們都知道問題是什麼。」

哈定猛然轉向他。「你以為你知道嗎？你認為安納克里昂就是哈里．謝頓唯一擔心的問題。我可不這麼想！各位理事，告訴你們，直到目前為止，你們對整個狀況一點概念都沒有。」

「你有嗎？」皮翰納以充滿敵意的口氣反問。

「我是這麼想！」哈定跳起來，將椅子推到一旁；他的目光凌厲而冷酷。「若說目前有什麼可以確定的事，那就是有個古怪事件和整個情況都有關聯，它比我們討論過的任何事都更為重大。請你們問自己一個問題：為什麼當年來到基地的第一批人員，只有玻爾．艾魯雲一位一流的心理學家？可是他又小心翼翼，只是教授基本課程，從不將這門學問的眞髓傳給學生。」

一陣短暫的沉默後，法拉道：「好吧，你說為什麼？」

「也許因為心理學家能夠看透背後的一切——會太早識破哈里．謝頓的安排。如今我們只能四處摸索，模糊地窺見一小部分眞相。這就是哈里．謝頓眞正的用意。」

哈定縱聲哈哈大笑。「各位理事，告辭了！」

他大步走出會議室。

6

哈定市長嘴裡咬著雪茄。其實雪茄早已熄滅，他卻沒有注意到。他昨夜通宵未眠，也很肯定今晚同樣無法睡覺。這一切，都能從他眼中看出來。

他以疲倦的聲音說：「這就可以了嗎？」

「我想沒問題，」約翰・李一隻手摸著下巴，「你認爲如何？」

「不壞。非這樣厚臉皮不可，你明白吧。也就是說不能有任何猶豫，不能給他們一點掌握情勢的空檔。一旦我們能夠發號施令，哈，就要以最熟練的方式下達命令，他們一定會習慣性地服從，這就是政變的基本原則。」

「若是理事會猶豫不決……」

「理事會？忘了他們吧。過了明天，他們對端點星的影響力比不上半個信用點。」

約翰緩緩點了點頭。「但是很奇怪，他們到現在還沒有試圖阻止我們。你說過，他們不是完全蒙在鼓裡。」

「法拉摸到了一點邊，有時候他會讓我有點擔心。而皮翰納在我當選的時候，就已經對我起疑了。但是，你可知道，他們從來沒有本事瞭解我的眞正意圖。他們所受的都是威權式的訓練。他們確信皇帝陛下是全能的，只因爲他是皇帝；他們確信理事會不可能被架空，只因爲理事會奉皇帝陛下之名行事。沒有人看得出政變的可能性，這幫了我們一個大忙。」

哈定猛然起身，走到飲水機前面。「約翰，他們並不壞，我是指當他們全心投入百科全書的時候——我們要讓這件事成爲他們未來唯一的工作。可是讓他們統治端點星，就顯得幼稚無能。現在走吧，把一切都發動。我想單獨靜一靜。」

哈定坐上辦公桌的一角，瞪著手中那杯水。

太空啊！自己眞有裝出的那般自信就好了！安納克里昂人兩天後就要登陸，而他現在所準備進行的，只是基於自己揣摩與猜測謝頓爲過去五十年所做的安排。自己甚至不能算正牌的心理學家，只是一個受過幾天訓練的半調子，竟然妄圖看穿這位近代最偉大的心靈。

假如法拉猜得沒錯；假如安納克里昂就是謝頓所預見的唯一問題；假如謝頓想保護的只是百科全書——那麼發動軍事政變又有什麼用？

他聳聳肩，開始喝那杯水。

7

穹窿中準備的椅子遠超過六張，彷彿準備迎接許多人。哈定注意到這一點，便找了一個盡可能遠離五位理事的座位，慵懶地坐下來。

理事們對這個安排似乎不在意。他們先是彼此低聲交談，然後話講得愈來愈少，變成每次只吐一兩個字，最後終於通通閉上嘴。在他們五個人當中，只有裘德·法拉似乎比較鎭定。他掏出錶來，表情嚴肅地看著時間。

哈定也瞄了瞄自己的錶，然後望了望那個佔據室內一半面積的玻璃室——裡面空無一物。這個玻璃室是穹窿中唯一不尋常的物件，除此之外，看不出哪裡還能受電腦控制。等到某個預定的準確時刻，緲子流就會觸發電腦接通開關，然後……

燈光暗了下來！

電燈並沒有完全熄滅，只是突然變得昏黃，卻讓哈定嚇得跳了起來。他吃驚地抬頭望著天花板的電燈，等到他的目光回到玻璃室，裡面已經不再空虛。

玻璃室中出現一個人形——一個坐在輪椅上的人！

人形起初沒有說話，只是將放在膝上的書合起來，隨手把玩了一會兒。然後它微微一笑，面孔看來栩栩如生。

它說：「我是哈里．謝頓。」聲音蒼老而低弱。

哈定差點要起身向他致意，還好即時攔住自己。

聲音繼續不斷傳來：「你們看到了，我被禁錮在這張椅子上，無法起身向各位打招呼。在你們祖父輩抵達端點星幾個月後，我就不幸癱瘓了。當然，我看不見你們，所以不能正式歡迎你們。我甚至不知道今天到場的有多少人，所以一切都不必太拘泥。如果有任何人站著，請都坐下來；如果有人想抽煙，那我也不反對。」接著是一陣輕笑，「我何必反對呢？我又不是真的在這裡。」

哈定自然而然想要掏一根雪茄，隨即又改變心意。

哈里．謝頓將手上的書放到一旁，好像是擱到身旁的書桌上。當他的手指移開後，那本書就消失了。

他繼續說：「基地建立至今已有五十年——五十年來，基地的成員都不清楚他們的真正目標。

過去必須瞞著他們，現在卻沒有這個必要了。

「首先我要說，『百科全書基地』就是個幌子，而且一直都是如此！」

哈定身後傳來一陣喧嘩，還有一兩聲刻意壓低的驚嘆，但他沒有回過頭去。

哈里．謝頓當然不爲所動，他繼續說：「我說基地是個幌子，意思是我和同僚們根本不在意百科全書能否出版。百科全書的計畫自有它的目的，因爲藉著這個計畫，我們從皇帝那裡弄來一紙特許狀，並且吸收了眞正計畫所需的十萬人，同時還利用編纂百科全書的工作，讓這些人在時機成熟前有事可忙，直到任何人都無法抽身爲止。

「這五十年來，你們爲了這個幌子而努力工作——現在我可以直言不諱——你們的退路已被切斷了。你們已經別無選擇，只有繼續投入另一個重要無數倍的計畫，也就是我們眞正的計畫。

「爲了這個眞正的計畫，我們設法在選定的時刻，將你們帶到這顆選定的行星上。當時就安排好了，五十年之後，你們的行動會變得沒有選擇的自由。從現在開始，直到未來許多世紀，你們的未來都將是必然的歷史路徑。你們會面臨一連串的危機，如今的危機就是第一個。今後每次面臨危機之際，你們所能採取的行動，也會被限制到只有唯一的一條路。

「這條路是我們用心理史學推算出來的——理由如下：

「數個世紀以來，銀河文明不斷地僵化和衰頹，卻只有少數人注意到這個趨勢。可是如今，銀河外緣終於四分五裂，帝國的大一統局面已被粉碎。未來世代的歷史學家，會在過去五十年間選取一個時刻，將之標誌爲：『銀河帝國覆亡的起點』。

「他們這樣做並沒有錯，不過在未來幾個世紀，大概還不會有人瞭解這一點。

「帝國覆亡之後，接踵而來的將是不可避免的蠻荒時期。根據心理史學的推算，在正常情況下，這段時期會持續三萬年。我們無法阻止帝國的覆亡，也無意從事這方面的努力，因爲帝國的文化已經喪失原有的活力和價値。但是我們能將必然出現的蠻荒時期縮短——短到僅剩一千年。

「至於要如何縮短，詳細情形我現在還不能透露；正如我在五十年前，不能將基地的實情說出來一樣。萬一你們發現了其中的細節，我們的計畫便可能失敗。就好像百科全書的幌子倘若太早揭穿，你們的行動自由就會增加，這樣便會引進太多新的變數，而心理史學也就無能爲力了。

「可是你們不會發現，因爲在端點星，除了我們的自己人艾魯雲之外，始終沒有其他的心理學家。

「但是我能告訴你們一件事：端點星基地，以及位於銀河另一端的兄弟基地，都是銀河文明復興的種籽，也都是『第二銀河帝國』的創建者。而如今這個危機，正好觸發端點星朝這個大業邁開第一步。

「順便提一下，這次的危機其實很單純，比起橫亙於未來的諸多危機，實在簡單得太多了。化約到最基本的架構，那就是：你們這顆行星和仍舊保有文明的銀河核心，相互間的聯繫突然被切斷，同時還受到強鄰的威脅。你們是由科學家所組成的小型世界，周圍龐大的蠻荒勢力卻迅速擴張。在不斷膨脹的原始能源之洋中，你們是唯一的核能之島；但是由於缺乏金屬，你們仍然無法自給自足。

「所以知道了吧，你們面對冷酷的現實，迫於形勢必須採取行動。至於如何行動——也就是如何化解難局——其實再明顯不過！」

哈里．謝頓向空中伸出手，那本書立刻又在他手中出現。他將書翻開來，又說：

「無論你們未來的路途多麼曲折，總要讓後代子孫牢記一件事，那就是該走的路早已標明，它的終點將是一個嶄新的、而且更偉大的帝國！」

正當謝頓的目光轉回書本，他的影像瞬間消失無蹤，室內重新大放光明。

哈定抬起頭，看到皮翰納面對著他，眼神充滿哀戚，嘴唇不停顫抖。

這位理事會主席以堅定卻平板的聲音說：「似乎是你對了。請你今晚六點鐘過來，理事會將和你研商下一步的行動。」

他們一一與哈定握手，然後陸續離去。哈定發出會心的微笑。他們基本上都還能接受這個事實，因爲終究是科學家，總有承認錯誤的雅量——可是對他們而言，卻已經太遲了。

他看看錶。這個時候，一切應該都結束了。約翰的人馬已經掌握全局，理事會再也無法發號施令。

明天，安納克里昂的第一批星艦就要登陸，不過這也沒關係。六個月之內，他們就不能再向端點星發號施令。

事實上，正如哈里．謝頓所說的，也正如塞佛．哈定所猜測的——若綴克大人透露他們沒有核能的那天，哈定心裡就已經有數——第一次危機的解決之道，其實極爲明顯。

眞他媽的明顯極了！

四王國：在「基地紀元」早期，安納克里昂星省自「第一帝國」脫離，形成這四個國祚甚短的獨立王國。其中幅員最廣、勢力最強的，就是安納克里昂王國，其版圖爲……

……四王國的歷史中最有趣的局面，無疑是塞佛．哈定執政期間，強行加諸其上的奇異社會形式……

——《銀河百科全書》

1

代表團要來了！

塞佛．哈定早就知道他們會來，這卻於事無補。反之，他還感到這種等待十分惱人。

約翰．李主張採取極端手段。「哈定，我認為不該浪費這個時間。」他說：「下次選舉之前，他們還不可能有什麼作為——至少在法律範圍內——所以我們還有一年的緩衝期。現在大可對他們置之不理。」

哈定噘起嘴來。「約翰，你從來學不會。你認識我已經有四十年，從來沒有學會迂迴路線的藝術。」

「那可不是我的戰略。」約翰發起牢騷。

「是啊，我知道。我想正因為如此，我才會這麼信任你。」說到這裡他停了一下，取出一根雪茄。「約翰，自從我們發動政變，罷黜了編纂百科全書的學者，至今已經有好長一段時間。我已經老了，六十二歲了。你有沒有想過，這三十年過得有多快？」

約翰哼了一聲。「我倒不覺得自己老，而我六十六歲了。」

「是嗎？我可沒有像你那麼高昂的鬥志。」哈定懶洋洋地抽著雪茄——他已經很久未曾妄想來自織女星系的煙草。端點星與銀河帝國各處保持貿易的黃金時期，早已成為塵封的記憶，就連銀河帝國本身也正在走入歷史。他不知道帝國現任的皇帝是誰，以及究竟還有沒有新的皇帝——甚至，帝國是否還存在呢？太空啊！自從銀河系這個角落與其他地區通訊中斷，至今已有三十年了，端點星的整個世界，僅僅剩下本身與周圍的四個王國而已。

帝國的沒落太戲劇化了！什麼四王國！這些所謂的「王國」，當年只是同一個星省的星郡而已。星省上面還有星區，星區又只是象限的一部分，而各象限集合起來，才是無所不包、無所不容的銀河帝國。如今，帝國的統治已經無法達到銀河系最外圍，這些零落稀疏的行星便組成王國——還產生了滑稽可笑的王公貴族，發生了許多毫無意義的小小戰爭，造成了廢墟中的無數悲慘歲月。

文明不斷衰退，核能已被遺忘，科學變質爲神話——直到基地加入這個歷史舞台。這個基地，正是哈里．謝頓爲了那個長遠的目標，而在端點星所建立的「基地」。

約翰站在窗口，他的聲音打斷哈定的沉思。「他們來了，」他說：「駕著新式的地面車來的，這些乳臭未乾的小子。」他以猶豫的步伐向門口走了幾步，又回頭望了望哈定。

哈定微微一笑，揮手表示要他回來。「我已下令把他們帶到這裡來。」

「這裡！爲什麼？你這樣做太抬舉他們了。」

「何必要他們循官方禮儀，正式拜見市長呢？我太老了，吃不消那些繁文縟節。此外，和年輕人打交道，多捧捧他們還是有好處的——尤其是惠而不費的時候。」他眨眨眼，「約翰，坐下來，給我一點精神上的支持。應付瑟麥克這個年輕人的時候，我還眞需要呢。」

「瑟麥克那傢伙非常危險，」約翰以沉重的口氣說：「哈定，他有一批追隨者，你千萬別小看他。」

「我什麼時候小看過任何人？」

「好，那就把他逮捕。你可以事後再找罪名控告他。」

哈定並未理會最後這句勸告。「約翰，他們來了。」此時叩門的訊號響起，哈定踩下書桌底下的踏板，辦公室的門便向一側滑開。

代表團總共四個人，他們魚貫走了進來。哈定親切地揮手，示意他們坐在書桌前排成半圓形的扶手椅上。四位代表鞠躬後就坐，等著市長先開口。

哈定卻先打開雪茄盒的銀質蓋子。這個雪茄盒原本屬於當年的「百科全書理事會」成員之一裘德·法拉所有，它是聖塔尼出品的道地帝國貨，蓋子上面還有精緻的雕刻，不過現在裡面的雪茄當然是本地產品。四位代表一個個莊重地接過雪茄，並以儀式化的動作點著火。

賽夫·瑟麥克坐在右首第二位，他是這批年輕人中年紀最輕，也是看來最有意思的一位。他蓄著修剪得整整齊齊的金黃色八字鬍，深陷的眼珠色澤並不明顯。哈定幾乎立刻忽略另外三人，由他們的神情看來，就能知道他們只是跟班而已。哈定將注意力集中在這個瑟麥克身上——他是一位新科市議員，卻不只一次將嚴肅的市議會搞得雞飛狗跳。哈定對著瑟麥克說：

「議員先生，自從上個月你發表了那場精采演說，我就非常希望見見你。你對於政府對外政策所做的攻擊，可真是強而有力。」

瑟麥克的眼神顯得很不滿。「能引起你的注意，令我感到很榮幸。姑且不論我做的攻擊是否精闢，無論如何它十分正確。」

「或許吧！當然，那只是你的個人意見，你還太年輕了。」

對方冷淡地答道：「年輕若是缺點，那麼這個缺點，大多數人一生中難免都會經歷一陣子。而你比我現在還小兩歲的時候，就已經當上市長了。」

哈定在心裡暗笑，這個年輕人的確厲害。他又說：「我想你要見我的目的，仍然是想談談你在市議廳拚命強調的對外問題吧。你要代表其餘三位同仁呢？還是我得聽你們一個個分別發言？」

四個年輕人迅速互相望了望，四人的眼皮微微動了一下。

琵麥克以嚴肅的口吻說：「我代表端點星的人民發言——如今所謂的議會不能眞正代表人民，它只是政府的橡皮圖章。」

「我知道了。好，繼續說下去！」

「市長先生，事情是這樣的，我們並不滿意……」

「你所謂的『我們』是指『人民』，對不對？」

琵麥克感到話中有陷阱，遂滿懷敵意地瞪著對方，然後冷靜地答道：「我相信我的意見，反映了端點星大多數選民的心聲。這樣說你滿意嗎？」

「嗯，這種說法最好能有眞憑實據，但你還是說下去吧。你說你們並不滿意？」

「是的，面對必將降臨的外來攻擊，三十年來，端點星卻一直處於不設防的狀態，我們就是對這種政策不滿。」

「我懂了。所以怎麼樣？繼續，繼續。」

「感謝你願意繼續聽我說。因此之故，我們決定組成一個新的政黨。這個政黨是爲了應付端點星眼前的需要，而不是爲那個未來帝國的神祕『自明命運』服務。我們要把你以及支持你的姑息人士趕出市政廳——並會速戰速決。」

「除非？凡事都要附帶一句『除非』，你知道吧。」

「在這件事裡面沒什麼分別：『除非』你立刻辭職。我不是來要求你改變政策的——我並沒有那麼信任你。你的保證一文不値，我們只接受你的無條件辭職。」

「我懂了。」哈定翹起二郎腿，還翹起椅子的兩隻腳前後搖晃。「這就是你的最後通牒。謝謝你好心來警告我。但是，你知道嗎，我決定不加理會。」

「市長先生，別將它當成警告。這是一項有關原則和行動的宣告。新的政黨已經成立，明天就要正式活動。我們已經沒有妥協的餘地和興趣，而且坦白說，由於我們體認到你對市政的貢獻，才來向你提出這個簡單的解決方案。我也知道你不會接受，但這樣我就問心無愧。下次選舉之後，我們所形成的強大壓力，就會逼得你非辭職不可。」

他站了起來，並示意其他人一起行動。

哈定馬上舉起手。「等一等！坐下來！」

瑟麥克重新坐下，但是動作似乎太急切了些。哈定板著臉，心中卻不禁暗笑。他雖然說得那麼堅決，其實仍在等待妥協的條件。

哈定說：「你們究竟希望我們的對外政策如何改變？要我們攻擊各王國嗎？立刻同時攻擊這四個王國嗎？」

「市長先生，我並沒有那個意思。我們只是主張立刻停止姑息政策，就這麼簡單。在你執政這段時期，你一直在進行科援諸王國的政策。你提供他們核能，協助他們在域內重建發電廠。此外，你還替他們成立醫療診所、化學實驗室和工廠。」

「怎樣？你反對什麼呢？」

「你這麼做，是爲了防止他們攻擊我們。在這個大規模的勒索把戲中，你一直扮演著傻子的角色，只知道不斷賄賂他們。你默許端點星被他們吃乾抹淨——結果，那些蠻子現在視我們爲囊中物。」

「這話怎麼說？」

「因爲你給他們能源、給他們武器，實際上等於協助他們維修星際艦隊，讓他們比三十年前強大得太多了。他們的胃口也愈來愈大，最後他們一定會用新式武器吞併端點星，一口氣滿足所有的需索。勒索行動的結局大都如此，對不對？」

「那麼你們的補救辦法呢？」

「趁著還來得及的時候，立刻停止賄賂。將你的心力用在強化端點星上面，然後主動出擊！」

哈定用近乎詭異的目光，看著這個年輕人的金黃八字鬍。瑟麥克很有自信，否則不會這麼滔滔不絕。而他所提出的主張，無疑反映了相當多人的想法——一定相當多。

哈定的思緒稍微有些混亂，但他仍然裝得若無其事，聲音聽來滿不在乎。「你說完了嗎？」

「暫時告一段落。」

「那麼，你可看到我後面的牆上框著的那句話？勞駕你唸一下！」

瑟麥克撇著嘴唸道：「那上面寫著：『武力是無能者最後的手段』。市長先生，這是老年人的信條。」

「議員先生，我在年輕時就奉行這個信條——而且非常成功。那時你正忙著從媽媽肚子裡爬出來，但或許你在學校裡讀過這段歷史吧。」

哈定緊盯著瑟麥克，以慎重的語氣繼續說：「當年哈里．謝頓在這裡建立基地，表面上的目的是編纂一套偉大的百科全書，我們爲這個影子目標努力了五十年，然後才發現他眞正的目的。那時，幾乎已經太遲了。當我們和帝國核心區域失去聯絡之後，我們成了由科學家聚集的單一城市所構成的世界，完全沒有任何工業。我們周圍是新興的野蠻王國，個個對我們充滿敵意。我們是蠻荒汪洋中的核能小島，當然成了鄰邦覬覦的珍貴目標。

「在四王國中，安納克里昂始終是最強大的。當年他們曾經要求在端點星建立軍事基地，不久也的確實現了。當時統治端點市的那些百科全書編者，完全明白那只是他們佔領整個行星的第一步。就是在這種情況下，我……嗯……實際接管了政府。換成你會怎麼做呢？」

瑟麥克聳聳肩。「這是個理論上的問題，我當然知道你是怎麼做的。」

「讓我再說一遍，也許你還不瞭解其中的關鍵。當時誰都不禁會想到，最好集結所有的力量和敵人作殊死戰。這是最簡單的，也是最能滿足自尊的做法——但是，也必然是最愚笨的。換成你，很可能就會這麼做，正如你剛才所謂的『主動出擊』。但是我的做法，卻是輪流拜訪其他三個王國，向他們指出，如果讓核能的機密落入安納克里昂手中，無疑等於割斷他們自己的喉嚨。然後，我又委婉地建議他們採取一個明顯的措施，如此而已。結果在安納克里昂的軍隊登陸端點星一個月之後，他們的國王就接到其他三國的聯合最後通牒。七天內，安納克里昂人就全部撤離了端點星。

「請你告訴我，又何嘗需要用到武力？」

年輕議員若有所思地盯著雪茄頭，然後將它丟進焚化槽。「我不覺得這兩件事能相提並論。糖尿病患可以用胰島素治療，根本不用開刀，盲腸炎卻一定需要動手術。這是誰都無法改變的。當其他辦法通通失效時，最後剩下的一條路，不就是你所謂的『最後的手段』？都是由於你的錯誤，才把我們逼上這條路。」

「我？喔，又是指我的姑息政策。你似乎仍不瞭解我們當時的情況和基本需要。安納克里昂人離去後，我們的問題並未結束，而是剛剛開始。從此，四王國變得比以前更具敵意，因爲每個王國都想奪取核能——由於害怕其他三國，才不敢對我們下手。我們在利刃的尖端保持平衡，倘若有絲毫偏差——例如某王國變得太強，或有兩個王國結盟——你懂我的意思嗎？」

「當然懂。那時就應該全力準備應戰。」

「正好相反，那時應該全力防止開啓戰端。我讓他們互相對立，並且分別協助他們，提供他們科學、貿易、教育、正統醫療等等。我使他們感到，讓端點星成爲一個繁榮的世界，要比作爲一個戰利品更有價值。這個政策維持了三十年的和平。」

「是的，但你被迫用最可恥的形式來包裝那些科援。你把它弄成宗教和鬼話的混合體，你還扶植了教士階級，並且發明繁瑣而毫無意義的儀典。」

哈定皺皺眉。「那又怎麼樣？我看不出它跟這個問題有什麼關係。我最初那樣做，是因爲那些蠻子把我們的科學視爲魔法，所以那種形式最容易讓他們接受。教士階級是自然形成的，若說我們出過力，也只是因勢利導而已。這實在是微不足道的小事。」

「但是由那些教士來掌管發電廠，就不是小事了。」

「沒錯，可是仍由我們來訓練。他們對於各種機器的知識全是經驗法則，對於包在機器外面的宗教外衣則深信不疑。」

「萬一有人識破了宗教的外衣，並且超越了經驗法則呢，你又如何制止他學習到眞正的科技，再兜售給出價最高的一方？那時候，我們對各王國還有什麼價值呢？」

「瑟麥克，幾乎沒有這個可能。你只看到了表面。四王國每年都選派最優秀的人員，來端點星接受教士養成教育，成績最佳的還會留在這裡繼續深造。假如你以爲那些學成歸國的教士——他們不但連一點科學基礎都沒有，更糟的是，所學到的還是刻意扭曲的知識——居然能參透核能工程、電子學和超曲速的理論，那麼你對科學的看法就太浪漫、太愚蠢了。要達到這種境界，必須接受一輩子的訓練，再加上一副聰明的腦袋才行。」

當哈定滔滔不絕時，約翰・李曾經突然站起來走出去，現在才又回來。哈定剛說完話，約翰便湊到這位上司耳邊，說了一句耳語，並交給哈定一根鉛筒。然後，約翰狠狠地瞪了代表團一眼，才坐回他的原位。

哈定雙手來回轉弄那根圓筒，又瞇著眼看了看代表團的成員。然後他陡然用力一扭，將圓筒打開來。只有瑟麥克一個人忍住好奇心，沒有向滾出的紙捲瞄上一眼。

「各位，總而言之，」哈定說：「政府自認瞭解自己在做什麼。」

他一面說一面讀著。紙捲上寫滿許多行複雜而無意義的符號，但只有在一角用鉛筆寫的三個字，才傳遞了眞正的訊息。哈定只瞄了一眼，就隨手將它丟進焚化槽。

「只怕會面該結束了。」哈定說：「很高興見到各位，謝謝你們的光臨。」他敷衍地跟四個人一一握手，他們便魚貫而出。

哈定幾乎忍不住又要哈哈大笑，但直到瑟麥克與三名年輕夥伴走遠之後，他才放縱地「咯咯」乾笑幾聲，並對約翰露出愉快的笑容。

「約翰，你喜歡剛才那場吹牛比賽嗎？」

約翰不高興地哼了一聲。「我可不認爲他在吹牛。你得小心對付他，下次選舉他很可能會勝利，正如他所聲稱的那樣。」

「嗯，很可能，很可能——如果在此之前，什麼也沒發生的話。」

「哈定，這次要小心別弄巧成拙。我說過，這個瑟麥克擁有一批追隨者。萬一他在下次選舉之前就採取行動呢？你我也曾使用武力達到目的，雖然你口口聲聲反對武力。」

哈定揚起一邊的眉毛。「約翰，你今天很悲觀。而且也非常矛盾，否則你不會提到武力。還記得吧，當年我們的小小政變，沒有令任何人喪命。那是在適當時機所採取的必要手段，過程平和、毫無痛苦，幾乎不費吹灰之力。至於瑟麥克，他反對的和我們當年完全不同。你我可不是百科全書編者，我們有恃無恐。老戰友，派你的部下好好盯著他們。別讓他們知道自己受到監視——眼睛放亮點，明白嗎？」

約翰苦笑幾聲。「哈定，我如果事事要等你下令，那也太差勁了，對不對？瑟麥克和他的手下，已經被監視一個月了。」

市長咯咯笑了起來。「你先下手為強啊？很好。對了，」他又輕聲補充道：「維瑞索夫大使即將回到端點星，我希望他只是暫時停留。」

約翰沉默了一下子，似乎有點擔心，然後才問：「剛才收到的訊息就是這件事嗎？事情已經爆發了嗎？」

「不知道。在沒見到維瑞索夫之前，我什麼都不清楚。不過，也許眞的爆發了吧。總之，那些事必須在選舉之前發生。你怎麼臉色那麼難看？」

「因為我不知道事情會有什麼結果。哈定，你太深沉了，什麼事都藏在心底。」

「連你也這麼說？」哈定喃喃道，接著又提高音量說：「這是否代表你也要參加瑟麥克的新政黨？」

約翰只好勉強擠出笑容。「好吧，算你贏了。我們去吃午餐如何？」

2

哈定被公認是一位出口成章的人，不少格言警語據說都出自他的口，不過有許多可能是偽託的。無論如何，據說他曾在某個場合，說過下面這句話：

「光明磊落總有好處，尤其對那些以賣弄玄虛著稱的人。」

波利．維瑞索夫曾經多次遵照這句忠告行事，因爲他已經以雙重身分在安納克里昂待了十四年——爲了維持那種雙重身分，他常常感到像是赤腳走在灼熱的金屬上。

對於安納克里昂人民而言，他是一位教長，是基地派來的代表。在他們那些「蠻子」心目中，基地是一切神祕的根源，也是他們的宗教聖地——這個宗教是藉著哈定的協助，在過去三十年間所建立的。由於這個身分，維瑞索夫自然受到極度的尊敬。他卻覺得無聊得可怕，因爲他打心底討厭那些以他自己爲中心的宗教儀典。

但是安納克里昂的國王——不論是老王或是目前在位的孫子，他們都將維瑞索夫視爲基地這個強權派來的大使，對他的態度是又迎又懼。

整體而言，這是一份吃力不討好的工作。今天是三年來第一次回基地，他是抱著度假的心情回來的，雖然那些麻煩的意外也非要他回來一趟不可。

由於並非首次必須在絕對機密的情況下旅行，他又採取了哈定「光明磊落」的策略。

他脫下神職人員的法衣，換上了便服——這樣做已經算是度假。然後他搭乘定期太空客船回到基地，還故意坐二等艙。一旦抵達端點星的太空航站，他趕緊穿過擁擠的人潮，走到公共視訊電話亭，打電話到市政廳去。

他說：「我名叫簡．史邁，今天下午和市長有約。」

接電話的是一位聲調平板無力、辦事效率卻很高的年輕女子。她立即打了另一通電話請示，然後用乾澀、單調的聲音告訴維瑞索夫說：「先生，哈定市長將在半小時後見您。」然後螢光幕上的畫面便消失了。

掛上電話後，這位駐安納克里昂大使買了一份最新的〈端點市日報〉，悠閒地踱到市政廳公園，坐在他找到的第一張長椅上，開始閱讀報上的新聞評論、體育版與漫畫來打發時間。半小時後，他把報紙挾在腋下，走進了市政廳的會客室。

在這段過程中，根本沒有任何人認出他來。因爲他的一切行動光明磊落，誰也沒有想要多看他一眼。

哈定抬起頭，咧嘴一笑。「請抽根雪茄吧！旅途愉快嗎？」

維瑞索夫取了一根雪茄。「很有趣。我的鄰艙有位教士，他要來基地接受放射性合成物質使用的特別訓練——你知道吧，那是用來治療癌症的。」

「想必他不會稱之爲『放射性合成物質』吧？」

「我想一定不會！對他來說，那是一種『聖糧』。」

市長微微一笑。「請繼續。」

「他誘使我跟他討論靈學問題，並且想盡辦法，要使我從卑鄙齷齪的唯物主義中得救。」

「而他一直沒有發覺你是他的教長？」

「我沒穿深紅色法衣，他怎麼認得出來？何況，他是司密爾諾人。不過，那是一次有趣的經歷。哈定，這實在太神奇了，科學性宗教已經牢固地深植人心。我寫過一篇文章討論這個現象——純粹是自己寫著好玩，並不適合發表。我以社會學的眼光來研究這個問題，當舊帝國在銀河外緣開始瓦解時，就科學論科學，它似乎也開始在這些世界消失。爲了使科學再度爲人接受，它就必須以另一種面貌出現——這正是我們的做法，它的確很成功。」

「眞有意思！」市長把兩手交叉放在頸後，突然說：「談談安納克里昂的情況吧！」

大使皺起眉頭，把雪茄從口中取出來，不以爲然地看了看，再放到一旁。「嗯，情況很不好。」

「否則，你也不會趕回來。」

「差不多。情況是這樣的：安納克里昂的關鍵人物是攝政王溫尼斯，他是列普德國王的叔父。」

「我知道。但列普德不是明年就成年了嗎？我記得他明年二月就滿十六歲了。」

「沒錯。」維瑞索夫頓了頓，再以挖苦的語氣補充：「前提是他能活到那時候。他父親的死因極爲可疑，是在狩獵時被針彈射穿胸部，官方說法是意外喪生。」

「唔。我在安納克里昂的時候，好像也見過溫尼斯。那時我們剛把安納克里昂人趕出端點星，而你還沒有上任。讓我想一想，如果我記得沒錯，他是個皮膚黝黑的小伙子，黑髮，右眼斜視，還有一個滑稽的鷹勾鼻。」

「就是他。鷹勾鼻和斜眼都還在，但是頭髮如今灰白了。他行事卑鄙無恥，但好在他是那顆行星上的頭號大笨蛋。他同樣自以爲聰明機靈，卻使得他的愚蠢更加透明。」

「通常都是這樣。」

「他的信念是殺雞也得用核砲。最明顯的例子是兩年前老王剛死的時候，他試圖對靈殿的財產課稅。你還記得嗎？」

哈定感慨萬千地點點頭，然後露出微笑。「教士們曾經反彈。」

「他們的反彈聲浪，在銀河另一端都聽得見。自從那次事件之後，他就對教士更加提防，不過還是不改他的強硬作風。就某方面來說，這對我們不利，他實在是無限度地自信。」

「也許是一種過度補償的自卑情結吧。王儲的弟弟往往有這種傾向，你知道吧。」

「但是無論如何一樣麻煩。他就像隻瘋狗，極力主張進攻基地，自己從不掩飾這個企圖。從軍備觀點而言，他也的確有這個能力。老王生前建立了強大的星際艦隊，溫尼斯這兩年也沒閒著。事實上，他當初想對靈殿的財產課稅，也是爲了擴充軍備。這個企圖失敗之後，他竟然把所得稅提高一倍。」

「有沒有人抱怨呢？」

「並沒有任何激烈的抗議。服從聖靈所屬意的威權，是王國內每場佈道必有的講題。但是溫尼斯並不領情。」

「好，我知道背景了。現在告訴我，究竟發生了什麼事？」

「兩星期之前，安納克里昂商船發現了一艘帝國星際艦隊棄置的巡弋艦，它在太空裡至少飄蕩了三個世紀。」

哈定眼中閃耀出興致的光芒，他立刻坐直身子。「對，我也聽說了。宇航局曾經向我提出申請，希望能得到那艘星艦作研究之用。它的情況良好，我很清楚。」

「完全處於最佳狀況。」維瑞索夫冷冷地應道。「上星期，你寫信建議他把那艘巡弋艦交給基地，溫尼斯收信後，簡直要氣炸了。」

「他還沒有答覆呢。」

「他不會答覆的——除非用鎗砲答覆你。你可知道，在我離開安納克里昂那一天，他曾經來找我，要求基地把那艘巡弋艦整修至戰備狀態，再交還安納克里昂星際艦隊。他厚顏無恥地說，你上星期送去的信，代表基地有攻擊安納克里昂的企圖。他還說假如我們拒絕修理巡弋艦，就證明他的懷疑是事實；爲了安納克里昂的安全，他將被迫採取自衛行動。他就是這麼說的——被迫採取自衛行動！所以我只好趕回來了。」

哈定輕輕笑了幾聲。

維瑞索夫也微微一笑，繼續說：「當然，他在等待我們拒絕。在他看來，那是立即進軍的最佳藉口。」

「維瑞索夫，我瞭解了。好吧，我們至少還有六個月的時間，所以不妨把巡弋艦修理好，再恭敬地送還給他們。爲了表示我們的敬意和友善，把它重新命名爲**溫尼斯號**吧。」

哈定又笑了幾聲。

維瑞索夫仍然以一絲笑意回應。「哈定，我相信這是合理的做法——但我有些擔心。」

「擔心什麼？」

「那是一艘星艦！是帝國當年才能建造的星際巡弋艦。它的容量相當於安納克里昂艦隊總數的一倍半；它配備有足以摧毀整個行星的核砲，還有能抵抗Q能束、完全不產生輻射的防護罩。哈定，那艘星艦實在太好了……」

「維瑞索夫，那只是表面上，表面上如此。你我都知道，以他現有的兵力，想要攻擊端點星是輕而易舉，我們根本來不及修好那艘巡弋艦當防禦武器。那麼，把它送給溫尼斯又有什麼關係呢？而且你也知道，根本不會發生眞正的戰爭。」

「沒錯，我也這麼想。」大使抬起頭，「可是，哈定……」

「怎樣？爲什麼停下來？繼續說啊。」

「好的，雖然這不是我的份內之事。但是我從報紙上看到……」他把〈日報〉放在桌上，指著第一版說：「這到底是怎麼回事？」

哈定隨便瞄了一眼。「一群市議員準備組織一個新的政黨。」

「上面是這麼寫的。」維瑞索夫坐立不安，「我知道內政方面你比我清楚，但是除了尚未訴諸武力，他們用盡一切方法在攻擊你。他們的勢力究竟多大？」

「還眞他媽的強。下次選舉之後，他們可能就會控制議會。」

「不是選舉之前？」維瑞索夫斜眼望著市長，「除了選舉之外，還有不少奪取政權的辦法。」

「你把我看成是溫尼斯了？」

「當然沒有。可是修理星艦需要好幾個月，而且修好後攻擊必然隨之而來。我們的讓步會被視爲懦弱的象徵，何況一旦擁有帝國巡弋艦，溫尼斯的艦隊會增強一倍實力。到時候他一定會發動攻擊，否則我就不是教長。我們何必冒險呢？你應該做一兩件事，或者把我們的計畫告知議會，或者現在就逼安納克里昂攤牌！」

哈定皺起眉頭。「現在就逼他們攤牌？在危機來臨之前？我絕不會那樣做。你別忘了哈里．謝頓和他的計畫。」

維瑞索夫猶豫了一下，然後喃喃道：「這麼說，你絕對相信有那個計畫的存在？」

「這幾乎是不容懷疑的。」哈定斷然地回答。「當年『時光穹窿』開啓時我也在場，而謝頓的錄像透露了這個祕密。」

「哈定，我不是指那個。我只是不懂，他怎麼可能預測往後一千年的歷史。也許只是謝頓過於自信吧。」看到哈定露出譏諷的微笑，維瑞索夫有點心虛，補充了一句：「好吧，我又不是心理學家。」

「沒錯，我們都不是。但我在年輕的時候，的確受過一些基本訓練——足以讓我瞭解心理學的能力，即使我自己無法善加利用。哈里·謝頓的確做到了他所宣稱的事，這點無庸置疑。正如他所說，基地的建立是爲科學提供一個避難所——在新興的蠻荒世紀中，用以保存逝去帝國的科學和文化，以待重新發揚光大，建立第二帝國。」

維瑞索夫點點頭，但還是有點懷疑。「每個人都知道事情應該會演變成那樣，但是我們能冒這個險嗎？爲了虛無飄渺的未來，我們能拿現在當賭注嗎？」

「我們必須這麼做——因爲未來並非虛無飄渺。謝頓已經計算並描述得很清楚。他已經預先測定未來將連續不斷發生的危機；每一次危機，多少都決定於上一個危機的圓滿解決。目前的危機只是第二個，天曉得倘若稍有偏差，最後會造成什麼結果。」

「這算是空洞的臆測。」

「不！是哈里·謝頓在時光穹窿中這麼說的。每次遇到危機時，我們的行動自由便會受限，只剩下唯一的一條路可走。」

「爲了使我們維持在這條窄路上？」

「或者說，爲了避免我們走到岔路上。反之，假如仍有兩個以上的行動方案，就表示危機尚未來臨。我們必須盡可能讓事情自然發展，太空在上，這正是我打算要做的事。」

維瑞索夫並沒有回答。他只是咬著下唇，不情願地沉默不語。去年，哈定才頭一次跟他討論這個問題——這個實際的問題：如何化解安納克里昂進攻基地的意圖。因爲那個時候，連維瑞索夫也開始主張停止姑息政策。

哈定似乎能猜到這位大使的想法。「我倒寧願從來沒有告訴過你這些事。」

「你爲何這麼說？」維瑞索夫吃驚地吼道。

「因爲現在總共有六個人——你、我、另外三位大使以及約翰．李——對於將要發生的事有了相當的概念，我眞擔心謝頓其實希望瞞著每個人。」

「爲什麼？」

「因爲謝頓的心理學雖然先進，卻有先天的限制。它不能處理太多的獨立變數。它也無法用在個人身上，不論想要預測的時間是長是短，就像『氣體運動論』不適用於個別分子一樣。謝頓的研究對象是群眾，是整個行星上的居民。這些群眾還必須不知情；對於行動將產生什麼結果，他們完全沒有任何預知。」

「我聽不太懂。」

「我也沒辦法。我並不是眞正的心理學家，不能用科學的語言來詳細說明。可是你也知道，端點星上沒有訓練有素的心理學家，也沒有這方面的數學參考書。顯然，謝頓不要讓端點星上的人具有任何預測未來的能力。他希望我們盲目發展——也就是正確地根據群眾心理學的原則來發展。正如我曾經告訴過你的，當初我趕走安納克里昂人的時候，根本不知道我們應該何去何從。當時我的想法只是保持勢力均衡，如此而已。直到後來我才發覺，各個事件之間有個微妙的模式；但是我採取行動時，盡量不考慮這一點。因爲一旦被先見之明所干擾，整個計畫就會被破壞了。」

維瑞索夫若有所悟地點點頭。「我在安納克里昂的靈殿中，也曾聽過同樣複雜的理論。然而，你要如何判斷正確的行動時機？」

「時機早已決定了。你也承認，一旦我們修復了巡弋艦，溫尼斯勢必會對我們發動攻擊。這件事絕無任何轉圜餘地。」

「沒錯。」

「好，所以外在因素已經確定了。另一方面你也承認，下次選舉後，會產生一個由反對黨主控的新議會，它會迫使我們對安納克里昂採取行動。這也沒有任何轉圜餘地。」

「沒錯。」

「當所有的餘地都消失時，危機就來臨了。話說回來——我有點擔心。」

哈定停了下來，維瑞索夫耐心地等著。哈定卻慢慢吞吞、幾乎很勉強地繼續說：「我有一個想法——只能算是個人見解——根據謝頓的計畫，內外的壓力應該在同時升到頂點。如今看來，卻有幾個月的出入。溫尼斯可能在春天之前就打過來，而距離選舉卻還有一年的時間。」

「這好像並不重要。」

「我不知道。也許只是不可避免的計算誤差，或者由於我知道得太多使然。我盡量避免讓自己的預感左右自己的行動，但我又如何確定呢？那一點點時間上的差異，會帶來什麼樣的效應？無論如何，」他抬起頭來，「至少有一件事我已經決定了。」

「什麼事？」

「當危機爆發時，我要到安納克里昂去。我要親自到現場去……喔，維瑞索夫，我們談得夠多了。時候不早了，我們出去喝杯酒，我想輕鬆輕鬆。」

「那就在這裡喝吧，」維瑞索夫說：「我可不想被認出來。否則你也知道，那些偉大的議員新組的政黨會怎麼說。叫人送些白蘭地來吧。」

哈定接受了他的建議——但沒有叫得太多。

3

古時候，當銀河帝國統治著整個銀河系，而安納克里昂是銀河外緣最富裕的星郡時，曾有不少皇帝正式訪問過安納克里昂的總督官邸。而且，每一位蒞臨的皇帝都曾經一試身手，也就是駕著高速空中飛車，用針鎗獵殺如同空中堡壘般的巨鳥。

如今，安納克里昂的聲望已隨著光榮時代一起走入歷史。現在那座總督官邸，除了由基地工人修復的一側之外，其餘全是一片斷垣殘壁的廢墟。而最近兩百年間，也從來沒有皇帝駕臨此地了。不過，獵殺巨鳥仍是此間王室鍾愛的狩獵活動，而身為安納克里昂國王的首要條件，就是要善用獵射巨鳥的針鎗。

列普德一世是當今的安納克里昂國王，並且照例冠上「銀河外圍之主」這個名不符實的封號。雖然他還不滿十六歲，已經是獵殺巨鳥的高手。他在不到十三歲時就首開紀錄，即位剛滿一週，就打下生平第十隻巨鳥。今天他獵殺到第四十六隻，正高高興興踏上歸途。

「在我成年之前，要射下五十隻。」他歡欣鼓舞地說：「誰敢跟我打賭？」

朝臣們都不敢跟國王打賭，因為贏了反倒有殺身之禍，所以沒有人敢作聲。於是國王得意洋洋地準備回房換衣服。

「列普德！」

聽到這聲強有力的叫喚，國王停下邁出一半的腳步，悶悶不樂地轉過頭來。

溫尼斯站在自己的書房門口，以嚴厲的目光瞪著年輕的姪子。

「讓他們退下，」溫尼斯做著不耐煩的手勢，「快讓他們退下。」

國王生硬地點點頭，兩名侍從便趕緊鞠躬並退到樓下去。列普德自己則走進叔父的書房。

溫尼斯憂心忡忡地瞪著國王的獵裝。「要不了多久，你就得把心思放在比獵鳥更要緊的事情上。」

他轉身蹣跚地走向書桌。溫尼斯自從上了年紀，受不了氣流的衝擊，也無法冒險俯衝到巨鳥的翼下，更不能以單腳操縱空中飛車翻滾爬升，他就對這項運動產生了反感。

列普德深知叔父的酸葡萄心理，卻不懷好意，故意興沖沖地說：「叔叔，你今天眞該跟我一起去。我們在沙米亞草原趕起一隻巨鳥，簡直大得像個妖怪，於是遊戲便開始了。在兩個小時裡，我們至少追趕了七十平方哩。然後，我到了向陽高原。」國王一面說，一面比手劃腳，好像他還在高速空中飛車上。「我開始盤旋俯衝。趁牠往上飛的時候，我射擊牠的左翼下方。結果將牠激怒了，打橫翻滾出去。我勇敢迎戰，向左急轉，等著牠筆直落下。果然不出我所料，牠眞的下來了。可是我還來不及行動，牠已經衝到翅膀打得到我……」

「列普德！」

「喔——我就射中牠了。」

「我不懷疑這一點，現在你注意聽我說好嗎？」

國王聳聳肩，隨即被桌上的食物吸引，拿起一顆莉菈堅果咬了幾口。他露出國王不該有的惱怒，也不敢正視叔父的眼睛。

溫尼斯先說了一句開場白：「我今天上了那艘星艦。」

「什麼星艦？」

「星艦只有一艘，只有那一艘！就是基地正在替我們艦隊修復的那艘，它是當年帝國的巡弋艦。我這樣說夠清楚了嗎？」

「就是那艘嗎？你瞧，我早就告訴你，只要我們叫基地幫忙修理，他們絕不敢抗命。你說什麼他們想攻擊我們，你瞧，那只是你神經過敏。假使他們有那個意思，又怎麼會替我們修理星艦呢？你瞧，這根本說不通。」

「列普德，你是個笨蛋！」

國王剛把堅果殼扔掉，正拿起另一顆準備塞進嘴裡，聽了這句話，他滿臉漲得通紅。

「好啊，請你注意，」國王的聲音雖然不悅，但是仍然跟撒嬌差不多。「我想你不應該那樣罵我，你忘了自己是什麼身分。你瞧，我再過兩個月就成年了。」

「對，你就要當一國之主，承擔起國王的重責大任。假如你把打鳥的時間分一半來處理公務，我馬上心安理得地辭去攝政的職位。」

「我不在乎。你瞧，這根本是毫不相干的兩碼事。事實是，即使你是攝政王，又是我的叔叔，但我仍是國王，而你仍是我的臣民。無論如何，你不應該罵我笨蛋，也不應該在我面前坐下；你還沒有請求我的恩准。我認爲你該小心點，否則我會有所反應——很快就會。」

溫尼斯以冷峻的目光望著國王。「我應該尊稱你『陛下』嗎？」

「是的。」

「很好！陛下，你是個笨蛋！」

在斑白的眉毛下，溫尼斯的黑眼珠冒出怒火，嚇得年輕的國王慢慢坐下來。一時之間，溫尼斯臉上浮現出得意的嘲諷神色，但只是一閃而過。他很快咧開厚厚的嘴唇笑了笑，並伸出一隻手搭著國王的肩膀。

「列普德，別介意。我不該對你那麼兇。但是壓力那麼大的時候，有時很難讓言行合乎禮數——你懂嗎？」他的語氣雖然溫和，目光卻沒有全部軟化。

列普德猶豫不決地說：「是啊。你瞧，國家大事相當艱難。」他開始有點擔心，會不會又得聽叔父提起無聊的對司密爾諾本年貿易細節，或是紅廊區各零星世界間的長期糾紛等等問題。

溫尼斯繼續說：「孩子，我早就想跟你談這件事，也許我早該跟你談談。但是我知道你太年輕，不耐煩聽這些繁瑣的政務。」

列普德點點頭。「嗯，沒關係……」

這位叔父斷然地搶著說：「然而，再過兩個月你就成年了。更重要的是，面對將來的挑戰，你必須扮演一個積極主動的角色。列普德，你即將成爲一位眞正的國王了。」

列普德又點點頭，卻帶著一副茫然的表情。

「列普德，戰爭很快就要來臨。」

「戰爭！但我們已經和司密爾諾休戰……」

「不是司密爾諾，而是跟基地作戰。」

「但是，叔叔，他們已經同意爲我們修理星艦。你說……」

看見叔父的嘴唇一撇，他趕緊把下面的話硬生生嚥回去。

「列普德，」溫尼斯的語氣不再那麼友善，「我把你當大人在跟你討論問題。不管基地願不願意修理星艦，我們都要和他們作戰；事實上，既然修理正在進行，戰爭反而爆發得更快。基地是一切有形和無形力量的根源。安納克里昂的一切偉大成就，包括船艦、城市、百姓、貿易等等，在在都仰賴基地的鼻息，而基地施捨給我們的，只不過是它的九牛一毛，一些不要的殘渣剩菜。我自己還記得當年，安納克里昂的城市都只能靠油和煤來取暖。但不提這些了，你不會有任何概念的。」

「我們似乎，」國王戰戰兢兢地說：「應該感激……」

「感激？」溫尼斯吼道。「他們只肯施捨一點渣滓給我們，天曉得他們自己藏了多少寶貝——他們藏起來是在打什麼主意？哈，他們想要有朝一日統治整個銀河。」

他將手移到姪子的膝蓋上，瞇起了眼睛。「列普德，你是安納克里昂的國王。你的兒子或兒子的兒子，有可能成爲宇宙之王——只要你能得到基地隱藏起來的力量！」

「你說得有些道理。」列普德的眼睛亮起來，脊背也挺直了。「畢竟，他們有什麼權利獨佔？你瞧，這不公平。安納克里昂也該有一份。」

「看，你開始瞭解了。那麼，孩子，萬一司密爾諾決定搶先攻佔基地，奪取所有的力量，那該怎麼辦？我們逃得過成爲藩屬的命運嗎？你自己還能當多久的國王呢？」

列普德變得激動起來。「太空啊，有道理。你瞧，你說得完全正確。我們必須先發制人，這只是自衛罷了。」

溫尼斯的笑容擴大了一點。「此外，在你的祖父稱王之初，安納克里昂的確曾在基地的行星端點星上，建立過一個軍事基地——它對我們的國防極爲重要。但是，由於基地領導者的陰謀詭計，逼得我們被迫撤離。那人是個狡猾的無賴，只是一名學者，全身上下沒有一滴貴族血液。列普德，你懂嗎？你的祖父被那個平民羞辱過。我還記得他！他差不多跟我同年，當年他帶著惡魔似的微笑和頭腦來到安納克里昂——拿著另外三個王國當後盾，他們組成了反抗安納克里昂偉業的儒夫聯盟。」

列普德滿臉通紅，眼睛也更亮了。「我向謝頓發誓，假使我是祖父，無論如何我都決心一戰。」

「不，列普德。我們當時決定等待——等待更恰當的時機再雪恥。在你父親沒有猝然辭世之前，他曾經希望自己就是……唉！唉！」溫尼斯把臉轉開一會兒，再用似乎很傷痛的口吻說：「他是我的兄長，假如他的孩子……」

「對，叔叔，我不會辜負他的遺志。我已經下定決心，安納克里昂一定要掃蕩那個製造麻煩的禍源，而且要馬上。」

「不，不能馬上。首先，我們必須等巡弋艦修好。他們接下修理的工作，唯一的原因是害怕我們。那些傻瓜想討好我們，但我們並不會改變心意，對不對？」

列普德一手捏緊拳頭，猛搥另一隻手的掌心。「只要我還是安納克里昂王，絕對不會。」

溫尼斯的嘴唇扯出一個嘲諷的神情。「此外，我們必須等塞佛．哈定來到這裡。」

「塞佛．哈定！」國王突然睜大眼睛，光潔稚嫩的臉上原本堆滿的兇悍線條消失無蹤。

「對，列普德，基地的領導人要親自到安納克里昂來祝賀你的生日——或許是想來巴結我們。但是他這樣做毫無用處。」

「塞佛．哈定！」國王只是喃喃低語。

溫尼斯皺起眉頭。「你怕這個名字嗎？就是這個塞佛．哈定，他上次來的時候，簡直就是踩在我們頭上。王室曾經遭到這種奇恥大辱，你不會忘記吧？而且他只是一個平民，是貧民窟裡的垃圾。」

「我想我不會忘記，不會忘記的，絕對不會忘記！我們要以牙還牙……但是……但是……我有點……有點害怕……」

攝政王站了起來。「害怕？怕什麼，你怕什麼？你這個小王……」他即時把下面的話吞回去。

「那會是……唔……一種褻瀆，你瞧，竟然去攻擊基地。我的意思是……」他停了下來。

「說下去。」

列普德以困惑的口吻說：「我的意思是，假如眞有『銀河聖靈』，它……唔……它可能會不高興的。你不覺得嗎？」

「不，我可不那麼想。」溫尼斯答得非常冷酷。說完他再度坐下，嘴唇扭曲成一個詭異的笑容。「你的腦袋眞的爲銀河聖靈這麼擔心嗎？所以你才會胡思亂想，優柔寡斷。我認爲，你是聽多了維瑞索夫的鬼話。」

「他對我解釋了很多……」

「有關銀河聖靈的事嗎？」

「是啊。」

「哎呀，你這個乳臭未乾的娃兒。他對於自己所說的那一套惑衆妖言，比我更不相信千百倍，而我呢，則是一點也不相信。那些都是無稽之談，我告訴過你多少次了？」

「嗯，我知道。但是維瑞索夫說……」

「別聽維瑞索夫的，那都是胡說八道。」

接著是短短一段抗議性的沉默，然後列普德才說：「反正大家都相信。我是說關於先知哈里．謝頓，以及他如何指定基地完成他的聖訓：在未來的某一天，『銀河樂園』將重返人間；不服從聖訓的人將永遠形神俱滅。老百姓都相信這個說法，我主持過慶典，所以我知道他們都相信。」

「沒錯，他們相信，但是我們不相信。其實你應當感激這件事實，由於這套愚民政策，你才能根據神的旨意當上國王——讓你自己變成半人半神。這簡直輕而易舉。這套說法也消除了所有叛變的可能，保證老百姓絕對服從每一件事。所以說，列普德，你必須主動對基地宣戰。我只是攝政王，是個凡人。而你是國王，對老百姓而言，是半個神。」

「但我自己覺得不是。」國王深思熟慮地說。

「對，其實不是。」溫尼斯以挖苦的語氣答道：「但在別人眼中你就是，只有基地的人例外。懂了嗎？基地以外的人都認爲你是半個神。假如把他們除去，就再也沒有人否認你的神格。你想想清楚！」

「到那個時候，我們就能自己控制靈殿的發電機、無人太空船、治癌的聖糧和其他一切機器？維瑞索夫說，只有銀河聖靈祝福過的人才能……」

「對，維瑞索夫那麼說！除了哈定，維瑞索夫就是你最大的敵人。列普德，你和我站在一起，不用擔心他們。讓我們叔姪聯手，共同重建一個帝國——不只是安納克里昂王國，而是包括整個銀河系上千億顆恆星的帝國。這樣總比口頭上的『銀河樂園』更好吧？」

「是——的。」

「維瑞索夫能保證更多嗎？」

「不能。」

「好極了。」溫尼斯的語氣變得更加蠻橫，「我想，這個問題可以算解決了。」他不等國王回答，又說：「你走吧，我等會兒再下去。列普德，還有一件事。」

年輕的國王剛走到門檻，又回過頭來。

溫尼斯臉上堆滿笑意，唯獨目光不然。「孩子，你打巨鳥的時候要小心。自從你父親不幸意外身亡，有些時候，我對你的安危有很奇怪的預感。針鎗射出的針彈在空中亂飛時，混亂之中，誰也說不準會發生什麼事。我希望你要多加小心。有關基地的問題，你會照我說的去做，對吧？」

列普德睜大眼睛，卻避開叔父的視線。「對——當然。」

「很好！」他面無表情地瞪著姪子的背影，然後走回自己的書桌。

而列普德離開時，內心卻充滿憂慮與恐懼。攻擊基地、取得溫尼斯所說的力量，或許的確是最好的策略。但是他又有一種強烈的感覺——當戰爭結束，自己的王權鞏固之後，溫尼斯與他那兩個高傲的兒子就會等著繼承王位。

但他是國王，國王能下令處死任何子民。

即使叔父或堂兄也不例外。

4

除了瑟麥克本人，路易斯・玻特是反對陣營中最活躍的一員。他一直積極地糾合異議份子，進而促成如今聲勢浩大的「行動黨」。但他並未參加大約半年前去拜見塞佛・哈定的代表團。這並不表示他的努力未被認可，事實上正好相反。他不能參加是因爲另有重要任務，當時他正在安納克里昂的首都世界上。

那次他是以私人身分去的。他沒有拜會任何達官貴人，也沒有做什麼眞正重要的事。他只是去觀察那個忙碌世界的各個幽暗角落，並且透過各種管道刺探情報。

他回到端點星時已是冬季，那個短暫的白晝始於烏雲而終於瑞雪。玻特是在傍晚抵達的，不到一小時後，他已經坐在瑟麥克家中的八角桌旁。

薄暮中厚厚的積雪，像是壓在所有人的心頭，令氣氛相當凝重。玻特卻沒有委婉的開場白，一開口就開門見山。

「恐怕，」他說：「我們目前的處境，套用誇張的說法，就是『徒勞一場空』。」

「你眞的這麼想嗎？」瑟麥克沮喪地問。

「瑟麥克，這還用說嗎，沒有別的可能了。」

「關於軍備……」托卡．渥圖隨口說道，卻馬上被玻特阻止。

「不要說了，那是陳舊的想法。」玻特環顧四周每一個人，「我指的是安納克里昂的人民。我承認最初是我提出那個構想，由我們來資助一場宮廷革命，扶植一個親基地的人爲王。這是很好的想法，至今仍是如此。它唯一的缺點就是無法實現，偉大的塞佛．哈定早就防到了。」

瑟麥克不悅地說：「玻特，你能不能告訴我們詳情？」

「詳情！沒有詳情！事情可沒那麼單純。安納克里昂的整個情勢，都他媽的牽扯在內。都是因爲基地在那裡所設立的宗教，它還眞有效！」

「喔！」

「必須親眼見到，你才會相信效果有多好。你在這裡能看到的，只有我們爲了訓練教士所設立的大型學校，或是爲了讓朝聖者開開眼界，而在市內不起眼的角落偶爾舉辦的特別表演——如此而已。整件事對我們幾乎沒有什麼影響，但是在安納克里昂……」

蘭姆．塔基用一根指頭摸摸自己古怪的短髯，又清了清喉嚨。「那是什麼樣的宗教？哈定不斷強調，說那是爲了使他們全盤接受我們的科學，而隨便弄出來唬人的幌子。瑟麥克，你還記得吧，當天他告訴我們……」

「哈定的解釋，」瑟麥克提醒眾人，「表面的意義通常並不大。玻特，但那到底是什麼樣的宗教呢？」

玻特想了一想。「就倫理學而言，並沒有什麼問題。和帝國時代的各種哲學沒有太大不同，不外是高度道德標準之類的。從那個角度來看，沒有什麼值得批評的。歷史上，宗教一直有很大的教化力量，就這一點而言，它的確達成了……」

「這些我們知道，」瑟麥克不耐煩地打斷他的話，「說重點就好了。」

「重點如下，」玻特感到有點窘，不過並未表現出來。「這個宗教——請各位注意，它是由基地所創立和提倡的——是建立在絕對威權的體制上。我們供給安納克里昂的科學設備，一律由神職人員控制，但他們所受的使用訓練都是經驗式的。他們全心全意信仰這個宗教，也相信……嗯……他們所操縱的這些力量的形上價值。舉個例子來說，兩個月以前，有個傻瓜搞壞了第沙雷克靈殿的發電廠——那是幾座大型發電廠之一，當然整個城市都被污染了。結果每個人都認為那是神靈的懲罰，包括那些教士在內。」

「我記得，當時報上曾經登過一點二手報導。我還是不明白你到底想說什麼。」

「那麼請聽著，」玻特以嚴肅的口吻說：「教士形成了一個特殊階級，而國王位於這個階級的頂峰，他被視為低階的神。根據神的旨意，他成為具有絕對威權的君主；這種君權神授的思想，人民都深信不疑，連教士們也一樣。這樣的國王是無法推翻的，現在你懂了嗎？」

「且慢，」渥圖道：「你說這些都是哈定安排的，這是什麼意思？他是怎麼插上一腳的？」

玻特以苦澀的目光瞥了瞥渥圖。「基地千方百計創造了這個幻象，又將所有的科援都藏在這個幌子後面。國王每回主持重要慶典，放射性靈光一定籠罩全身，並在他頭上形成王冠似的光環。此時若有人碰觸國王，就會遭到嚴重灼傷。在典禮的關鍵時刻，國王還會在空中飛來飛去，表示他已經和神靈發生感應。而他做一個手勢，就能使整座靈殿發出珍珠般的光芒。我們爲國王設計的這些小把戲不勝枚舉，那些教士參與實際工作，自己卻也相信這一套。」

「糟糕！」瑟麥克氣得緊咬嘴唇。

「每當想到我們錯過大好時機，我眞想嚎啕大哭，媲美市政廳公園的噴水池。」玻特認眞地說：「想想三十年前的情況，哈定剛把基地從安納克里昂手中解救出來——當時，安納克里昂人還不清楚帝國已經開始衰落。自從宙昂人叛亂以來，他們一直自顧不暇，甚至當銀河外緣和帝國斷絕通訊，列普德的盜賊祖父自立爲王時，他們仍然不曉得帝國已經分崩離析。

「假如那時的皇帝有膽量，他只要派出兩艘星際巡弋艦，配合安納克里昂本身必然爆發的內亂，就能輕而易舉將它收復。而我們，我們當時同樣能夠征服他們；哈定卻沒有這麼做，反而爲他們建立了君主崇拜制度。我個人眞不瞭解，爲什麼？爲什麼？爲什麼？」

傑姆．歐西突然問道：「維瑞索夫如今在幹什麼？他曾經比今日的行動黨員還要激進，現在他在那裡做什麼？難道他也瞎了嗎？」

「我不知道。」玻特生硬地說：「他現在是那裡的教長。但據我所知，他只是擔任教士的技術顧問而已。傀儡領袖，該死的傢伙，傀儡領袖！」

在座的人都沉默下來，大家不約而同望向瑟麥克。年輕的黨魁神經質地咬了一陣指甲，然後高聲說：「不好了，有問題！」

他環顧四周，以更有力的口吻說：「哈定會是這種笨蛋嗎？」

「似乎如此。」玻特聳聳肩。

「不可能！事情有點不對勁。讓人如此任意宰割我們，這種事只有超級大笨蛋才做得出來。哈定即使是笨蛋，也不至於笨到那種程度，更何況我不承認他是笨蛋。他一方面創立宗教，爲他們消除一切內亂的可能。另一方面，他又用各種武器把安納克里昂武裝起來。我不相信有這種事。」

「我也承認，事情的確有些蹊蹺。」玻特說：「但是事實如此，我們還能怎麼想呢？」

渥圖萬分激動地說：「這是公然叛變，他被收買了。」

瑟麥克卻不耐煩地搖搖頭。「這我也不相信。一切都顯得既瘋狂又沒有意義。玻特，告訴我，你有沒有聽說有關那艘巡弋艦的任何消息，就是基地替安納克里昂艦隊修理的那艘星艦。」

「巡弋艦？」

「一艘帝國時代的巡弋艦。」

「沒有，我沒聽說，但這並不能代表什麼。艦隊船塢是一般人絕對不准進入的宗教聖地。星際艦隊的事，外人是不可能聽說的。」

「嗯，還是有謠言流傳出來。本黨同志在議會裡提起過這件事，你可知道，哈定從來沒有否認。他的發言人曾經公開譴責造謠者，然後就不再過問了。這似乎饒有深意。」

「這是整個事件的環節之一，」玻特說：「倘若是眞的，就瘋狂得離譜了。可是，這件事不會比其他情況更糟。」

「我想，」歐西說：「哈定絕不會另外藏有什麼祕密武器。也許……」

「是啊，」瑟麥克刻毒地說：「他不會藏有什麼神燈魔盒，能在緊要關頭跳出一個妖魔，把溫尼斯那個老傢伙嚇得屁滾尿流。假如基地必須仰仗任何祕密武器，倒不如我們自己炸掉端點星，從提心吊膽的痛苦中解脫算了。」

「嗯，」歐西趕緊轉變話題，「問題歸結到一點：我們還有多少時間？啊，玻特？」

「好吧，問題就在這裡。但是別看我，我也不知道答案。安納克里昂所有的傳播媒體始終沒有提到基地；最近則通通在報導慶典即將來臨的消息，其他什麼都沒有。列普德下星期就成年了，你知道吧。」

「那麼我們還有幾個月，」渥圖露出今晚的第一個笑容，「這讓我們還有時間……」

「還有時間，得了吧。」玻特咬牙切齒，顯得很不耐煩。「我告訴你，那個國王是神。你以爲他得利用宣傳的手段，才能激起人民的鬥志？你以爲他必須指控我們侵略，還得放任人民敵視基地一陣子？只要時候到了，列普德一聲令下，他的人民便會立刻動員，就這麼簡單。這就是那種體制最要命的地方，因爲你不能質疑神的決定。誰知道他會不會明天就下令，然後馬上大軍壓境。」

此時大家搶著發言，正當瑟麥克敲著桌子要大家安靜，前門突然打開，李維・諾拉斯特大步走了進來。他還來不及脫下沾滿雪花的大衣，就趕忙跳上樓。

「你們看看這個！」他一面大喊，一面把沾著雪跡的報紙扔到桌上。「新聞幕上也全都是這個消息。」

報紙立刻被翻開來，五個頭一起湊過去看。

瑟麥克以沙啞的聲音說：「太空啊，他要到安納克里昂去！要—到—安—納—克—里—昂—去！」

「那是叛變的行動。」塔基突然激動地尖叫。「若是渥圖說得不對，我甘願自殺。他把我們出賣給敵人，現在要去領賞了。」

瑟麥克站了起來。「我們現在已經別無選擇。明天在議會中，我將提議彈劾哈定。萬一失敗的話……」

5

雪已經停了，但是仍在地面凝成厚厚的一層。一輛光炫的地面車，在杳無人跡的街道上艱辛地前進。黎明時分，朦朧的曦光份外寒冷——這不只是事實，也非常有文學上的意境。因此，即使如今基地的政治處於動盪狀態，但無論行動黨或親哈定派，都沒有任何人有足夠的熱誠與鬥志，能這麼早就開始進行街頭活動。

約翰．李很不喜歡這種狀況，他的咕噥聲漸漸讓人聽得見了。「哈定，這樣很不好。他們會說你是溜走的。」

「想說就讓他們說吧。我必須到安納克里昂去，而且我要走得順利。約翰，現在什麼也別說了。」

哈定仰靠在有襯墊的座椅上，身子有些發抖。車裡裝有暖氣，其實並不冷，但是車外白雪覆蓋的世界，雖是透過車窗看去，依然爲他帶來寒意。

哈定若有所思地說：「等到我們把這件事解決之後，應該設法控制端點星的氣候。這並不是什麼難事。」

「我倒想先做幾件其他的事。」約翰答道：「比如說，替瑟麥克控制氣候如何？一間精緻乾爽的單人牢房，常年調節到攝氏二十五度，應該很適合他。」

「這樣一來，我可真的需要保鑣了，」哈定說：「而不是只有這兩位。」他指指那兩名坐在司機旁邊的約翰私人保鑣，他們嚴峻的目光凝視著空曠的街道，一手按在隨身的核銃上。「你顯然打算挑起內戰。」

「我嗎？我可以告訴你，火堆裡早就有好多木柴，根本不用怎麼撥動。」他扳著肥短的手指，「第一，瑟麥克昨天在市議會中高叫彈劾。」

「他完全有這個權利，」哈定冷靜地說：「不過，他的動議以二〇六票對一八四票被否決了。」

「是的。只差二十二票而已，我們本來估計至少能贏六十票。你別否認，你當初明明也這樣想。」

「的確很接近。」哈定承認。

「好的。第二，投票之後，五十九名行動黨黨員憤而退席，浩浩蕩蕩步出市議廳。」

哈定默然不語，約翰繼續說：「第三，瑟麥克在退席之前，曾經高喊你是叛徒，說你到安納克里昂是去領賞，又說拒絕彈劾你的多數派議員都等於加入了叛變行動，還說『行動黨』不是虛有其名。這些話聽來如何？」

「我想，代表會有麻煩。」

「而現在你卻像個逃犯，一大清早就急著開溜。哈定，你應該面對他們──太空啊，若有必要，就發佈戒嚴令！」

「武力是──」

「──無能者最後的手段。得了吧！」

「算了，等著看吧。約翰，現在注意聽我說。三十年前，在基地創設五十週年紀念日那一天，時光穹窿開啓，出現了哈里．謝頓的錄像，首度告訴我們部分的事實眞相。」

「我記得，」約翰憶起往事，似笑非笑地點點頭。「就是我們接管政府的那一天。」

「沒錯，那是我們遭遇初次危機的時候。現在這個則是第二次——三個星期後，便是基地創設八十週年紀念日。你不覺得這裡頭有深意嗎？」

「你是說他還會出現？」

「我還沒有說完。謝頓從未提過他是否還會出現，你瞭解吧，但那也是他整個計畫的一部分。他總是盡量不讓我們預知任何細節。我們根本無法知道電腦何時會令影像再度出現，除非我們將穹窿拆開——可是如果那麼做，說不定電腦會自動銷毀。自從謝頓上次出現後，每年的紀念日，我都會去那裡碰碰運氣。他從來沒有再現身，話說回來，自從那次之後，如今才再度發生眞正的危機。」

「那麼他會再出現。」

「可能吧，我也不知道。然而，這正是重點。你今天在市議會中，先宣佈我到安納克里昂去的消息，然後緊接著，再正式宣佈謝頓的錄像將在三月十四日再度出現。對於最近這個已經確定的危機，這段錄像將會傳達最重要的訊息。約翰，這點非常重要。但是不管別人怎麼追問，你都別再多說什麼。」

約翰瞪著哈定。「他們會相信嗎？」

「那倒沒有關係。這樣做會令他們困惑，那就是我的目的。他們會懷疑這件事的眞實性，還會猜測萬一是假的，我的眞正意圖究竟又是什麼——舉棋不定之下，他們會決定將行動延到三月十四日之後。那時候，我早已經回來了。」

約翰看來仍然猶豫不決。「但你所謂的『已經確定的危機』，根本是唬人嘛！」

「足以唬得他們一愣一愣的。飛航站到了！」

太空船的龐大身軀在微光中若隱若現。哈定踏著積雪走向太空船，到達氣閘時又轉過頭來，伸出手對約翰揮了揮。

「約翰，再見。我很不想留你在油鍋裡受煎熬，但是除了你，我再也沒有可以信賴的人。記住，千萬別玩火。」

「別擔心，油鍋已經夠熱了。我會服從命令的。」約翰向後退去，氣閘也關上了。

6

塞佛．哈定並未直接來到安納克里昂星——安納克里昂王國就是根據這顆行星命名的。直到加冕的前一天，他才抵達這個首都世界。在此之前，他飛到這個王國八個較大的恆星系，每一站都只做極短暫的停留，時間剛好足夠讓他會晤基地駐當地的代表。

這一趟旅行，使他深深體會到這個王國幅員的遼闊。這裡曾經是銀河帝國極具特色的一部分，可是與昔日帝國不可思議的廣大版圖相比，它只不過是一個小碎片、一顆毫不起眼的蒼蠅屎。然而哈定的思考模式，一向只習慣於單一的行星，而且還是一顆人口稀疏的行星，因此安納克里昂的幅員與人口，已經足以令他吃驚不已。

如今安納克里昂王國的國境，與當年的安納克里昂星郡極為接近，境內包括二十五個恆星系，其中六個擁有不只一顆住人行星。目前它的總人口數為一百九十億，雖然與它在帝國全盛時期的數目無法相比，但由於基地的科援促進了科學發展，總人口正在急速增長中。

哈定直到現在，才眞正體認到這項科援工作的艱巨。雖然花了三十年的時間，卻只有在首都世界建立了核電系統，王國外圍仍有廣大區域尚未恢復核能發電。甚至這樣的小小成績，都還是利用帝國殘留下的設備拼湊而成，否則連這一點進展都不可能有。

當哈定終於抵達這個首都世界的時候，發現一切商業活動完全停擺。在外圍區域，慶祝活動已經持續若干時日；而在安納克里昂星上，更充滿了預祝國王列普德成年的狂熱宗教慶典，人人都熱情萬分地全心投入。

哈定設法找到他們的大使維瑞索夫，後者由於過分忙碌而顯得愁眉苦臉、形容憔悴。他們只交談了半個小時，維瑞索夫就被迫匆匆告退，去監督另一座靈殿的慶典。但是這半小時讓哈定獲益匪淺，他已經胸有成竹，準備參加當天晚上的煙火盛會。

這次哈定完全是以遊客的身分出現，因爲萬一他的身分曝光，將必然得主導宗教性活動，而他毫無心情做那些無聊的事情。因此，當王宮大廳擠滿珠光寶氣的王公貴族時，他夾在其中一點也不起眼，幾乎沒有人注意到他，更沒有人跟他打招呼。

哈定也曾站在長串的參謁者中，在安全距離引見給列普德國王，國王則獨自威嚴地站在放射性靈光的眩目光芒中。不到一小時之後，國王將要坐在鑲著寶石、裝飾著黃金浮雕、由銥鋨合金製成的厚重王座上，與王座一起莊嚴地升到半空中，再緩緩貼地飛掠到窗口，然後在王宮的窗前翺翔，讓外面成千上萬的百姓瞻仰，接受百姓近乎瘋狂的熱情歡呼。當然，若不是內部暗藏核能發動機，王座也不可能那麼沉重。

時間已經十一點多了。哈定開始坐立不安，於是踮起腳尖想看得清楚一點。他甚至想站到椅子上，不過總算忍住這個衝動。終於，他看見溫尼斯穿過人群向他走來，心情頓時輕鬆了。

溫尼斯走得很慢。他幾乎每走一步，就得跟一些尊貴的貴族親切寒暄。那些貴族的祖輩都曾協助列普德的祖父僭取王位，從此子孫便永遠承襲爵位。

溫尼斯終於擺脫最後一位貴族，來到哈定面前。他勉強擠出幾絲笑容，斑白眉毛下的黑色眼珠射出得意的光芒。

「親愛的哈定，」他低聲說：「你不肯表露自己的身分，想必一定會很無聊。」

「殿下，我並不覺得無聊。這一切都太有趣了，您也知道，端點星可沒有這麼隆重的慶典。」

「無庸置疑。願不願意到我的書房坐坐，我們可以無拘無束地暢談一番。」

「當然好。」

於是兩人臂挽著臂上樓去了。幾位公爵的未亡人驚訝地盯著他們的背影，怎麼也想不通哈定的身分。這個衣著平凡、外表毫不起眼的陌生人，竟然受到攝政王這般的禮遇，他究竟是什麼人？

進了溫尼斯的書房，哈定十分輕鬆地坐了下來。他接過攝政王親自斟的一杯酒，並低聲表示謝意。

「哈定，這是盧奎斯酒，」溫尼斯說：「是王室酒窖中的眞品——珍藏了兩個世紀，是宙昂叛亂之前十年所釀製的。」

「眞正的王室佳釀。」哈定禮貌地附和著，「祝安納克里昂國王列普德一世政躬康泰。」

兩人乾杯後，溫尼斯輕聲補充道：「他很快就會成爲銀河外緣的皇帝，而接下來，又有誰能預料呢？銀河總該有再統一的一天。」

「這點毫無疑問。是由安納克里昂統一嗎？」

「有何不可？在基地的協助下，我們的科技優於銀河外緣其他世界，這是毫無疑問的。」

哈定放下空酒杯，然後說：「嗯，沒錯，只是，基地理當協助任何一個需要科援的國家。基於我們政府的高度理想主義，以及基地締造者哈里．謝頓崇高的道德目標，我們絕不能偏袒任何國家。殿下，這是無法改變的原則。」

溫尼斯笑得更加燦爛。「套一句當今的俗話：『靈助自助者』。我相當瞭解，基地若不是受到壓力，絕不可能這麼合作。」

「這點我可不敢苟同。至少基地爲你們修理了那艘帝國巡弋艦，雖然我們的宇航局一直希望拿來作研究之用。」

攝政王以諷刺的口吻，重複著哈定所說的話。「研究之用！是啊！若非我威脅要開戰，你們是絕不肯修理的。」

哈定做了一個不以爲然的手勢。「這我就不知道了。」

「我知道，而且知道這種威脅永遠有效。」

「現在也有效嗎？」

「現在談威脅有點太遲了。」溫尼斯瞥了一眼書桌上的時鐘，「哈定，聽好，你以前來過安納克里昂。當年你還年輕，你我都很年輕。即使那個時候，我們的行事方法已經迥然不同。你是所謂的和平主義者，對吧？」

「我想大概是吧。至少，我認爲以武力達到目的，是一種很不划算的手段。總會有更好的替代方案，雖然有時比較不那麼直接。」

「是啊，我聽過你的名言：『武力是無能者最後的手段』。但是，」攝政王故意表現得不經意地抓抓耳朵，「我並不認爲自己是個無能者。」

哈定禮貌地點點頭，卻一言不發。

「除此之外，」溫尼斯繼續說：「我一直信賴直接路線。我相信應該對準目標筆直地開拓道路，再沿著這條直路不偏不倚地前進。我曾經用這個方法取得許多成就，今後還打算完成更多的功業。」

「我都知道。」哈定插嘴道：「我相信您現在開拓的道路，是爲了要讓您和令公子直達王位。想想國王的父親——就是您的兄長——所遭遇的不幸意外，以及當今國王欠佳的健康狀況。他的確健康欠佳，對不對？」

溫尼斯皺起眉頭，聲音變得更加嚴厲。「哈定，爲了你自己好，我勸你最好避免某些話題。或許你以爲自己是端點星的市長，就有特權可以說……唔……這種不負責任的話；假如你眞的這麼想，還請你及早醒悟。我可不是會被空口白話嚇倒的人。我的人生哲學是只要正視困難，困難便會消失，我從來沒有逃避過任何問題。」

「這點我並不懷疑。請問此時您決定正視的困難究竟是什麼？」

「哈定，就是說服基地合作。你可知道，你的和平政策使你犯了幾個非常嚴重的錯誤，只因爲你低估了對手的勇氣。並不是每個人都像你一樣害怕直接行動。」

「比如說？」哈定問道。

「比如說，你單獨來到安納克里昂，並且單獨跟我進入我的書房。」

哈定環顧四周。「那又有什麼不對？」

「沒什麼，」攝政王說：「只不過屋外有五名警衛，他們全副武裝，手握核銃。哈定，我不相信你走得出去。」

市長揚了揚眉。「我一時還不想走呢。您眞的那麼怕我啊？」

「我一點也不怕你。但是，這樣能讓你體認到我的決心。我們稱之爲一種表示如何？」

「您愛怎麼稱呼隨便您，」哈定不在乎地說：「您怎麼稱呼都一樣，反正我不會放在心上。」

「我確定你這種態度遲早會改變。哈定，但你還犯了另一個錯誤，一個更爲嚴重的錯誤。端點星好像是幾乎完全不設防的。」

「當然，我們需要怕誰？我們沒有威脅到任何人的利益，並且一視同仁地提供科援。」

「雖然保持無武裝的狀態，但是另一方面，」溫尼斯說：「你又慷慨地幫我們建軍，特別是協助我們建立自己的艦隊，一個龐大的星際艦隊。事實上，自從你們將修好的帝國巡弋艦獻給我們，這個艦隊已經所向無敵。」

「殿下，您這是在浪費時間。」哈定作勢要站起來，「假如您意圖向我們宣戰，而且正在知會我這個事實，請您允許我立即和我的政府聯絡。」

「哈定，坐下來。我並不是向你們宣戰，你也根本別想通知你的政府。一度曾是帝國艦隊巡弋艦的**溫尼斯號**，現在是我國遠征艦隊的旗艦。這個遠征艦隊，由我兒子在旗艦上親自指揮，一旦開戰——哈定，聽好，是開戰而不是宣戰——他們立刻會對基地發動核武攻擊，那時基地自然就會知道了。」

哈定皺起眉頭。「什麼時候會開戰？」

「既然你有興趣知道，艦隊在五十分鐘前，十一點整的時候，剛剛離開安納克里昂。當他們能目視端點星的時候，就會發動第一波攻擊，那應該是明天中午的事。你可以把自己當作一名戰俘了。」

「殿下，我自己正是這麼想。」哈定仍然皺著眉頭，「但是我很失望。」

溫尼斯輕蔑地咯咯大笑。「如此而已？」

「是的。我曾經想過，在加冕典禮開始的同時——也就是午夜零時——才是艦隊行動最合理的時刻。因爲很明顯，您希望在您攝政王任內開戰。倘若這樣做，應該更具戲劇性。」

攝政王瞪著對方。「太空啊，你到底在說什麼？」

「您還聽不懂啊？」哈定輕描淡寫地說：「我把反擊時刻定在午夜零時。」

溫尼斯從椅子上跳起來。「你別想虛張聲勢嚇唬我，你們不可能會反擊。如果你指望其他王國的協助，死了這條心吧。他們的艦隊全部加起來，也不是我們的對手。」

「這我知道，但我並不打算發射一鎗一彈。我只是一週前就讓人放出風聲，說在今晚午夜，安納克里昂星將實施『教禁』。」

「教禁？」

「是的，假如您還不懂，我可以解釋一下：除非我收回成命，安納克里昂所有的教士都會開始罷工。可是如今我遭到軟禁，不能跟外界聯絡；不過即使沒被軟禁，我也不打算這麼做。」他上身向前傾，語氣忽然變得生動起來。「殿下，您可瞭解，攻擊基地等於是罪大惡極的褻瀆行爲？」

溫尼斯顯然在勉力恢復鎮定。「哈定，別對我來這一套。這些話留著對群衆說吧。」

「親愛的溫尼斯，您認爲我究竟應該留著向誰說呢？我可以想像，在過去半小時中，安納克里昂所有的靈殿都已經聚滿群衆，在聆聽教士對這個事件的訓誡。如今安納克里昂的男女老幼，每個人都已經知道，自己的政府正在對他們的信仰中心發動邪惡而不義的攻擊。現在，還差四分鐘就到午夜了，您最好下樓到大廳去看看吧。既然有五名警衛在門外，不必擔心我會溜走。」他又靠回椅背，並幫自己再倒了一杯盧奎斯酒，然後以完全不在乎的神情望著天花板。

溫尼斯突然怒不可遏，飛快地衝出書房。

在大廳中，所有的名士淑女都鴉雀無聲，讓出一條通向王座的寬敞通道。列普德坐在王座上，兩手緊抓著扶手，頭抬得很高，表情卻僵凝著。中央的大吊燈漸漸暗下來，拱型天花板上鑲嵌的無數核燈泡散發出彩色的閃光。就在此時，國王周圍的絢麗靈光開始閃耀，並且上升到他的頭頂，凝聚成一頂耀眼的王冠。

溫尼斯停在樓梯半途。沒有人看到他，所有的眼睛都注視著王座。溫尼斯在那裡站定，雙手緊握著拳；哈定的虛言恫嚇不至讓他貿然行事。

這時王座開始顫動，然後無聲無息地垂直上升，接著開始飄移。王座離開了座台，緩緩飄下階梯，在離地五公分處停下，再水平地滑向巨大的窗口。

深沉的鐘聲響起，代表午夜的降臨。王座剛好停在窗前——國王頭上的靈光消失了。

在那一瞬間，國王毫無動作，臉孔卻因驚懼而扭曲；一旦失去靈光，他就變得與常人無異。接著王座搖晃了幾下，便重重落在地板上，發出一聲巨響，宮中所有的燈光也同時暗下來。

在嘈雜的尖叫聲與一片混亂中，傳來溫尼斯的吼叫：「拿火把來！拿火把來！」

溫尼斯在擁擠的人群中左衝右撞，拚命擠到了門口。此時，宮中衛士也從外面衝進黑暗的大廳。

然後火把終於拿到大廳來了。那是原先準備在加冕典禮後，在大街小巷舉行盛大的火炬遊行用的。

衛士們舉著火把，蜂擁進入大廳——藍色、綠色、紅色的光芒，照在一張張恐懼惶惑的臉上。

「沒有大礙，」溫尼斯喊道：「大家留在原地別動，電力馬上會恢復。」

溫尼斯轉身，向立正站好的衛士長問道：「隊長，怎麼回事？」

「殿下，」衛士長立即回答：「宮殿被城裡的百姓包圍了。」

「他們要什麼？」溫尼斯咆哮道。

「他們由一名教士帶頭，有人認出他就是教長波利．維瑞索夫。他要求立刻釋放塞佛．哈定市長，並且停止對基地的戰爭。」衛士長以軍人特有的單調語氣回答，但他的目光卻游移不定。

溫尼斯叫道：「若有任何暴民妄圖越過宮門，一律格殺勿論。暫時就是這樣。讓他們去吼吧！明天再跟他們算帳。」

火把已經分散在大廳各處，讓大廳又重放光明。溫尼斯趕緊衝向仍在窗口的王座，把驚嚇得面無人色的列普德拉起來。

「跟我來。」他向窗外看了一眼，整個城市一片漆黑，下面傳來群眾沙啞嘈雜的吼聲。放眼望去，只有右方的艾哥里德靈殿燈火輝煌。他一面暴跳如雷地咒罵，一面把國王拖走。

溫尼斯一路衝回自己的書房，門口五名警衛立刻跟進來。列普德走在最後面，他瞪大眼睛，嚇得一句話也說不出來。

「哈定，」溫尼斯用沙啞的聲音說：「你這是在玩火自焚。」

哈定市長身旁有一個手提式核燈泡，發出珍珠般的光芒。他根本不理會溫尼斯，只是靜靜地坐著，臉上掛著一絲嘲弄的微笑。

「陛下，早安。」哈定對列普德說：「恭喜您順利加冕。」

「哈定，」溫尼斯再度吼道：「命令你的教士回去工作。」

哈定冷靜地抬起頭來。「溫尼斯，你自己下令吧，看看我們兩人到底誰在玩火。現在整個安納克里昂，除了靈殿之外，沒有任何的機械在運轉。除了靈殿之外，沒有任何的燈泡發光。除了靈殿之外，沒有一滴自來水。處於冬季的半球，除了靈殿之外，連一卡的熱量都沒有。醫院無法再接受病患，發電廠也將被迫關閉，所有的太空船都被困在地面。溫尼斯，如果你不喜歡這種情況，大可自己命令教士回去工作，我可不想管。」

「哈定，我對太空發誓，我一定會下令。倘若非得攤牌不可，那就來吧。看看你的教士能不能擋住我的軍隊。今天晚上，這顆行星上所有的靈殿都會被軍方接管。」

「很好，但是你要怎樣下令呢？這顆行星上所有的通訊線路都已中斷，你將發現無論電波或超波都失靈了。事實上，這個房間裡的視訊電話，是這顆行星上唯一還有效的通訊器材——當然，我是指靈殿以外的地方——但我已經將它設定成只能接收訊號。」

溫尼斯似乎喘不過氣來，哈定繼續說：「如果你想試試，可以派遣軍隊到宮殿附近的艾哥里德靈殿，利用那裡的超波通訊器和本星的其他區域聯絡。但如果你真那樣做，派出去的軍隊恐怕會被暴民分屍。溫尼斯，那時誰來保護這座宮殿呢？誰又來保護你們的小命呢？」

溫尼斯嘶喊道：「你這魔鬼，我們能撐下去，我們一定撐得過今天。讓暴民去吼吧，讓電力中斷吧，但我們會撐過去。等到基地被攻陷的消息傳來，你那些偉大的群眾就會發覺他們的宗教如何虛幻；他們將會背棄你的那些教士，並且反過來對付他們。哈定，我向你保證，你頂多得意到明天中午。你只能切斷安納克里昂的能源，卻無法阻擋我的艦隊。」他扯著沙啞的喉嚨，耀武揚威地說：「哈定，艦隊正朝向目標前進，由你下令修復的那艘巡弋艦率領。」

哈定卻輕鬆地答道：「沒錯，那艘巡弋艦是我下令修復的——卻是照著我的意思修的。溫尼斯，告訴我，你有沒有聽過超波中繼器？喔，我看得出你沒聽過。好吧，大約兩分鐘內，你就能知道那個裝置的妙用。」

此時視訊電話突然亮起來，於是他改口道：「不，兩秒鐘內。溫尼斯，坐下來好好聽著。」

7

泰歐．艾波拉特是一名地位極高的安納克里昂教士。單就輩分的考量，他就被任命為旗艦**溫尼斯號**上的首席隨軍教士。

但是除了地位與輩分的考量之外，另一個重要原因是他十分熟悉這艘星艦。在它的修復過程中，他曾在基地聖者的直接指導下工作。根據他們的指揮，他調整發動機、重新連接視訊電話的線路、翻修整個通訊系統、修補百孔千瘡的艦身、補強艦體的結構。甚至當裝設一個極為神聖的裝置時，他也獲准在旁幫忙。由於這個裝置如此神聖，過去從來沒有裝設在任何一艘星艦上，它是專門保留給這艘偉大的星際戰艦——那就是「超波中繼器」。

如今這艘神聖的星艦將用做不義之舉，難怪他會感到極度痛心。維瑞索夫早已告訴過他，這艘星艦將要犯下駭人的邪惡罪行；它的砲口會轉向偉大的基地，但他一直不願意相信。基地，他年輕時就是在那裡接受教士養成訓練，而且所有的恩惠都是源自基地。

可是聽完艦隊司令的一番話之後，他發覺事實已經不容置疑。

神聖的國王怎能允許這種邪惡的行動呢？真是國王的意思嗎？倘若不是，或許就是可惡的攝政王溫尼斯假傳聖旨，國王如今還被蒙在鼓裡。而且，這個艦隊的司令官正是溫尼斯的兒子，就是他，在五分鐘前告訴自己說：

「教士，你只要負責看顧靈魂和認眞禱告，我會照顧我的星艦。」

艾波拉特露出詭異的笑容。他會看顧靈魂並且認眞禱告，但他也要認眞詛咒，而雷夫金王子很快就會痛哭流涕。

現在他正走進總通訊室，由手下的助理教士在前面開道。執勤的兩名軍官並沒有攔阻他們，因爲首席隨軍教士有權進入星艦的任何角落。

「把門關上。」艾波拉特命令道，然後看了看精密計時器。十二點差五分，他將時間算得很準。

他以迅速而熟練的動作，打開艦上所有的通訊系統。於是在這艘全長二哩的星艦上，任何一個角落都能聽到他的聲音、看到他的影像。

「**溫尼斯號**旗艦上全體官兵，請注意！這是你們的首席隨軍教士講話！」他知道，自己的聲音會立刻在星艦各處迴響——從艦尾的核砲台，到艦首的領航台。

「你們的星艦，」他喊道：「正在進行冒瀆的罪行。在你們不知情的狀況下，它的行動足以令你們的靈魂永遠流放在冰冷的太空中！注意聽！你們的指揮官，由於他心中罪惡的邪念，打算將這艘星艦駛往基地，轟炸並征服我們的萬福之源。因爲他的意圖明顯，我奉銀河聖靈之名，現在解除他的指揮權。因爲沒有銀河聖靈的庇佑，就沒有指揮權的存在。甚至神聖的國王，若沒有聖靈的認可，也將無法維持王位。」

他的聲音愈來愈低沉，助理教士以虔誠的心情恭敬聆聽，一旁的兩名軍官則愈聽愈恐懼。「由於這艘星艦進行如此邪惡的勾當，銀河聖靈的庇佑也已經消失了。」

他莊嚴地舉起雙手，在艦上近千架視訊電話前，官兵們懷著畏懼的心情，緊盯著首席隨軍教士威嚴的影像。

「奉銀河聖靈之名，奉先知哈里．謝頓之名，奉聖靈的僕人基地聖者之名，我詛咒這艘星艦。讓它的眼睛——視訊電話——全部瞎掉；讓它的手臂——鉤爪——通通癱瘓；讓它的拳頭——核砲——盡數失效；讓它的心臟——發動機——停止搏動；讓它的聲音——通訊裝置——喑啞無聲；讓它的呼吸器官——通風設備——奄奄一息；讓它的靈魂——燈光——完全熄滅。奉銀河聖靈之名，我如此詛咒這艘星艦。」

當他說完的時候，恰好是午夜十二點。在幾光年外的艾哥里德靈殿，正有一隻手打開超波中繼器的開關。在同一瞬間，它送出的超波開啓了**溫尼斯號**旗艦上的另一個中繼器。

整艘星艦完全停擺！

這就是科學性宗教最主要的特徵，一切眞的能夠應驗，艾波拉特對這艘星艦的詛咒也不例外。艾波拉特看到一片漆黑籠罩著這艘星艦，聽到遠方超核能發動機柔和的轉動聲突然停止。他感到非常高興，便從法衣內取出自備電源的核燈泡，使室內充滿珍珠般的光芒。

他低頭望向那兩名軍官，他們無疑是勇敢的軍人，但是面對著精神上的極度恐懼，兩人竟然不由自主地跪下來。「上師，救救我們的靈魂吧。我們都是無辜的可憐人，對指揮官犯下的罪行毫不知情。」其中一個嗚咽著說。

「跟我來！」艾波拉特以嚴厲的口吻說：「你的靈魂尚未沉淪。」

整艘星艦在黑暗中陷入一片混亂，恐懼感就像是摸得著也聞得到的濃濃毒氣。在艾波拉特與他的光圈經過之處，隨時都有官兵蜂擁而上，拉著他的法衣邊緣，請求他施捨一絲一毫的慈悲。

而他的答案始終如一：「跟我來！」

艾波拉特終於找到雷夫金王子，他正穿過軍官寢室摸索過來，同時破口咒罵著黑暗。此時，這位司令官正惡狠狠地瞪著這位首席隨軍教士。

「你在這裡啊！」王子的藍眼睛得自母親的遺傳，但鷹勾鼻與斜眼標誌著他是溫尼斯的兒子。「你這種叛變的行爲，究竟是什麼意思？趕快恢復艦上的動力，我才是這裡的指揮官。」

「你已經不是了。」艾波拉特陰森地說。

雷夫金狂亂地四下張望。「抓住這個人，逮捕他。不然我向太空發誓，我會把你們這些抗命者通通抓起來，剝光衣服，從氣閘丟到外太空去。」他頓了頓，又尖叫道：「這是你們的司令官在下令，快抓住他。」

最後，他完全喪失了理智。「你們願意上這個騙子、這個小丑的當嗎？你們何必害怕這種胡謅出來的宗教？這人是個冒牌貨，他所說的銀河聖靈，根本就是虛構的幌子，目的是要……」

艾波拉特憤怒地打斷他的話。「拿下這個褻瀆的人。聽他說話，也會危及你們的靈魂。」

好幾名官兵立刻一擁而上，緊緊抓住這位尊貴的司令官。

「抓好他，跟我來。」

艾波拉特轉身就走，雷夫金被抓著跟在後面，走廊裡黑壓壓地擠滿了官兵。艾波拉特回到總通訊室，立即命令將「前任指揮官」帶到一台未失靈的視訊電話前。

「命令艦隊停止前進，準備返回安納克里昂。」

雷夫金被打得頭破血流，衣衫襤褸，也嚇得有些神智不清，當然只好遵命。

「現在，」艾波拉特繼續厲聲道：「我們和安納克里昂取得了超波聯繫，你照我的話來說。」

雷夫金做了一個不願意的手勢，立刻引來周圍所有官兵一陣可怖的怒吼。

「說吧！」艾波拉特道：「開始：安納克里昂艦隊……」

雷夫金便開始了。

8

當雷夫金王子的影像出現在視訊電話時，溫尼斯的書房進入絕對的沉默。攝政王看見兒子憔悴的面容與撕爛的制服，驚嚇得倒抽一口氣，然後整個人癱在椅子上。由於驚恐與焦慮，他的臉孔整個扭曲了。

哈定輕握著雙手擱在膝頭上，面無表情地聽著視訊電話傳來的聲音。剛剛加冕的列普德國王則蜷縮在最陰暗的角落，緊張兮兮地咬著鑲金邊的袖子。就連警衛也都不再板起職業軍人的臉孔，他們在門邊排成一列，手中握著核銃，眼睛卻偷瞄著視訊電話中的影像。

雷夫金開始講話，疲倦的聲音聽來萬分不情願。他講得斷斷續續，好像有人不斷在提詞，而且對他很不客氣。

「安納克里昂艦隊……瞭解到這次任務的本質……拒絕成爲冒瀆聖地的共犯……正在返回安納克里昂途中……對那些膽敢向萬福之源的……基地和……銀河聖靈……使用暴力的……冒瀆神聖的罪人……發出下面的最後通牒。馬上停止對眞實信仰中心……的一切攻擊……並且以我們的艦隊……由首席隨軍教士艾波拉特代表……可以接受的方式……保證永不再有……這樣的戰事發生，同時……」在此有好長時間的停頓，然後才繼續下去。「同時保證將曾任攝政王的溫尼斯……下獄……將他所犯的罪行……交由宗教法庭審判。否則王國艦隊……回到安納克里昂之後……會將宮殿夷為平地……並會採取其他一切……必要的措施……摧毀那些威脅人民靈魂的罪人……的巢穴……」

這段話以半聲哭泣作爲結束，螢幕上的影像就此消失。

哈定迅速按了一下核燈泡，光線逐漸暗下來，前攝政王、國王與警衛們都變成了朦朧的黑影。直到這時，才看得出哈定身旁也有靈光圍繞。

它不像國王特有的靈光那樣閃耀奪目，也沒有那麼壯觀與顯著，卻更爲有效又有用。

一小時之前，溫尼斯還得意洋洋地宣稱哈定成了戰俘，端點星則是即將被摧毀的目標。現在他卻整個人癱成一團，心灰意冷，默然不語。衝著這位溫尼斯，哈定以稍帶諷刺的語氣說：

「有一個非常古老的寓言故事，它可能和人類歷史同樣久遠，因爲已知最古老的記載，仍是抄自更爲古老的版本。你可能會感興趣，它是這麼說的：

「從前有一匹馬，他有一個危險而兇猛的敵人——狼，所以每天戰戰兢兢度日。在絕望之餘，馬突然想到要找一個強壯的盟友。於是他找到了人，他對人說狼也是人的大敵，提出和人結盟的建議。人毫不猶豫接受了，並說只要馬能跟他合作，將快腿交給他指揮，他們可以立刻去殺掉狼。馬答應了這個條件，允許人將馬轡和馬鞍裝在他身上。於是人就騎著馬去獵狼，把狼給殺死了。

「馬高興地鬆了一口氣，他向人道謝，並說：『現在我們的敵人死了，請你解開馬轡和馬鞍，還我自由吧。』

「人卻縱聲大笑，回答馬說：『你休想！』還用馬刺狠狠踢了他一下。」

室內仍是一片靜寂。溫尼斯的身影一動也沒動。

哈定繼續輕聲說：「我希望你聽得懂這個比喻。為了鞏固政權，以便永遠統治人民，四王國的國王接受了神化自己的科學性宗教。這個宗教便成了他們的馬轡和馬鞍，因為它把核能的源頭交到教士手中——請注意，那些教士聽命於我們，而不是你們。你們殺死了狼，卻再也無法擺脫……」

溫尼斯突然從陰影中一躍而起，雙眼像是兩個猙獰的深洞。他的聲音混濁又語無倫次。「反正我要幹掉你，你逃不掉的，你會死在這裡。讓他們把這裡炸平吧，讓他們炸毀一切吧。你會死在這裡！我要幹掉你！」

「衛兵！」他神經質地狂喝道：「替我把這個惡魔射死。射死他！射死他！」

坐在椅子上的哈定轉過頭去，微笑著面對那些警衛。其中一人舉起核銃要瞄準，卻隨即放下，其餘的根本一動不動。在柔和的靈光中，端點星市長塞佛．哈定胸有成竹地微笑著。在他的面前，安納克里昂的一切力量都粉碎了。警衛們受不了這種莫名的壓迫感，不再理會溫尼斯瘋狂嘶喊出的命令。

溫尼斯一面語無倫次地吼叫，一面蹣跚走向身旁一名警衛。他一把奪走警衛手中的核銃，立即瞄準泰然自若的哈定，然後重重扣下扳機。

朦朧的連續光束射向哈定市長，卻在碰到他周圍的力場後全被吸收中和。溫尼斯發出瘋狂的大笑，並且更用力地扣下扳機。

哈定依然面帶微笑，力場吸收了核銃的能量之後，只是微微發出一點光芒。列普德仍舊畏縮在角落裡，摀著眼睛不停呻吟。

接著，溫尼斯發出一聲絕望的喊叫，將銃口轉向，再度扣下扳機——他立時倒在地上，頭部被轟得一點不剩。

哈定心中一凜，喃喃地說：「他眞是個貫徹始終的直接路線派，這就是他最後的手段！」

9

時光穹窿中擠滿了人潮；除了座無虛席之外，後面還滿滿站了三排。

塞佛．哈定看到這麼多人，不禁想起哈里．謝頓第一次出現時的冷清場面。那是三十年前的事，當時只有六個人在場；其中五位是年老的百科全書編者——現在都作古了，另一個人就是他自己，一位年輕的傀儡市長。也就是那一天，他在約翰．李的協助下發動政變，摘除了「傀儡」這個羞恥的頭銜。

如今情況完全不同了，一切都不一樣了。市議會中每位成員都在等待謝頓的出現。哈定自己仍是市長，但是早已大權在握；自從令安納克里昂潰不成軍之後，他更是深得民心。當他從安納克里昂帶回溫尼斯的死訊，以及跟嚇壞了的列普德新簽的條約時，在歡聲雷動中，他贏得市議會一致通過的信任投票。接著他又一鼓作氣，迅速跟另外三個王國簽訂了類似的條約——基地據此所獲得的權力，足以永久預防類似安納克里昂這次的侵略企圖。當這些條約簽訂時，端點星大街小巷都擠滿了參加火炬遊行的人群。就連哈里．謝頓的名字，也從來沒有被人歡呼得如此響亮。

哈定撇了撇嘴。當年第一次危機過後，自己也曾經這麼有聲望。

在穹窿的另一個角落，賽夫．瑟麥克與路易士．玻特正在進行熱烈討論，最近這些事似乎一點也沒有令他們氣餒。他們照樣參加信任投票，並且發表演說公開承認自己的錯誤，還漂亮地爲以前的若干不當言詞致歉。他們油腔滑調地爲自己辯解，說他們的行爲只是遵循判斷與良知——然後行動黨立刻展開了新的活動。

約翰．李碰了碰哈定的袖子，若有深意地指指手錶。

哈定抬起頭來。「嗨，約翰。你怎麼還是憂心忡忡？又有什麼問題？」

「五分鐘後他就應該出現了，對不對？」

「想必沒錯，上次他就是正午出現的。」

「萬一他不出現怎麼辦？」

「你一輩子都要用自己擔心的事來煩我嗎？他不出現就算了。」

約翰皺著眉，緩緩搖了搖頭。「萬一他不出現，我們又會有麻煩。沒有謝頓爲我們所做的事背書，瑟麥克會毫無顧忌地捲土重來。他想要徹底兼併四王國，立即擴張基地的版圖——必要時不惜採取武力。他已經開始爲這個主張活動了。」

「我知道。玩火者即使會因而自焚，也非得玩火不可。而你，約翰，卻一定要千方百計自尋煩惱，犧牲生命在所不惜。」

約翰正準備回答，卻突然喘不過氣來，因爲燈光在一瞬間開始轉暗。他伸出手臂，指了指佔穹窿一半面積的玻璃室，隨即癱坐在椅子上，並發出一聲輕嘆。

看見玻璃室中出現了影像，哈定也不禁把身子挺直——那是一個坐在輪椅上的人！今天來到現場的衆人，只有他知道幾十年前，這個影像第一次出現時的情景。那時他還年輕，影像則是個老人。如今三十年過去了，這個影像毫無變化，哈定自己卻垂垂老矣。

影像凝望著正前方，雙手撫弄著膝上的一本書。

它開始說話：「我是哈里．謝頓！」聲音蒼老而柔和。

穹窿中靜得聽不到呼吸聲，哈里．謝頓繼續流暢地說下去。「這是我第二次在此出現。當然，我不知道你們當中，是否有人第一次也在場。事實上，光憑感覺，我也無法判斷現在有沒有人在這裡，不過這都沒有關係。假如第二次危機已經安然度過，你們就一定會來這裡，不可能有例外。倘若你們沒有來，那就代表第二次危機不是你們所能應付的。」

他露出動人的笑容。「然而我想不至於，因爲我的計算顯示，在最初八十年間，本計畫不產生重大偏差的機率是百分之九十八．四。

「根據我們的計算，你們現在已能控制緊鄰基地的幾個野蠻王國。第一次危機時，你們是利用『勢力均衡』來防止他們入侵；而第二次，你們則是利用『形而上的力量』擊敗『形而下的力量』。

「然而，我要在這裡警告各位，千萬不要過於自信。在這些錄像中，我並不想讓你們預知任何未來的發展，但我不妨指出，你們現在所獲得的只是一個新的平衡——不過你們的處境已經比以前好得多。『形而上的力量』雖然足以抵擋『形而下的力量』所發動的攻擊，卻不足以反過來主動出擊。由於地方主義或國家主義等等阻力必然不斷成長，『形而上的力量』無法永遠保持優勢。我相信，我所說的只是老生常談。

「對了，你們一定要原諒我說得這麼含糊。我現在所用的語彙，頂多只是近似的敘述。但是各位都不瞭解心理史學的術語和符號，所以我只能盡量用普通的語言解釋。

「目前，基地只是來到邁向『第二銀河帝國』的起點。鄰近的諸王國，在人力及資源方面，仍舊勝過你們無數倍。在這些王國外面，是蔓延整個銀河的渾沌蠻荒叢林。而在銀河的內圈，還有銀河帝國的殘軀——雖然不斷地衰敗，勢力仍然強大無匹。」

說到這裡，哈里．謝頓捧起書本打開來，面容轉趨莊嚴。「你們也絕對不能忘記，八十年前，我們還建立了另一個基地；它在銀河的另一端，在『群星的盡頭』。你們一刻都不能忽視它的存在。各位，在你們面前展開的，是爲期九百二十年的計畫。端看各位如何面對了！」

他將目光垂到書本上，隨即消失無蹤，室內立刻恢復原來的光亮。在隨之而來的一陣嘈雜聲中，約翰附在哈定耳旁說：「他沒有說什麼時候再回來。」

哈定答道：「我知道——但是我相信，在你我壽終正寢之前，他絕不會再回來了！」

第四篇：行商

行商：……長久以來，行商一直是基地政治霸權的先鋒部隊，在銀河外緣遼闊的星域間，他們不斷向外擴張，通常數個月甚至數年才往返端點星一次。行商駕駛的太空船，大多是自己用舊貨拼湊、修理或改裝而成。他們德性不算高尚，而且個個膽大包天……

他們利用這些資源所建立的勢力，比四王國的假宗教專制體制還要鞏固……

這些堅強而又孤獨的行商，流傳下來的傳說軼事不可計數。他們都半認眞、半戲謔地，以哈定的一句警語「不要讓道德觀阻止你做正確的事！」當座右銘。有關行商的傳說，到底何者爲眞、何者爲僞，如今已經難以分辨。可以確定的是，難免有誇大不實之處……

——《銀河百科全書》

1

利瑪．彭耶慈接到呼叫訊號的時候，全身正沾滿肥皀泡沫。這證明即使在黑暗荒涼的銀河外緣太空，「長距離通訊與淋浴總有不解之緣」的老生常談一樣成立。

幸好這種個體戶太空商船並未被商品佔滿，浴室部分還算非常寬敞舒適；在二呎乘四呎的小空間裡，備有熱水淋浴設備。這裡離駕駛座的控制台大約十呎，所以彭耶慈能清楚聽見收訊器「卡答卡答」的聲響。

他帶著肥皀泡沫和一聲咆哮，快步走出來調整通話儀。三小時後，另一艘太空商船駛近並橫靠在旁邊。然後，一個面帶微笑的年輕人，從兩船之間的空氣甬道走了過來。

彭耶慈連忙把最好的一張椅子推過去，自己則坐在駕駛座的轉椅上。

「戈姆，你在幹什麼？」他不高興地問：「難道你從基地一路追我追到這裡？」

列斯．戈姆拿出一支香煙，堅定地搖了搖頭。「我？絕不可能。我只是倒霉，剛好在這個郵件寄到葛里普特四號的次日，降落到那顆行星。所以他們派我追上來，把郵件交給你。」

戈姆遞給彭耶慈一個發亮的小球體，然後又說：「這是機密文件，超級機密。我想就是這個緣故，所以不能用次乙太或其他方法傳遞。至少，這是一個私人信囊，除了你自己，誰都打不開。」

彭耶慈望著這個小球，露出不悅的表情。「我看得出來。我也知道，這種郵件向來報憂不報喜。」

小球在他手中開啓，然後薄薄的透明膠帶硬邦邦地展開。彭耶慈的眼睛迅速掃過上面的文字，因爲等到最後一部分出現時，前面的膠帶已經變色變皺了。而在一分半鐘之內，膠帶全部變成黑色，並分解成無數的分子散落一地。

彭耶慈故意喃喃抱怨：「唉，銀河啊！」

列斯．戈姆輕聲問道：「我能幫什麼忙嗎？還是眞的那麼機密，不能告訴我？」

「告訴你也無妨，反正你是公會的一份子。我必須到阿斯康去一趟。」

「到那個地方去？爲什麼？」

「那裡有一名行商遭到逮捕，可是這件事不能對別人說。」

戈姆的神情轉趨憤怒。「遭到逮捕！那是違反公約的。」

「可是干涉內政也違反公約啊。」

「哦，那傢伙犯了這條罪嗎？」戈姆想了想又說：「那名行商叫什麼名字？我認識他嗎？」

「不！」彭耶慈以嚴厲的口吻回答，戈姆知道其中另有隱情，便識趣地不再追問。

彭耶慈站起來，以憂鬱的眼光盯著顯像板。對著形成銀河主體的朦朧透鏡狀部分，他低聲而堅定地說了幾句話，隨即又提高嗓門說：「眞他媽的一團糟！我的銷售業績已經落後了。」

戈姆像是忽然想到什麼。「嘿，老友，阿斯康是個貿易閉鎖區域。」

「是啊，在阿斯康，你連一支削鉛筆刀都賣不出去，他們不會購買任何的核能裝置。我還有那麼多存貨，派我去那裡簡直就是謀殺。」

「無法推卸嗎？」

彭耶慈心不在焉地搖了搖頭。「我認識那個被捕的傢伙，對朋友總不能見死不救。不然怎麼辦？我活在銀河聖靈的懷抱中，祂指示我去任何地方，我都得欣然接受。」

戈姆茫然地說：「啊？」

彭耶慈望著他，乾笑了一聲。「我忘了。你從來沒有讀過《聖靈全書》吧？」

「我連聽都沒聽過。」戈姆簡單地回答。

「如果你受過宗教訓練，就一定會瞭解。」

「宗教訓練？你是說教士養成訓練嗎？」戈姆大爲吃驚。

「恐怕就是如此，這是我絕不願公開的祕密和恥辱。當初師父們認爲我太難管教，就將我逐出教門，我這才有機會接受基地的普通教育。喔，我得趕緊出發了，你今年的銷售業績如何？」

戈姆捻熄香煙，再把帽子戴正。「現在只剩最後一批，我一定能賣完。」

「幸運的傢伙。」彭耶慈以沮喪的口氣說。而在列斯．戈姆離去後，彭耶慈繼續陷入沉思，一動不動達數分鐘之久。

原來艾斯克．哥羅夫在阿斯康——而且關在牢裡！

那可眞糟糕！事實上，比表面的情況還糟得多。剛才，爲了打發戈姆這個好奇心強烈的年輕人，彭耶慈只告訴他一點含糊的梗概，並且故意說得很輕鬆。可是即將面對的眞實情況，卻完全不是那麼回事。

因爲行商長艾斯克．哥羅夫其實根本不是行商，他眞正的身分是基地的間諜。這件事只有少數幾人知曉內情，而利瑪．彭耶慈剛好是其中之一。

2

兩個星期過去了，也白白浪費了！

航行到阿斯康就花了一個星期。當他抵達阿斯康最外圍的邊界時，警戒戰艦就出現了，並且一起湧過來攔截他的太空船。不論他們用的是什麼偵察系統，反正十分有效。

那些戰艦緩緩挨近彭耶慈的太空船，卻不發任何訊號，只是保持著安全距離，並且強迫他轉向，朝阿斯康的中心太陽飛去。

其實彭耶慈輕易就能解決那些小戰艦，因為它們都是當年銀河帝國的陳舊遺物——而且根本不是戰艦，只是高速太空遊艇，並沒有配備核武器，外型則是十分華麗卻不堪一擊的橢圓體。然而艾斯克・哥羅夫落在他們手中，他是絕對不能犧牲的重要人物。這一點，阿斯康人一定很明白。

然後又過了一個星期——在這一週內，彭耶慈花了很大的力氣，拜會了許許多多的官員。這些多如牛毛的大小官吏，是阿斯康大公與外界的屏障。彭耶慈必須逐個巴結、奉承、疏通，讓每一位都得到些令人想到就作嘔的甜頭，然後他們才肯施捨龍飛鳳舞的簽名，讓他能接洽到更高一級的官員。

彭耶慈第一次發覺，他的行商證明文件毫無用處。

如今，終於來到最後一關，只要再跨過警衛森嚴的鍍金滑門，他就可以見到那位大公了——而這已經是兩個星期以後的事。

此時，哥羅夫仍舊是階下囚，而彭耶慈的貨物還堆在船艙裡，就快開始生……了。

大公個子矮小，頭髮稀疏，臉上佈滿皺紋。由於頸際圍著巨大光潤的毛皮領，身子好像被壓得不能動彈。

大公向兩側做個手勢，成隊的武裝衛士立刻退開幾步，讓出一條路來。彭耶慈就順著那條通道，大步朝向這位統治者走去。

「別說話。」大公先聲奪人，彭耶慈只好把張開的嘴再閉起來。

「這就對了。」這位阿斯康的統治者顯得輕鬆了許多，「我受不了無用的廢話，威脅和奉承對我也都沒用，這裡也不準備讓任何受委屈的人喊冤。我不知道警告過你們這些浪人多少次，阿斯康任何一個角落都不需要你們那些邪門的機器。」

「大公，」彭耶慈輕聲地說：「我並不打算替那位行商辯解。對於不歡迎行商的地方，我們絕對不會硬闖。只是銀河實在太大了，稍有疏忽就會誤入邊境，這種事以前也發生過。這次的事件，只是一場令人遺憾的誤會。」

「令人遺憾？的確不錯。」大公尖聲道。「至於是不是誤會呢？在那個冒瀆的惡棍被捕兩小時後，你們在葛里普特四號上的人就不斷請求，希望能和我交涉。他們並且多次提醒我，說會有人親自前來。這似乎是個相當有計畫的救援行動，很像是你們早就有預謀——這實在不像單純的誤會，姑且不論是否令人遺憾。」

阿斯康大公顯露出輕蔑的眼光，又急速說下去。「你們這些行商，總是像瘋狂的小蝴蝶那樣，從一個世界飛到另一個世界。甚至瘋狂到以爲能任意降落在這個星系的中心、阿斯康的最大世界，還狡辯說是不小心誤入邊境。得了吧，當然不是那麼回事。」

彭耶慈心頭一凜，但是並沒表現出來。他仍舊頑固地說：「如果他故意試圖在此進行貿易，大公，那他就太不聰明了，而且也違反了我們公會的嚴格規定。」

「不聰明，沒錯。」阿斯康大公隨口說道。「所以，你的同伴極可能付出生命作爲代價。」

彭耶慈感到胃部抽搐了一下，看來對方絕非優柔寡斷之輩。他只好說：「大公，死亡是絕對無法挽回的憾事，一定有別的替代方案吧？」

停頓一會兒之後，大公才愼重地答道：「聽說基地很富裕。」

「富裕？的確如此。但我們的財富都是你們不要的，我們的核能貨品價値……」

「你們的貨品沒有祖先的祝福，根本一文不值。那些貨品都是我們祖先所禁止的，所以不但邪惡，而且受到詛咒。」這句話充滿抑揚頓挫的腔調，顯示他分明是在背書。

大公垂下眼瞼，又意味深長地問：「你們就沒有別的値錢東西？」

這位行商卻會不過意來。「我不明白，您到底想要什麼？」

阿斯康大公攤開雙手說：「你是在要求我和你主客易位，自己告訴你我想要什麼，我可不打算這麼做。你的夥伴，照阿斯康的法規，似乎要以冒瀆神聖罪來懲治，也就是以毒氣處死。我們絕對公正，任何人犯了這條罪，處罰都是一樣的。不會由於他是窮困的農夫而加重，也不會因爲我是大公而減輕。」

彭耶慈無奈地輕聲問：「大公，您能允許我和犯人見一面嗎？」

大公冷冷地回答：「根據阿斯康的律法，死刑犯不准和他人有所接觸。」

彭耶慈心中緊張到了極點。「大公，我請求您，當他的肉體面臨死亡之際，對他的靈魂施捨一點慈悲吧。在他的生命受到威脅這段期間，從來沒有得到精神上的慰藉。如今，他甚至要在毫無心理準備的情況下，就要回到主宰一切的聖靈懷中。」

大公以懷疑的語氣緩緩問道：「你是個『靈魂守護者』嗎？」

彭耶慈謙卑地低下頭去。「我的確受過這樣的訓練。在浩淼虛空的太空中流浪的行商們，他們將一生投注於商業和世俗的追求，所以需要有我們這種人，來照顧他們的性靈生活。」

阿斯康的統治者咬著下唇沉思了一會兒。「在靈魂歸於祖靈懷抱之前，人人都應該做好準備。只是我怎麼也想不到，你們這些行商居然也這麼虔誠。」

3

當利瑪．彭耶慈從厚重的牢門進來時，躺在床上的艾斯克．哥羅夫立刻驚醒，並睜開一隻眼睛。接著牢門重新關上，發出一聲轟然巨響，此時哥羅夫已經站了起來。

「彭耶慈！是他們派你來的？」

「純粹是偶然，」彭耶慈以苦澀的口吻說：「或者是我自己身上的惡魔在作祟。第一，你在阿斯康惹了麻煩；第二，貿易局知道我的經商路線，而你出事的時候，我正在離此地五十秒差距的星系；第三，貿易局也知道我們以前曾經共事。光是這一點，我就無法推卸責任，對不對？由這幾點看來，答案就呼之欲出了。」

「小心點，」哥羅夫緊張地說：「隔牆有耳。你有沒有帶電磁場扭曲器？」

彭耶慈指了指戴在腕上的手鐲，哥羅夫這才放心。

然後彭耶慈環顧四周。這個單人牢房雖然沒有什麼家具，但是非常寬敞，而且照明設備充足，也沒有令人不快的氣味。所以他說：「不錯嘛，他們對你相當友善。」

哥羅夫不理會，只是問道：「聽著，你是怎麼進來的？我被嚴格收押禁見快有兩個星期了。」

「那就是自從我來到這裡以後，嗯？這沒什麼，我只是摸到了大公那個老傢伙的弱點，他聽得進去虔誠的言語。我試著從這方面下手，結果就成功了。所以，我現在的身分是你的靈魂守護者。

像他這種所謂虔誠的人都有一個共同點：爲了自己的利益，他會毫不猶豫地割斷你的喉嚨，但是，他卻不敢危害你那不切實際、虛無飄渺的靈魂。這不過是經驗心理學的常識罷了。身爲一名行商，無論什麼學問都得懂一點。」

哥羅夫露出挖苦的微笑。「此外，你還在靈學院待過。你實在不錯，彭耶慈，我很高興他們派你來。可是那個大公絕對不會單單關心我的靈魂，他提到贖金問題沒有？」

彭耶慈瞇起了雙眼。「他暗示過——不過很技巧，他還威脅說要用毒氣處死你。我小心翼翼避開這個問題，因爲很可能是個陷阱。所以你認爲這是勒索嗎？他到底要什麼？」

「黃金。」

「黃金！」彭耶慈皺起眉頭，「他要這種金屬？爲什麼？」

「那是他們的交易媒介。」

「是嗎？我要到哪裡去找黃金呢？」

「到你能去的任何地方。注意聽我說，這點最要緊，只要讓大公聞到黃金的味道，我就一定能毫髮無傷。不管他要多少，都請你答應他。必要的話，請你回基地去拿。在我獲釋之後，他們會護送我們離開這個星系，然後我們就分手。」

彭耶慈不以爲然地盯著對方。「然後你要回來再試一次？」

「我的任務就是要把核能用品推銷給阿斯康人。」

「你折返不到一個秒差距，就會再度被捕，我想你應該心裡有數。」

「我沒有數。」哥羅夫說：「即使我眞的心裡有數，也不會有任何不同。」

「第二次你就死定了。」

哥羅夫只是聳聳肩。

彭耶慈又輕聲說：「如果我得跟那個大公再度談判，我要瞭解整件事的來龍去脈。目前爲止，我好像瞎子摸象一樣。只說了幾句溫和委婉的話，就令大公大爲光火。」

「事情很簡單，」哥羅夫說：「爲了增進基地在銀河外緣的安全，唯一的辦法就是建立由宗教控制的商業帝國。我們仍然無力強制實施政治控制。也只有仰賴這個辦法，我們才能控制四王國。」

彭耶慈點點頭。「這點我瞭解。同時我也知道，不肯接受核能裝置的星系，就絕不會在我們的宗教控制之下……」

「對，因此會成爲獨立和敵對的匯聚點。」

「好吧，那我知道了。」彭耶慈說：「理論上的討論到此爲止。現在請告訴我，究竟是什麼在阻擋我們的買賣？是宗教嗎？大公也曾經稍加暗示。」

「那是一種祖先崇拜。根據他們的傳說，在過去有個邪惡的世代，是一群良善而德性崇高的英雄祖先救了他們。這種傳說是對上個世紀無政府狀態的曲解，而帝國的軍隊就是那時被趕走的，獨立的政府也是那時所建立的。因此他們總是將先進的科學，尤其是核能，和記憶中可怖的帝政混爲一談。」

「是這樣的嗎？可是他們有精良的小型太空船，我在兩秒差距之外，就被他們輕而易舉盯上了。我覺得那些太空船好像有核動力。」

哥羅夫聳聳肩。「那些太空船無疑是帝國時代的遺物，的確可能具有核能發動機。原有的東西，他們都樂於接收。問題是他們不想革新，因而內部的經濟體系是完全非核的。那正是我們需要改變的狀況。」

「你打算怎麼辦？」

「在關鍵點上一舉突破。簡單舉個例子，假如我能把配備力場刀鋒的削鉛筆刀賣給一位貴族，他就會試圖修改法律，讓他自己能夠合法使用。說得露骨一點，也許聽來很蠢，但在心理學上是合理的：只要在戰略性的地點，實施戰略性的銷售，就能在宮廷裡建立起擁核的派系。」

「他們派你來，原來是爲了這個目的。我是專程來這裡贖你的，等我離開後，難道你還要繼續一試再試？這樣不是本末倒置嗎？」

「怎麼說呢？」哥羅夫謹慎地問。

「我告訴你，」彭耶慈突然生起氣來，「你是一名外交官，並不是行商，你假扮行商也一點都不像。這件任務該由貨眞價實的行商來進行——我的船上還滿載著快要生……的貨物，而且看起來，我的銷售業績將無法達成。」

「你的意思是說，你願意挺身而出，爲不關己的事冒生命危險？」哥羅夫笑了笑。

彭耶慈答道：「而你的意思是說，行商都沒有愛國心，不會有這種愛國行爲？」

「行商是出了名的不愛國，所有的拓荒者都一樣。」

「好吧，我承認這一點。我並不是爲了拯救基地或類似目的，才在太空中忙碌奔波。我跑碼頭只是爲了賺錢，而這個機會十分難得。如果同時又能幫基地一個忙，那豈不是一舉兩得？即使是一點點的機會，我都曾經用生命下過注。」

彭耶慈站了起來。哥羅夫也跟著他站起來，問道：「你打算怎麼辦？」

彭耶慈微微一笑。「哥羅夫，其實我也不知道——現在還不知道。不過既然問題的關鍵是做生意，那麼我就是最佳人選。我一向不喜歡自誇，但有件事我可以大言不慚，那就是我每次都能把存貨賣完。」

他敲敲門，厚重的牢門立時打開，兩名警衛隨即走到他身邊。

4

「雕蟲小技！」大公繃著臉說。他整個身子藏在毛裘中，枯瘦的手抓著一根充作拐杖的鐵棒。

「還要呈獻黃金，大公。」

「還要呈獻黃金。」大公漫不經心地覆述。

彭耶慈將帶來的箱子放下並打開，盡可能表現得信心十足。由於周圍充滿敵意，令他感到孤獨無助，就像第一年從事太空航行的那種感覺。蓄著鬍子的顧問官們圍坐成半圓形，都以不友善的眼光瞪著他。其中最顯眼的一位，是坐在大公身旁、深受寵信的法爾，他的臉龐瘦削，臉上露出強烈的敵意。彭耶慈曾經見過他一次，當時就把他列爲首要敵人，也因此是頭號獵物。

大廳外面，則有一小隊軍隊正在待命。如今，彭耶慈與自己的太空船完全隔離，除了計畫好的行賄之外，他什麼武器也沒有，而哥羅夫仍然是他們的人質。

他帶來的這個既簡陋又怪異的裝置，是他花了一週心血做成的。現在他正在做最後的調整，然後他再度禱告，祈望裡面的鉛襯石英耐得住形變。

「這是什麼？」大公問。

彭耶慈一面後退一面說：「這是我自己製造的一個小裝置。」

「這點顯而易見，但我想知道的不是這個。我是問你，這是不是你們那個世界的妖術道具之一？」

「它的確使用核能，」彭耶慈以嚴肅的口吻承認。「不過你們任何人都不必接觸它，也不必跟它產生任何瓜葛。全程都由我操作，若有什麼不祥，就讓我一個人自作自受。」

大公如臨大敵般揮舞著手上的鐵棒，嘴裡還唸唸有詞，好像在唸誦著袪除不祥的咒語。右邊那位瘦削的顧問官探身靠向大公，他的紅鬍險些刺到大公的耳朵。大公露出厭惡的表情，聳聳肩將他甩開。

「這個邪惡的東西，和能解救你們那位同胞的黃金有什麼關係？」

「利用這具機器，」彭耶慈開始解釋，同時將手輕輕放在箱子上，撫摸著圓形的側壁。「我能將您扔進來的鐵塊，變爲成色最好的黃金。人世間只有這種裝置，能夠讓鐵——卑賤的鐵，大公，就像支撐大公椅子的椅腳，或支撐這座建築的鐵柱——放進去之後，變成閃閃發光、沉甸甸、黃澄澄的純金。」

彭耶慈覺得自己簡直辭不達意。平常推銷商品，他一向口齒伶俐、能言善道，此刻卻笨嘴笨舌，好像中彈的太空貨船一樣搖搖欲墜。幸虧大公關心的不是他說話的方式，而只是他所說的內容。

「哦？那麼這是點金術嗎？從前有些愚人自稱有這種能力，但是因爲冒瀆神聖，結果自取其咎。」

「他們有沒有成功？」

「沒有。」大公顯得很幸災樂禍，「人力製造黃金是一種罪過，本身就帶著失敗的種籽。這種嘗試加上不可避免的失敗，就會帶來殺身之禍。好，就用我這根試試吧。」他用那根鐵棒敲敲地面。

「大公請原諒，我做的這個裝置是小型的，您的鐵棒實在太長了。」

大公閃爍的小眼睛巡視了一下便停下來。「藍達，把你的皮帶釦給我。來，別怕，如果弄壞了，我會加倍補償你。」

皮帶釦從衆人手中傳了過來，交給了大公，大公細心掂了掂它的重量。

「拿去。」說完他就把皮帶釦扔到地板上。

彭耶慈撿起皮帶釦，用力拉開圓筒，眨了眨眼睛，仔細將皮帶釦放在陽極屏的正中央。以後一定會更容易，但是第一次絕對不能失敗。

那台機器隨即發出「劈哩啪啦」的刺耳聲響，足足持續了十分鐘之久，並且飄出少許難聞的臭味。群臣趕緊向後退去，大家都在喃喃抱怨，法爾則又在大公耳旁拚命嘀咕。大公卻一直面無表情，而且一動不動。

不久，皮帶釦的質地由鐵變成了黃金。

彭耶慈把金質皮帶釦捧到大公面前，低聲說：「大公請看！」但是大公猶豫了一下，然後做手勢要他拿開，目光則一直停留在那個轉化裝置上。

彭耶慈迅速說道：「各位，這是純金，百分之百的黃金。如果各位想要證明，可以用任何一種物理或化學方法來檢驗。從每個角度來看，它都和天然黃金無法區分。所有的鐵都能如法炮製，即使生……也沒有關係，摻雜了少量其他金屬也無妨……」

彭耶慈說這一串話，只是爲了打破沉默。他抓著皮帶釦的手一直沒有收回來，只有這個金皮帶鈤能證明一切。

當大公終於緩緩伸出手時，瘦臉的法爾趕緊又進言：「大公，這金塊的來源不乾淨。」

彭耶慈立刻反駁道：「大公，爛泥巴裡也能長出美麗的玫瑰。您從鄰邦買來的各式各樣物品，也從來不會過問它們的來源——到底是由列祖列宗祝福過的傳統機器生產的，還是什麼邪異古怪的儀器製造的。別怕，我並非要將機器送給您，只是獻上這塊黃金。」

「大公，」法爾說：「對於沒有得到您的允許、背著您製造罪惡的異邦人，您不必爲他們的罪行負責。可是，這個邪異的冒牌金塊是經過您的同意、當著您的面用鐵所做成的，假如大公接受了，就是對祖先聖靈大不敬。」

「但黃金就是黃金，」大公以猶疑的口吻說：「同時，這是用來交換一個犯了重罪的異教徒。法爾，你太吹毛求疵了。」然而大公還是把手縮了回來。

彭耶慈又說：「大公是聰明人，請您好好考慮——放走一個異教徒，對祖先不會造成任何損失，另一方面，換來的黃金可以好好裝飾祭祀聖靈的宗祠。而且，即使黃金本身眞是邪惡的，但是用在這麼虔敬的用途上，它的邪惡也就自然而然消失了。」

「奉我祖父遺骨之名，」大公顯然相當熱衷，發出了尖銳的哈哈笑聲。「法爾，你覺得這個年輕人怎麼樣？他的話很有道理，和我的祖先所說的一樣有道理。」

法爾以沮喪的聲音答道：「似乎是這樣，只要這個道理不爲『邪靈』利用就好。」

「我有辦法讓你們更安心。」彭耶慈突然說：「請把這塊黃金拿去，當作祭品供在你們祖先的聖壇上，同時把我扣留三十天。如果三十天之後，沒有任何不祥——沒有任何災厄發生，當然，那就表示祭品被接納了，還有什麼比這更好的辦法呢？」

大公站起來，想看看有沒有不贊成的人，結果群臣當然一致同意。就連法爾也咬著凌亂的髭角，勉強點了點頭。

彭耶慈微微一笑，心中感謝著宗教教育的妙用。

5

又等了一個星期，彭耶慈才獲得法爾的接見。他雖然覺得緊張，但已經習慣了這種孤獨無助的感覺。而從離開城市開始，直到進入法爾的郊區別墅，一路上都有警衛監視。他根本無法抗議或拒絕，只有順其自然接受如此的安排。

當法爾不在「元老」群中的時候，反而顯得更高大、更年輕。而且由於穿著便服，他今天根本不像一名元老。

法爾突然開口說：「你是一個怪人。」他那一對靠得很近的眼睛，這時似乎正在顫抖。「過去一個星期，特別是這兩個小時，你除了頻頻暗示知道我需要黃金，其他什麼正事都沒做。這簡直是多此一舉，誰不喜歡黃金呢？你爲何不進一步表明來意？」

「不只黃金而已。」彭耶慈慎重地說：「不單單只是黃金，也不是一兩個金幣，應該說是黃金背後的一切比較恰當。」

「黃金背後還有什麼呢？」法爾追問，還露出一個詭異的笑容。「顯然，你並非準備再做一場笨拙的示範。」

「笨拙？」彭耶慈微微皺起眉頭。

「嗯，當然。」法爾用下巴輕觸著交握的雙手，「我不是在挑剔，我能肯定笨拙也是你故意的。那天我如果確定你的用意，可能就會向大公提出警告。假使換成我，我會在太空船上製造黃金，然後直接拿黃金來奉獻。這樣，就不會因爲那場表演而引起敵意。」

「你說得對，」彭耶慈承認，「但我有我的做法。我是爲了引起你的注意，才干冒招惹敵意的危險。」

「眞的嗎？就這麼簡單？」法爾毫不掩飾他的幸災樂禍，「我認爲你提議的三十天觀察期，大概是爲了爭取時間，好將我的注意轉化爲更有意義的態度。可是，假如有人發現黃金不純，你要怎麼辦？」

彭耶慈故意以諷刺的口吻回答：「而這個判斷，是出自那些最渴望黃金是純正的人？」

法爾抬起頭，瞇起眼睛看著這個行商，顯得似乎又驚又喜。

「說得有道理。現在請告訴我，你爲什麼要引起我的注意。」

「遵命。我到此地不久之後，就發現幾件與你有關，而且對我有利的事。比如說你很年輕——尤其是身爲顧問官的一員，你甚至出身於一個新興的家族。」

「你在批評我的家族？」

「絕對沒有，你的祖先既偉大又神聖，任何人都不會否認。但是，卻有人說你並不屬於『五大部族』。」

法爾仰靠在椅背上。「關於這些問題，」他並未掩飾心中的恨意，「五大部族已經沒落了，就像一個風燭殘年、油盡燈枯的老人。如今五大部族的後裔，總共還不到五十人。」

「話雖如此，還是有人說不喜歡讓五大部族以外的人擔任大公。你那麼年輕，又是最受大公寵信的新貴，一定會招來許多強有力的敵人——這也是我聽來的。大公已經老了，他一旦去世，就不能再保護你。等到那天來臨，必定是你的政敵之一來解釋他的『靈言』。」

法爾露出不悅的神色。「你這個異邦人聽到的太多了，這種耳朵應該割掉。」

「這點可以稍後再決定。」

「讓我猜猜看，」法爾坐立不安，顯得很沒有耐心。「你想建議我，利用你的太空船上那些邪惡的小機器，爲我自己帶來財富和權力，對不對？」

「就算是吧。你爲什麼要反對？只是根據你的善惡標準嗎？」

法爾搖搖頭。「絕對不是。聽好，異邦人，根據你們異教徒的不可知論，你們對我們的看法或許如此——但是，我並非完全是傳統神話的奴役，雖然表面上或許如此。我是受過教育的人，我的眼睛是雪亮的，至少我希望是這樣。我們的一切宗教習俗和儀典，都是形式勝於實質的，因爲那是大衆的宗教。」

「那麼，你反對的是什麼呢？」彭耶慈以溫和的口氣追問。

「就是這一點，就是群衆的態度。我個人倒是很願意和你打交道，但是你那些小機器必須能用才行，否則我又怎能致富呢？如果我——你到底要賣給我什麼——比如說剃刀吧，如果我只能偷偷摸摸、戰戰兢兢地使用，即使我刮鬍子能夠更便利、更乾淨，我又怎麼能藉此發大財？此外，如果被人發現我使用這種剃刀，又如何能避免被抓進毒氣室，或是被暴民嚇死的噩運？」

彭耶慈聳聳肩。「你說得不錯。我認爲解決之道，就是要重新教育你們的人民，讓大家都習慣使用核能用品；這是爲了他們自身的方便，也是爲了你的實際利益。雖然這是一項艱巨的任務，這點我不否認，但是利潤相當大。而且這和你現在有切身關係，卻不干我什麼事，因爲我要賣給你的，可不是剃刀或水果刀，也不是垃圾處理器。」

「那你要賣給我什麼？」

「黃金，直接賣給你黃金。我可以將上週展示的那具機器賣給你。」

法爾立時全身僵硬，前額的皮膚抽動起來。「那個金屬轉化裝置？」

「沒錯。有了它，你有多少鐵，就能有多少黃金。有了這些黃金，我相信足夠應付一切的需要。當然也包括大公的地位，什麼年輕、什麼政敵，都不再是問題了。而且，這非常安全。」

「怎麼做呢？」

「當然要絕對祕密地使用，正如你剛才說的，使用核能用品的唯一安全策略。你得到那具機器之後，最好把它埋在你最遠的領地上、最牢固的城堡中、最深的地牢裡，這樣你很快就能變成大富翁。請記住，你現在要買的不是機器，而是黃金。而且，這些黃金絕對看不出是製造出來的，因爲它們和天然黃金毫無兩樣。」

「那麼誰來操作機器呢？」

「你自己啊，只需要五分鐘，你就能學會如何操作。等你決定之後，我隨時可以替你安裝。」

「你要什麼代價呢？」

「嗯，」彭耶慈變得謹愼起來，「我會獅子大開口，因爲我是靠這個吃飯的。那具機器相當貴重，所以我想——我要一立方呎的黃金，用等值的鍛鐵來支付。」

法爾哈哈大笑，彭耶慈則漲紅了臉。「大人，我再提醒你一次，」他以平板的聲音補充道：「你在兩小時之內，就能將本錢撈回來。」

「你說得對。但是一小時內，你就可能消失無蹤，而我的機器也許就突然失靈，我需要一點保證。」

「我向你保證。」

「很好，」法爾嘲弄似地彎腰一鞠躬，「但是如果你留下來，那就是更好的保證了。我也向你保證，如果一週後，機器運轉仍然正常，我一定馬上付錢。」

「不可能。」

「不可能？你向我推銷任何東西，都足以使你被判死刑。如果你不答應，唯一的下場，就是明天便被送進毒氣室。」

彭耶慈面無表情，眼睛卻似乎閃爍著興奮的光芒。他說：「這樣會讓你佔盡便宜，太不公平了。你至少要寫個書面保證給我。」

「好讓我也有機會被判死刑？不，你休想！」法爾露出十分滿意的微笑，「你休想！我們兩人之中只有一個笨蛋而已。」

行商彭耶慈低聲說：「那麼，只好這樣了。」

6

哥羅夫終於在第三十天被釋放了，贖金是五百磅成色最純的黃金。遭扣押的太空船與他同時獲釋，由於阿斯康人認爲它是邪惡的，所以始終沒有碰它。

然後，與彭耶慈之前進入阿斯康星系一樣，衆多小型戰艦編成整齊的圓筒狀隊形，引領彭耶慈與哥羅夫離開這個星系。

當哥羅夫清晰而微弱的聲音經由高傳眞乙太波束傳來時，彭耶慈正望著哥羅夫的太空船，它在陽光照耀下形成一個模糊的小亮點。

哥羅夫說：「彭耶慈，但這並不是我們想要的，一台金屬轉化裝置不可能達成目標。不過，那具機器是從哪裡弄來的？」

「不是弄來的，」彭耶慈耐心地答道：「是我用船上的輻射烹飪爐改裝的。其實，它並沒有實用價值。由於耗費的能量太大，它不能用於大量生產。否則基地不會爲了尋找重金屬，而派人在銀河中到處奔波。這是每個行商都會玩的把戲，不過我相信，點鐵成金這一招還是我首創的。這能使對方留下深刻的印象，而且非常成功——雖然只是非常暫時性的。」

「好吧，可是那種把戲並不太高明。」

「至少把你從那個鬼地方救出來了。」

「問題根本不在這裡。尤其是，一旦擺脫了這些強行護送的戰艦，我一定還要回去。」

「爲什麼？」

「你曾經向那個政客解釋過，」哥羅夫的聲音聽來有些不安，「你的整個推銷重點，是基於轉化裝置只是一種手段，它本身並沒有任何價值。他買的其實是黃金，而不是機器。以心理學的觀點來看，這一招很不錯，因爲它成功了，但是——」

「但是什麼？」彭耶慈故作不解，以溫和的口氣追問。

收訊器中的聲音轉趨尖銳。「但是我們要賣的機器，應該是本身就有價值，而且是他們想要公開使用的。這才能迫使他們爲了自身的利益，而不得不引進核能科技。」

「這點我完全瞭解，」彭耶慈輕聲答道：「你以前向我解釋過。但是，請你想想我所銷售的東西將造成的結果。只要法爾擁有轉化裝置，他就可以不斷製造黃金，維持到足以讓他贏得下次的選舉。現任的大公已經來日無多了。」

「你指望他會感激嗎？」哥羅夫冷淡地問。

「不——我指望的，是他為自己所作的高明打算。轉化裝置能幫他贏得選舉，然後別的機器就……」

「不，不！你把前提弄擰了。他信賴的不是轉化裝置——而是黃金，亙古不變的黃金，我要你搞清楚的是這一點。」

彭耶慈咧嘴一笑，並換了一個比較舒服的姿勢。好了，他想，哥羅夫這個可憐的傢伙，已經被逗弄得差不多了。看來再不告訴他真相，他可就要發狂了。

於是行商彭耶慈說：「別著急，哥羅夫，我的話還沒說完。其實，這次我還動用了一些其他的裝置。」

沉默了一會兒之後，哥羅夫小心翼翼地問：「什麼其他的裝置？」

彭耶慈不自覺地打著徒勞無功的手勢。「你看到那些護送的戰艦了嗎？」

「看到了，」哥羅夫不耐煩地說：「你還是直截了當告訴我吧。」

「我會的——你別插嘴。現在護送我們的，是法爾的私人艦隊。這是大公給他的殊榮，法爾花了很大力氣才爭取到的。」

「所以呢？」

「你以為他要帶我們到哪裡去？我們要去的地方，是他在阿斯康外圍的私人礦區。你聽我說！」

彭耶慈突然變得急躁起來，「我告訴過你，我這麼做只是為了賺錢，並不是想要拯救銀河系各個世界。沒錯，我把轉化裝置賣給他，除了被送進毒氣室的危險，其他什麼也沒得到，而且這東西還不能算是我的業績。」

「彭耶慈，你再說說那個私人礦區吧，那跟這件事又有什麼關係？」

「那就是我們的報酬。哥羅夫，我們要去那裡採錫。我要把我的太空船裡每一立方呎都塡滿，然後你的太空船也要盡量裝。我和法爾下去採集，老朋友，你就在上面利用所有的武器替我掩護——這是爲了防範法爾突然食言。那些錫就是他給我的報酬。」

「用來交換那個轉化裝置？」

「還有你我的太空船中所有的核能用品，每一樣都以雙倍價錢賣給他，再加上紅利。」他聳了聳肩，像是在爲自己辯解。「我承認狠狠敲了他一筆，但是我必須達成銷售業績，對不對？」

哥羅夫顯然還是摸不著頭腦，他有氣無力地說：「能不能解釋給我聽？」

「哪裡還需要解釋？這是件很明顯的事。哥羅夫，聽好，那傢伙自作聰明，以爲他可以高枕無憂吃定我，因爲大公很聽他的話，卻絕對不會相信我。他收下轉化裝置，這在阿斯康是要處以極刑的。但是他隨時可以辯稱，他那樣做是出於愛國的動機，是故意要誘我入彀，準備藉此指控我銷售違禁物品。」

「顯然就是這樣。」

「當然，但是空口總是無憑。你可知道，法爾從來不曉得有微縮影片記錄儀這種東西。」

哥羅夫突然忍不住笑了起來。

「你想到了。」彭耶慈說：「看起來他佔盡上風，我吃了大虧。但是我低聲下氣幫他安裝轉化裝置時，偷偷在裡面藏了一具記錄儀，第二天來做檢查時才取走。記錄儀把他在那個最祕密的場所，所有的一舉一動都詳細錄了下來。可憐的法爾，他使盡吃奶的力氣，好像要把那具機器榨乾才滿意。當他看見第一塊黃金時，就像生了金蛋的老母雞一樣，高興得咯咯亂叫。」

「你把錄影放給他看了嗎？」

「那是兩天以後的事。那個可憐的蠢蛋從未見過立體彩色有聲影像，他說他不迷信，但是我這一輩子，還從來沒見過一個成年人那麼害怕。我又告訴他，說我已經在市中心廣場安裝了一具記錄儀，準備讓阿斯康的百萬群衆在大白天欣賞這一幕，然後他一定會被碎屍萬段。他聽了我的話，半秒鐘內就嚇得雙膝落地，抱著我的腳拚命求饒，說他願意答應我的任何要求。」

「你眞的那麼做了嗎？」哥羅夫勉強壓抑住笑聲，「我是說，在市中心廣場安裝記錄儀？」

「沒有，但這並不重要。他已經和我成交了，買下你我所帶來的一切貨物。他所付的代價，就是讓我們盡量裝錫帶回去。那個時候，他簡直相信我無所不能。我們的協定寫成了書面合約，在我和他下去之前，我會傳給你一份，這也是預防萬一的做法。」

「但是你已經傷了他的自尊心。」哥羅夫說：「他會使用那些裝置嗎？」

「他有不用的道理嗎？那是他彌補損失的唯一辦法，而且如果能夠賺一筆錢，自尊心也能得到補償。此外，他還會因此成爲下一屆的大公——對我們而言，他是最恰當的人選。」

「沒錯，」哥羅夫說：「的確是筆好買賣。但是不管怎麼說，你的推銷術都有點邪門。難怪你會被踢出靈學院，你難道沒有一點道德觀念嗎？」

「那又怎樣？」彭耶慈滿不在乎地說：「你總該知道塞佛．哈定對道德的評價吧。」

第五篇：商業王侯

行商：……基於心理史學的必然性，基地的經濟支配力量愈來愈強。行商愈來愈富有，權力亦隨之而來……

人們有時不太記得侯伯·馬洛原本只是一位平凡的行商，卻永遠忘不了他後來成爲第一位商業王侯……

——《銀河百科全書》

1

喬蘭·瑟特把修剪得整齊漂亮的指尖併在一起，然後說：「這可說是一個謎。事實上——這是絕對機密——它有可能是另一個謝頓危機。」

坐在瑟特對面那個人，從司密爾諾式短上衣的口袋掏出一根香煙。「這我就不知道了，瑟特。每次市長選舉時，政客們都會大聲疾呼『謝頓危機』，這幾乎已經是慣例了。」

瑟特露出一絲微笑。「馬洛，我不是在競選。我們現在面臨核能武器的威脅，卻不知道那些武器來自何方。」

司密爾諾出身的行商長侯伯·馬洛靜靜抽著煙，幾乎漠不關心。「繼續啊，如果你還有話要說，就一吐為快吧。」馬洛對基地人一向不會過分客氣。縱然他是個異邦人，卻從不認為自己比道地的基地公民矮了一截。

瑟特指指桌上的三維星圖，調整了一下控制鈕，就有一團紅色光芒出現，它們代表六、七個恆星系。

「那裡，」他輕聲說：「就是科瑞爾共和國。」

行商馬洛點點頭。「我去過那裡，簡直是個臭老鼠窩！你雖然可以稱之為共和國，但是每次當選『領袖』的，都是艾哥家族的人。任何人如果有異議，就會吃不了兜著走。」他又撇著嘴再度強調：「我去過那裡。」

「但是你回來了，並不是每個人都能那樣幸運。去年有三艘太空商船，雖然受到公約的保護，卻在那個共和國境內無緣無故失蹤。而且那些太空船上，都照例配備有核彈和力場防護罩。」

「那些太空商船在最後一次通訊中，有沒有說些什麼？」

「只是例行報告，沒有什麼別的。」

「科瑞爾怎麼說？」

瑟特的眼睛閃現出嘲弄的神色。「這是沒法問的，基地立足銀河外緣最大的資本就是威名。你以爲我們能向對方打聽那三艘太空船的下落？我們已經丟了太空船，不能再丟臉了。」

「好吧，那麼你告訴我，你到底要我做什麼呢？」

瑟特從來不會爲了無謂的麻煩浪費時間。身爲市長的機要祕書，無論是反對黨的議員、求職者、改革家，或自稱完全解出謝頓計畫中未來歷史軌跡的狂人，他都一一應付過。有了這些實戰經驗，他很難再碰到手足無措的情況。

因此，他有條不紊地說：「我馬上就會告訴你。一年內，有三艘太空船在同一個星區失蹤，這絕不可能是意外，你是否也體會到了？而且，想要打敗核武船艦，只有更強大的核能武器才做得到。於是問題來了，如果科瑞爾擁有核武，它究竟是從哪裡弄來的？」

「從哪裡？」

「這有兩種可能。第一，是科瑞爾人自己製造的……」

「太不可能了！」

「沒錯！但是，另一個可能就是我們內部出了叛徒。」

「你眞的這麼想嗎？」馬洛的聲音很冷漠。

市長機要祕書平靜地說：「這個可能性絕對存在。自從四王國接受『基地公約』之後，我們就面臨四王國內衆多異議人士的威脅。在這些解體的王國中，原本有許多覬覦王位的人，以及既得利益的貴族階級，他們不可能心甘情願效忠基地，也許其中有些人已經開始活動。」

馬洛有點不高興。「我知道了。你到底要告訴我什麼？請注意我是司密爾諾人。」

「我知道你是司密爾諾人——你生於司密爾諾，它是當年的四王國之一。你只是在基地受教育而已，以你的出身來說，你是一個異邦人。在你們和安納克里昂以及洛瑞斯王國交戰之際，你的祖父還是一位男爵；而當賽夫·瑟麥克實施土地改革時，你們的家族領地就全被沒收了。」

「不對，太空啊，大錯特錯！我的祖父出身卑微，他是『太空族』的後裔，是一個赤貧的礦工，一生僅靠挖煤餬口。在基地接管司密爾諾之前他早已去世，我並未受到以前那個政權的任何蔭庇。但我的確生於司密爾諾，銀河在上，我並不會因此自卑。你狡猾地暗示我是叛徒，這可嚇不倒我，我不會因此對基地卑躬屈膝地討饒。現在你可以命令我，也可以指控我，反正我都不在乎。」

「我的好行商長，你的祖父究竟是司密爾諾國王，還是那顆行星上的頭號乞丐，我連半點也不關心。我之所以不厭其煩地提到你的出身和祖先，只是向你表示我對這些問題毫無興趣。顯然你是會錯意了，讓我們從頭再來一次如何。你是司密爾諾人，你瞭解異邦人的情形，同時你是一名行商，而且是其中的佼佼者。你到過科瑞爾，也瞭解科瑞爾人，所以你要再跑一趟。」

馬洛深深吸了一口氣。「要我去當間諜？」

「絕對不是。你仍然以行商身分前去——只是眼睛要放亮一點，希望你能找到他們的核能來源。既然你是司密爾諾人，我也許應該提醒你，在失蹤的三艘商船中，其中兩艘都有司密爾諾船員。」

「我什麼時候出發？」

「你的太空船什麼時候能準備好？」

「六天內。」

「那麼你就六天之後出發，詳細資料可以從艦隊總部取得。」

「好！」行商長馬洛站起來，與瑟特用力握了握手，便大步走出去。

瑟特將右手的五根手指鬆開，把剛才握手的壓力慢慢搓掉，然後他聳聳肩，走進了市長室。

市長關上顯像板，上身向後靠。「瑟特，你認爲怎麼樣？」

「他會是個好演員。」瑟特說完，便若有所思地瞪著前方。

2

同一天傍晚，在哈定大廈二十一樓、喬蘭·瑟特的單身公寓裡，帕布利斯·曼里歐正在慢條斯理呷著酒。

曼里歐雖然瘦弱矮小又老態龍鍾，卻身兼基地兩項重要職位。他既是市長內閣的外長，又是基地之外各恆星系的「首席教長」，並且擁有「聖糧供給者」、「靈殿主持」等莫測高深卻聲勢驚人的頭銜。

這時他說：「可是市長已經同意你派那個行商去，這才是重點。」

「但這個重點太小，」瑟特說：「不能立刻見效。整個計畫還只是最粗淺的謀略而已，因爲我們無法預見最後的結果。我們現在這樣做，只是以最小的代價等待願者上鉤。」

「的確如此。不過，這位馬洛是個相當精明的人。我們拿他做餌，萬一瞞不過他怎麼辦？」

「我們非得冒這個險不可。假如眞有叛變陰謀，一定跟某些精明的人有牽連。但如果不是內奸幹的事，我們仍然需要一個精明的人來查明眞相。我會派人好好監視馬洛，你的杯子空了。」

「謝謝，我不喝了。」

瑟特自己又倒了一杯，耐心地等著對方從焦慮的沉思中回過神來。

不過，無論這位首席教長在沉思什麼，他顯然並沒有得到結論，因爲他突然拚命大叫：「瑟特，你到底在打什麼主意？」

「曼里歐，是這樣的，」瑟特張開薄薄的嘴唇說：「我們正處於另一個謝頓危機中。」

曼里歐張大眼睛瞪著瑟特，然後輕聲問：「你怎麼知道？難道謝頓又在時光穹窿中出現了？」

「老朋友，這完全不需要謝頓現身。你仔細想想看，理由其實呼之欲出。自從帝國放棄銀河外緣，任由我們自生自滅之後，我們從未遇到任何擁有核能的對手。直到如今，才算是頭一次碰上，單單這件事就可說意義重大。但是無獨有偶，我們如今還面臨七十多年來首度的國內重大政治危機。我認爲內外兩種危機同時發生，就足以證明謝頓危機又來臨了。」

曼里歐瞇起眼睛。「假如只是這樣，其實還不能算。目前爲止，基地總共經歷兩次謝頓危機，兩次都令基地險遭覆亡的命運。如果沒有出現這種致命的威脅，其他的情況都不能算第三次危機。」

瑟特始終表現得極有耐心。「威脅已經迫近了。當危機降臨後，再笨的人也看得出來。我們對國家能做的眞正貢獻，是在危機醞釀之際便趁早偵測到。聽好，曼里歐，我們正在根據一個計畫好的歷史而發展。我們知道哈里．謝頓已將未來的歷史機率算了出來；也知道有朝一日我們將要重建銀河帝國；還知道這個偉業需要大約一千年的時間；而且我們更知道，其間我們必然會面臨許多危機。

「第一次的危機，發生在基地成立後第五十年，而三十年之後，又發生了第二次危機。如今又過了差不多七十五年，是時候了，曼里歐，是時候了。」

曼里歐不安地摸摸鼻子。「那麼，你已經擬定好應付這個危機的計畫？」

瑟特點了點頭。

「而我，」曼里歐繼續說：「也要在這個計畫中扮演一角？」

瑟特又點點頭。「在應付外來的核武威脅之前，我們必須先整頓自己的國家。那些行商……」

「啊！」首席教長態度轉趨強硬，目光也變得更銳利。

「沒錯，那些行商。他們雖然很有用，但是他們的勢力太強了——而且也太難駕馭。他們都是異邦人，沒有受過宗教教育。我們一方面將知識交到他們手中，另一方面，卻又除去了對他們最有效的控制手段。」

「假如我們能證明他們叛變？」

「假如我們能夠證明，那麼直接採取行動就夠了。但這樣說一點意義也沒有，即使行商全都無意叛變，仍然是我們這個社會的不安因素。他們不會因爲愛國心或宗族的緣故而受我們約束，甚至宗教的敬畏也無法對他們產生遏阻作用。自從哈定時代以來，銀河外圍就尊稱基地爲『神聖行星』，可是在行商的世俗式領導下，他們可能很快就會脫離掌控。」

「這點我知道，但有什麼補救辦法……」

「必須即時補救才來得及，在謝頓危機升到頂點前就要趕快行動。否則一旦外受核能武器的威脅，內部又有叛亂發生，那時勝算就太小了。」瑟特放下把弄許久的空酒杯，「這顯然是你的責任。」

「我？」

「我沒有辦法。我的職位是市長委派的，沒有民意基礎。」

「市長……」

「不可能指望他。他的性格非常消極，最積極的動作就是推卸責任。假如有某個獨立政黨興起，威脅到他的連任，他很可能會甘願被牽著鼻子走。」

「可是，瑟特，我缺乏實際的從政經驗。」

「全包在我身上。曼里歐，這種事誰說得準？自塞佛．哈定之後，從來沒有人兼任首席教長和市長。但說不定現在就要重演了——如果你好好幹的話。」

3

在端點市的另一端，一個很平凡的居住環境，侯伯．馬洛正在赴當天的第二個約會。他已經聽對方說了很久，現在才小心翼翼地問道：「是的，我聽說過你正在籌劃，想要送一名行商進市議會，作爲我們大家的代表。但是，杜爾，爲什麼選我呢？」

詹姆．杜爾微微一笑。他這個人總愛主動提醒人家——不管對方有沒有問他——他是第一批在基地接受非宗教式普通教育的異邦人。

「我知道自己在做什麼，」杜爾說：「還記得去年我第一次見到你的場合嗎？」

「是在行商大會上。」

「對，你是大會的主辦人。從頭到尾你盯牢了那些極端份子，讓他們枯坐乾等、有口難言，簡直吃定了他們。而且你和基地人民關係良好，你有一種奇特的大衆魅力——或者說，你的前衛作風深得人心，這其實只是換一種說法。」

「說得好。」馬洛冷淡地接口道。「但是爲什麼選在這個時候？」

「因爲現在我們的機會來了。你知不知道教育部長已經遞出辭呈？這件事尙未正式公佈，不過也快了。」

「你又是怎麼知道的？」

「這——你就不用管了——」他不耐煩地搖搖手，「反正情形就是這樣。行動黨已經嚴重分裂，我們只要正面提出行商的平權問題，也就是爲民主請命，不論他們贊成或反對，都會受到致命的一擊。」

馬洛懶洋洋地半躺在椅子裡，瞪著自己粗壯的手指。「唔——杜爾，很抱歉。下星期我就要去出差，恐怕你得找別人了。」

杜爾瞪大眼睛。「出差？出哪門子差？」

「這是超級的最高機密，而且絕對第一優先，這種情形你瞭解吧。我已經跟市長的機要祕書談好了。」

「毒蛇瑟特嗎？」杜爾激動起來，「那是詭計。那個太空族的雜種想把你支開，馬洛……」

「等一等！」馬洛按住對方揑緊的拳頭，「別那麼激動。如果這是詭計，改天我自然會回來找他算帳；但如果不是，那條毒蛇反而會被我們玩弄於股掌之上。聽好，謝頓危機又要來了。」

馬洛期待對方會有所反應。杜爾卻不爲所動，只是瞪大眼睛。「什麼是謝頓危機？」

「銀河啊！」對於這種意想不到的反高潮，馬洛簡直氣炸了。「你上學的時候究竟在做些什麼？你問這種幼稚的問題，到底是什麼意思？」

比馬洛年長的杜爾皺皺眉。「能否請你解釋……」

沉默了好一陣子，馬洛才說：「好，我來解釋。」他雙眉深鎖，一句句說得很慢。「自從銀河帝國從外圍開始分崩離析，銀河外緣回到蠻荒時代，哈里．謝頓和他手下的一批心理學家，在這片蠻荒的中心建立了一個自治殖民市，也就是我們這個基地。目的是要我們繼續培育藝術、科學和科技，使它成爲第二帝國的種籽。」

「喔，對，對……」

「我還沒有說完，」馬洛冷冷道：「基地未來的歷史軌跡，是根據心理史學所規劃的。心理史學這門科學，到了謝頓手中已經登峰造極。謝頓在我們未來的歷史中，安排了一連串的危機，這些危機會迫使我們以最迅速的步伐，朝向未來的帝國前進。每一次的危機，每一次所謂的『謝頓危機』，都會在我們的歷史上標出一個新紀元。現在我們又接近另一個危機——第三次的危機。」

杜爾聳聳肩。「當年在學校，我一定也聽老師講過。不過，我已經畢業好久了——至少比你久。」

「我也這麼想。算了，現在的重點是，在這個危機的發展過程中，我剛好被派出去。等到我回來，不知道會變成什麼樣子，何況每年都有市議員選舉。」

杜爾抬起頭。「你找到什麼線索嗎？」

「沒有。」

「有沒有什麼具體計畫？」

「半點概念也沒有。」

「那麼……」

「那麼，沒有關係。哈定說過：『想要成功，單憑計畫絕對不夠，還得時時隨機應變。』我就是打算隨機應變。」

杜爾不放心地搖搖頭，然後兩人同時站起來，互相望著對方。

馬洛忽然以相當實事求是的口吻說：「我有個主意，你跟我一起去好不好？別瞪我，老兄。我聽說你原來也是一名行商，後來才發現搞政治更刺激更有趣。」

「你要到哪裡去？請你先告訴我。」

「現在只能說是向瓦沙爾裂隙飛去。上了太空之後，我才能進一步告訴你詳情。怎麼樣？」

「萬一瑟特要把我留在他看得見的地方。」

「不太可能。如果他急著想把我趕走，難道不想連你也眼不見爲淨？此外，行商如果不能挑選到自己中意的人手，絕對不會願意升空的，我當然也不例外。」

杜爾眼中忽然閃出一絲奇異的光采。「好，我去。」他伸出右手，「這將是我三年來的第一次旅行。」

馬洛和對方握了握手。「好，好極了！現在我還要趕去召集船員，你知道遠星號停在哪裡吧？明天自己來報到，再見。」

4

科瑞爾的政體是歷史上常見的一種現象：雖有共和國之名，統治者卻比專制君主有過之而無不及。因此，他們不但能行獨裁專政之實，又能避免像正統君主那樣，處處要考慮王室的榮譽，還得受到宮廷規範的束縛。

顯然，這個國家的經濟並不繁榮。銀河帝國統治的時代早已結束，只剩下無言的紀念碑與殘破的建築物，勉強證明這段時期的存在。然而，由於領袖阿斯培·艾哥的鐵腕政策，科瑞爾嚴格限制行商的活動，更嚴禁傳教士入境，因此「基地時代」的來臨遙遙無期。

現在，**遠星號**停在科瑞爾境內一座陳舊的太空航站中，船員都感到一股陰森之意。破爛的船庫內充滿腐朽的氣氛，而隨行的詹姆·杜爾正在起勁地玩著單人牌戲。

侯伯·馬洛靜靜地由眺望窗往外望，然後若有深意地說：「這裡有很好的物資，可以做些好買賣。」目前爲止，科瑞爾這個地方簡直乏善可陳。旅途一路平安無事，當天升空攔截遠星號的星艦中隊，是由一些小型的舊時戰艦組成，不是顯得有氣無力就是外表百孔千瘡。那些星艦始終小心翼翼地與**遠星號**保持一段距離，直到現在仍舊如此，雙方已經僵持了整整一個星期。馬洛早已提出與當地政府官員會面的要求，卻至今尚未得到答覆。

馬洛重複道：「這裡可以做些好買賣，簡直可以稱爲貿易處女地。」

杜爾不耐煩地抬起頭來，把撲克牌丟到一邊。「馬洛，你到底在搞什麼鬼？現在船員已經開始發牢騷，軍官已經在擔心，而我也開始納悶……」

「納悶？納悶什麼？」

「這裡的情勢，還有你。我們究竟在幹什麼？」

「在等待。」

這位老行商悶哼幾聲，漲紅了臉。他咆哮道：「馬洛，你簡直瞎了眼。太空航站已經被警衛包圍，我們頭上又有星艦盤旋。他們也許就快準備好了，隨時能把我們炸到地底去。」

「過去一週他們都能這麼做。」

「說不定他們在等待增援。」杜爾的目光既銳利又冷峻。

馬洛忽然坐下來。「是啊，我也考慮到這點。你可知道，這裡面有很大的問題。第一，我們很順利地抵達這裡。然而，這點也許沒有什麼意義，去年有超過三百艘船艦經過此地，卻只有三艘被擊毀，這個比例算是低的。但是，這卻可能表示他們只有少數星艦具有核動力，在數量增加之前，他們不敢讓這些星艦輕易曝光。

「可是另一方面，這也可能意味著他們根本沒有核能。或者他們雖然擁有，卻絕不輕易示人，生怕讓我們發現什麼。無論如何，打劫輕武裝的太空商船，和騷擾基地正式派遣的特使，是完全不同的兩件事。基地會派遣特使前來此地，就表示已經起了疑心。

「綜合以上幾點……」

「等等，馬洛，等一等。」杜爾舉起雙手，「我都快被你的口水淹死了。你究竟想說什麼？請省略分析的過程好嗎？」

「杜爾，你一定得聽我的分析，否則你不會瞭解。其實我們雙方都在等待；他們不知道我來這裡要做什麼，我也不曉得他們的企圖何在。但是我方實力較弱，因爲我們要以一己之力，對抗他們的整個世界——而且對方可能擁有核能。即使如此，我們絕對不能示弱。這樣當然會很危險，當然隨時可能被轟到地底去。但是我們一開始就曉得會有這種狀況，現在不這樣做又怎麼辦？」

「這我就不……咦，什麼人？」

馬洛抬起頭，迅速調整著收訊器，顯像板很快便出現値班中士有稜有角的臉孔。

「中士，說吧。」

那名中士說：「報告船長，船員將一名基地傳教士放了進來。」

「什麼？」馬洛變得面如土色。

「報告船長，一名傳教士。船長，他需要醫生……」

「中士，你們幹的這件好事，會使許多人都要找醫生。立刻叫大家進入戰備位置！」

船員休閒室幾乎已經空無一人。命令發佈五分鐘後，連輪休人員也都拿起武器各就各位。在銀河外緣群星間的無政府地帶，效率是最重要的生存條件。而行商長手下的人，更是以超卓的效率著稱。

馬洛緩緩走進休閒室，上下左右仔細打量著這名傳教士。然後他向汀特中尉瞄了一眼，中尉不安地挪到一旁；接著他又看了看值班的第門中士，這位中士面無表情地呆站在中尉身邊。

馬洛轉向杜爾，若有所思地頓了頓。「好吧，杜爾，除了導航官和彈道官之外，把其他軍官都悄悄帶到這裡來，船員則一律留在崗位上待命。」

杜爾離開後，馬洛將每個洗手間的門都踢開，並且探頭向吧檯後面瞧了瞧，再把厚實的窗簾通通拉上。然後他離開了半分鐘，又若無其事地哼著歌走回來。

五分鐘過後，軍官們魚貫進入休閒室。杜爾跟在最後面，順手將門輕輕關上。

馬洛平靜地說：「首先，是誰沒有得到我的准許，就讓這個人進來的？」

值班中士向前走了幾步，所有的目光都集中在他身上。「報告船長，這不是哪一個人的意思，而是大家一致同意讓他進來的。這個人可說是我們的同胞，而這裡的異邦人……」

馬洛打斷他的話。「中士，你們這種同胞愛，我很同情，也很瞭解。那些船員是你的手下嗎？」

「報告船長，是的。」

「這件事結束後，讓他們在自己的寢室中禁足一週。這段期間你的指揮權也暫時解除，明白嗎？」

中士臉色不變，雙肩卻微微下垂。他簡潔有力地答道：「報告船長，明白了。」

「你們可以離開了，趕緊回到你們的砲位去。」

關上門之後，外面就響起一陣嘈雜聲。

杜爾忍不住質問：「馬洛，爲什麼要處罰他們？你明明知道，科瑞爾人逮到傳教士就會處死。」

「任何行動無論有什麼好理由，只要是違背我的命令，本身就是不可饒恕的錯誤。沒有我的批准，任何人都不能上下這艘太空船。」

汀特中尉不服氣地喃喃道：「七天不准行動。你怎麼能用這種懲罰來維持軍紀？」

馬洛卻冷冷地說：「當然可以。在理想狀況下，看不出軍紀的價値。唯有在生死關頭，才顯得出它的重要性，否則這種軍紀根本沒用。那位傳教士呢？把他帶到我面前來。」

馬洛剛剛坐下，身穿紅色斗篷的傳教士就被小心地扶了過來。

「上師，請問大名？」

「啊？」傳教士轉身面向馬洛，整個身體幾乎同時旋轉。他雙眼茫然地睜得老大，一側太陽穴上帶著擦傷。他一直沒有開口，馬洛還注意到，他也幾乎完全沒有任何動作。

「上師，請問大名？」

傳教士像是忽然活過來。他將雙手向前伸，做出擁抱狀。「孩子——我的孩子，願銀河聖靈永遠保護你。」

杜爾向前走幾步，帶著困擾的眼神，以沙啞的聲音說：「這個人受傷了，誰帶他去休息。馬洛，下令送他去休息，再找個人照顧他，他傷得很重。」

馬洛用結實的手臂將杜爾推開。「杜爾，這件事你別插手，否則我就把你趕出去。上師，您的大名？」

傳教士突然雙手合十做哀求狀。「你們既然是受過教化的文明人，請救我離開這個異教之邦吧。」他慌慌張張地說。「救救我吧，那些蒙昧的畜牲要捕殺我，要以他們的罪惡褻瀆銀河聖靈。我叫裘德·帕爾瑪，來自安納克里昂，曾經在基地接受教育。是基地本土，我的孩子。我修習到無上的教義，成爲一名靈的使者。我來到這裡，是由於內心的召喚。」他喘得上氣不接下氣，「我落在那些無明的野蠻人手中。你們既是聖靈之子，奉聖靈之名，請你們保護我吧。」

緊急警報盒突然發出響亮而尖厲的聲音，其中夾雜著一句話：

「發現敵方部隊，請示命令！請示命令！」

所有的眼睛都不自覺地盯著上方的擴音器。

馬洛大聲咒罵，同時按下通訊器的回答鍵，大聲喊道：「繼續監視！沒有別的指示了！」然後就切斷了通話開關。

他走到厚厚的窗簾前，「唰」地一聲拉開窗簾，用冷峻的目光注視著外面。

敵方部隊！不，其實是數千名科瑞爾民衆；這些人山人海的烏合之衆，以排山倒海之勢席捲而來。在冷冽的鎂光照耀下，最前面的人潮已經零零星星逼近了。

「汀特！」馬洛並未回頭，可是頸部漲紅了。「打開外面的擴音器，問他們究竟要什麼。再問問這些人裡面有沒有法定代表。不要答應任何事，也不要恐嚇他們，否則我先鎗斃你。」

汀特中尉轉身走了出去。

馬洛感到一隻手掌按在自己的肩膀，想也不想就把它推開。那當然是杜爾，他在馬洛的耳旁叱道：「馬洛，你有義務收容這個人，否則我們無法維持正義和光榮的名聲。他來自基地，而且他畢竟是……是一名教士。外面那些野蠻人……你聽見我說的話沒有？」

「杜爾，我在聽。」馬洛的聲音很尖刻，「我不是來護教的，我來這裡有更重要的事。杜爾先生，我將照著自己的意思行事，而且我向謝頓和銀河發誓，如果你想阻止我，我會把你的喉管捏碎。杜爾，別擋我的路，不然你即將走入歷史。」

馬洛轉身向那位傳教士走去。「你，帕爾瑪上師！你知不知道，根據公約，基地的傳教士絕對不能進入科瑞爾境內？」

傳教士渾身發抖。「孩子，我只遵照靈的指引前進。如果那些蒙昧的人拒絕接受教化，豈不是更證明了他們眞的需要？」

「上師，這話離題了。既然你來到這裡，就是違反科瑞爾和基地雙方的法律，依法我不能保護你。」

傳教士又舉起雙手，先前的狼狽模樣已經消失無蹤。此時，太空船外面的通訊裝置正發出刺耳的喊話，而激憤的群眾所做的回應，傳到艙內則變成微弱的、此起彼落的嘰喳聲。這些聲音令那名傳教士發狂。

「你聽到沒有？爲什麼要跟我談法律？法律是凡人定的，天地之間還有更高的『法』。銀河聖靈不是說過：汝等不可坐視同胞蒙受傷害；祂還說過：今日爾等如何對待卑微無助之人，明日他人亦將如何待之。

「你沒有鎗砲嗎？你沒有太空船嗎？基地難道不是你的後盾嗎？在你頭上和你的四面八方，難道不存在主宰宇宙萬物的聖靈嗎？」他停下來喘了一口氣。

這時，**遠星號**外面巨大的喊話聲停止了，汀特中尉一臉爲難地走回來。

「講吧！」馬洛不耐煩地說。

「報告船長，他們要求把裘德．帕爾瑪這個人交給他們。」

「如果不交呢？」

「報告船長，他們做出各種威脅，但是都沒有什麼具體內容。他們人數太多了——而且似乎相當瘋狂。有個人說自己是這個地區的負責人，控制著警力，但是他很顯然只是傀儡。」

「不管是不是傀儡，」馬洛聳聳肩，「無論如何他都代表法律。告訴外面那些群衆，不管那人是總督或警察局長，或是其他任何官銜，只要他單獨到太空船這邊來，就能把裘德．帕爾瑪教士帶走。」

說到這裡，馬洛突然將核銃抓在手中，補充道：「我不懂什麼叫作抗命，我自己從來沒有這種經驗。但是如果這裡有誰想教我，我會馬上教他化解之道。」

銃口慢慢轉向，最後對準杜爾。這位老行商只好勉力克制住衝動，他的臉部肌肉漸漸鬆弛，緊握著的拳頭也鬆開放下，呼吸卻仍然急促而大聲。

汀特中尉再度離開，不到五分鐘，一個小小的人影脫離了群衆。那個人影緩慢而遲疑地往前走，顯得極為惶恐不安。他兩度想向後轉，都被群眾的威脅與怒吼趕了回來。

「好，」馬洛用手中的核銃比劃著，「葛朗、烏普舒，你們把他帶出去。」

傳教士立時發出駭人的尖叫。他舉起雙手，結實的手指朝天張開；寬敞的袖子滑下來，露出細瘦且血管凸起的手臂。與此同時，還有一道微弱的光芒一閃即逝。馬洛輕蔑地眨眨眼睛，又做了一下手勢。

傳教士被兩人一邊一個抓著，他還不斷掙扎，同時喊道：「將同胞推進邪惡和死亡的叛徒不得好死。不理會無助者求救的耳朵都要變聾。無視冤屈者的眼睛通通瞎掉。跟邪靈打交道的靈魂永遠墮入黑暗地獄……」

杜爾用雙手緊緊摀住耳朵。

馬洛將核銃插回皮套。「現在解散，」他以平靜的口吻說：「回到各人的崗位。等群眾散去後，繼續保持嚴密監視六個小時。然後再維持四十八小時的加強戒備，之後我會另行指示。杜爾，你跟我來。」

兩人來到馬洛的寢室。馬洛向一張椅子指了指，杜爾便坐下來，矮胖的身子顯得有些畏縮。

馬洛低著頭，以嘲諷的目光瞪著他。「杜爾，」他說：「我很失望。你從政三年，似乎忘記了行商的一切。請你記住，我在基地的時候，也許是個民主人士，但是現在我指揮這艘太空商船，就不得不獨裁專制。我從來沒有對手下拔銃相向，剛才要不是你太過分，我也用不著破例。

「杜爾，你是我請來的，沒有正式的職務，私底下我會對你盡量禮遇——但只限於私下。然而從現在開始，在我的軍官和船員面前，我就是『船長』，不可以喊我『馬洛』。如果我再下任何命令，你的動作最好比三等船員還要快，否則我會以更快速度將你銬在底艙。明白了嗎？」

這位政黨領袖只好忍氣吞聲，用很勉強的口氣說：「我向你道歉。」

「我接受！我們握個手好嗎？」

杜爾柔弱的手指，被馬洛粗壯的手掌包住好一會兒。然後杜爾說：「我勸你是出於好意，我不忍心看你將傳教士送到暴民手中受私刑。來提人的那個膽小鬼，不管他是總督還是什麼官，他救不了那名傳教士的。這簡直就是謀殺。」

「我也沒辦法。坦白說，這件事有點反常。你難道沒有注意到嗎？」

「注意到什麼？」

「這座太空航站位於荒郊野外，卻突然有一位傳教士逃到這裡。他是從哪裡來的？他來到這裡是巧合嗎？然後又有大批群眾追來，他們又是從哪裡來的？離這裡最近的任何城市，都至少在一百哩之外。他們卻在半小時內就到了，這又是怎麼做到的？」

「怎麼做到的？」杜爾重複道。

「嗯，有可能這位傳教士是個誘餌，被人故意帶到這附近來。我們這位同胞，帕爾瑪大師，看起來根本神智不清，他的精神好像始終沒有正常過。」

「這種做法太過分了……」杜爾悲憤地喃喃道。

「也許吧！也許他們這麼做，是故意誘騙我們見義勇為，不顧一切地保護這個人。他來這裡，便是觸犯了科瑞爾和基地的法律。假使我將他留下，等於是向科瑞爾宣戰，基地也沒有任何權利保護我們。」

「這——這種說法太牽強。」

馬洛還沒有回答，擴音器就響了起來。「報告船長，剛收到一份官方信函。」

「馬上送過來！」

「啪」地一聲，一個發光的圓筒從傳送槽中跳出來。馬洛將圓筒打開，倒出一張鑲銀的紙捲。他玩味似地用手指揉了揉，然後說：「從首都直接遙傳過來的，是領袖的專用信箋。」

他對信箋瞄了一眼，乾笑了一聲：「我的想法太牽強嗎？」

他將信箋扔給杜爾，又補充道：「我們把傳教士交出去半小時後，就終於接到這封十分客氣的邀請函，請我們去謁見領袖——之前卻苦苦等了七天。我想，我們已經通過一項測驗。」

5

領袖阿斯培自詡爲「人民的公僕」。他的頭髮稀疏，只剩後腦的一撮灰髮鬆軟地垂在肩上。他的襯衣顯然需要燙洗了，而他說話時帶著濃重的鼻音。

「馬洛行商，我們這裡民風純樸。」他說：「你不要做任何不實宣傳。在你面前的人，只是這個國家的第一公民。所謂的領袖正是這個意思，而這也是我唯一的頭銜。」

他似乎非常喜歡這個話題。「事實上，我認爲這一點，是科瑞爾和貴國的密切關聯之一。我瞭解貴國人民和我們一樣，也在享受著共和制度的福祉。」

「領袖，正是如此，」馬洛鄭重其事地說，心中卻絕對不敢苟同。「我深信就是這個原因，維持了兩國政府的和平與邦誼。」

「和平！啊！」領袖稀疏的灰白鬍子抽動著，表情顯得感慨萬千。「我認爲在銀河外緣各個世界，沒有人比我更有和平的理想了。不瞞你說，自從我繼家父成爲這個國家的統治者之後，就一直在實行和平統治，從來也沒有間斷過。也許我不該這麼說——」他輕輕咳嗽一聲，「但是有人告訴我，我的人民，不，應該說我的同胞，他們都稱我為『萬民擁戴的阿斯培』。」

馬洛環顧富麗堂皇的庭院。他看到好些身材高大的人佈署在偏僻的角落，他們佩戴著奇形怪狀但顯然威力強大的武器，也許是在防備自己。他想，這是可以理解的。然而，這裡四周都圍著高聳的鋼筋混凝土牆，而且顯然最近又加強過——對於「萬民擁戴的阿斯培」而言，這並不能算是很合適的居所。

馬洛說：「領袖，我很慶幸自己能與您交涉。鄰近世界那些不肯實施開明統治的專制君主，大多欠缺王者風範，因而無法成為萬民擁戴的統治者。」

「比方說？」領袖以謹慎的口氣問。

「比方說，他們就不懂得關心人民最大的福祉。而您不同，您最瞭解這一點。」

兩人一面說，一面在庭院裡悠閒地漫步。領袖的眼睛凝注在碎石子路上，兩隻手放在背後互相揉搓。

馬洛繼續流暢地說：「直到目前為止，貴我兩國的貿易仍然無法展開，這是因為貴國政府對我國的行商做出重重限制。當然，我想您一定早就很清楚，不設限的貿易……」

「自由貿易！」領袖咕噥著。

「好吧，自由貿易。您一定瞭解，那會使我們雙方受惠。你們擁有一些我們需要的物資，我們也有不少你們想要的貨品。只要能夠互通有無，就能增進彼此的繁榮。像您這麼開明的統治者，人民之友——或者我斗膽說，您就是人民的一份子——根本用不著我在這個題目上大作文章，我絕不會侮辱您的智慧。」

「確實如此！這些我都瞭解，但是你打算怎麼辦？」領袖故意以哀求的口吻說。「你們的人一直很不講理。只要我們的經濟體制許可，任何貿易我都贊成，但是絕不能根據你們的條件。我並不是這個國家唯一的主人——」他提高了嗓門，「我只不過是民意的公僕。附帶著強迫性宗教的貿易，我的人民可不會接受。」

馬洛挺起胸膛。「強迫性宗教？」

「你們一向如此，想必你還記得二十年前的『阿斯康事件』吧。你們一開始先推銷商品，接著就要求絕對的傳教自由，以便教導對方妥善使用那些商品，以及建立『健康靈殿』。然後又設立了宗教學校，並爲神職人員爭取到自治權。最後的結果如何呢？阿斯康如今已經成爲基地體系的一份子，他們的大公連一點實權也沒有了。喔！不行，不行！有尊嚴的獨立人民絕對不能忍受這些。」

「我想建議的通商方式，和您所說的完全不同。」馬洛插嘴道。

「不同？」

「沒錯，我是一名行商長，金錢才是我的宗教。我最討厭傳教士那些神祕兮兮的祕法，還有那些嘰哩呱啦的咒語，所以我很高興您拒絕接受這個宗教。這樣我們就更加意氣相投了。」

領袖發出尖銳而顫抖的笑聲。「說得好！基地早就該派你這種能幹的人來。」

他親熱地將手放在馬洛厚實的肩膀上。「但是老兄，你只說了一半。你剛才只告訴我不會有什麼壞處。現在，說說究竟又會有什麼好處？」

「領袖，唯一的好處，就是您將獲得數不清的財富。」

「是嗎？」領袖嗤之以鼻，「我要財富做什麼？眞正的財富就是人民的愛戴，而我已經有了。」

「兩者並不衝突，您可以騰出一隻手撈黃金，另一隻手仍舊擁抱人民。」

「年輕人，果眞有此可能，那就太有意思了。你要我怎麼做呢？」

「喔，方法實在很多，困難在於如何選擇。讓我想想看，嗯，比如說奢侈品，我帶來的這個樣品——」

馬洛從衣袋裡慢慢掏出一條扁平的金屬鍊子。「比如這個。」

「這是什麼？」

「必須示範才能明白。您能找一名少女來嗎？凡是年輕女性都行。此外，再請您找一面全身的大鏡子。」

「嗯——那麼我們進去吧。」

領袖稱自己的住處爲「領袖之家」，但是民衆必定稱之爲宮殿。在馬洛這個外人眼中，它簡直就像一座堡壘。這座大宅建在一座俯瞰首都的丘陵上，城牆十分厚實堅固。各個通道都有警衛站崗，整個建築的結構都著眼於易守難攻。馬洛在心中暗笑，「萬民擁戴的阿斯培」住在這裡再適當不過了。

一位年輕少女來到他們面前，對領袖鞠躬行禮。領袖對馬洛說：「這是領袖夫人的侍女，她可以嗎？」

「好極了！」

馬洛將金屬鍊子環繞在少女的腰際，扣好後再退開幾步。從頭到尾，領袖一直目不轉睛仔細看著。

然後領袖哼了兩聲。「啊，就這樣嗎？」

「領袖，請您把窗簾拉上。小姐，鈕扣旁邊有個小圓鈕，請你拉一下好嗎？放心，不會有事的。」

少女依言照做，隨即大吃一驚，望著自己的雙手驚呼：「哎呀！」

自腰際以上，她整個人都被朦朧而流轉的冷光所籠罩。這股色彩變幻不定的光芒一直延伸到她的頭頂，形成一頂絢麗奪目的冠冕。就像是有人從天上摘下北極光，替她鑄成一件無形的披風。

少女走到鏡子前面，出神地望著鏡中的自己。

「來，拿著這個，」馬洛又取出一串由黯淡無光的珠子串成的項鍊，「把它戴在頸上。」

少女戴上之後，每顆珠子在冷光範圍內，也都散發出深紅與金黃色的光焰。

「你喜歡嗎？」馬洛問那少女。她雖然沒有回答，眼中卻充滿豔羨之意。直到領袖做了一個手勢，少女才依依不捨地推下那顆圓鈕開關，眩目的光彩立時消失。她隨即退下，但一定永難忘記這段經歷。

「領袖，這就送給領袖夫人，」馬洛說：「算是基地的一點心意。」

「嗯——」領袖將兩件飾物拿在手中來回撥弄，像是在估量它們的重量。「這是怎麼做到的？」

馬洛聳聳肩。「這種問題只有我們的技術專家可以回答。不過我想特別強調，重要的是它不需要——不需要教士的指導就能使用。」

「嗯，這只不過是女人的飾物罷了。你能拿它做什麼？又怎麼能靠它賺錢？」

「你們這裡可有舞會、歡迎會、宴會等等的社交活動？」

「喔，當然有。」

「您知道婦女肯花多少錢買這種珠寶嗎？至少一萬信用點。」

領袖似乎大吃一驚。「啊！」

「而且由於它的能源頂多只能維持六個月，所以必須經常換新。我們願意以一千信用點一個的價錢無限量供應，請您以等值的鍛鐵支付。您的利潤是百分之九百。」

領袖拚命扯著鬍子，似乎正在進行複雜的心算。「銀河啊，她們一定會打破頭來搶購。我故意只供應極少的數量，讓她們來競標。當然，不能讓任何人知道是我自己……」

馬洛又說：「如果您有興趣，我能為您說明我們合作的暗盤——然後，再從我們全套的家庭用品中，隨緣挑選一些合作項目。例如折疊式烤爐，可以在兩分鐘內，把最硬的肉烤成您喜歡的熟度；還有不必磨的利刀；還有整套袖珍型的全自動洗衣機，整個可以放進小櫃子裡；此外還有同類型的洗碗機、同類型的地板清潔機、家具清拭機，塵埃收集機、照明裝置等等——喔，您想要的，應有盡有。請想想看，如果您讓大衆都能買到這些商品，您的聲望會再增加多少。請再想想看，以百分之九百的利潤，採取政府專賣的方式，您可以藉此迅速累積……喔，累積多少財富。對於民衆而言，這些裝置仍然價廉物美，他們也絕對不會曉得您進貨的價格。我還要再提醒您一次，這些家庭用品都不需要教士的監督指導，這豈不是皆大歡喜。」

「似乎只有你例外。你自己圖的是什麼呢？」

「我所能得到的，就是根據基地的法律，一個行商應得的利潤。我和我的手下，可以得到整個利潤的一半。您只要將我想賣給您的東西照單全收，我們雙方就都是贏家，保證合作愉快。」

領袖已經陶醉在想像中。「你說希望我們用什麼付帳？鐵嗎？」

「是的，或者是煤、鐵鋁氧石。煙草、胡椒、鎂或硬木也行，這些都是你們盛產的東西。」

「條件還算合理。」

「我也這麼想。喔，還有一點也是隨緣，領袖，我能替你們改良工廠的設備。」

「啊？那是什麼意思？」

「嗯，以煉鋼廠爲例吧。我有一些小機器，能夠輕易地處理鋼鐵加工，可以使成本降低到原來的百分之一。您只要將售價減半，還是能和製造業者分享巨大的利潤。我跟您說，如果您允許我做一次示範，我就能證明我說的話。城裡頭有沒有煉鋼廠？不會花太多時間的。」

「馬洛行商，這不難安排。不過那是明天的事，明天再說。今晚和我共進晚餐如何？」

「我的手下……」馬洛一開口就被打斷了。

「讓他們一起來，」領袖大方地說：「這是我們兩國親善的象徵，能讓我們有機會多做一些友好的會談。不過，我只想提醒你一件事——」他拉長了臉，表情嚴肅。「絕對別提你們的宗教，別以爲這些能當傳教士的敲門磚。」

「領袖，」馬洛淡淡地說：「我向您保證，宗教會令我的利潤折損。」

「那麼目前爲止，我還覺得滿意。我會派人護送你回太空船去。」

6

領袖夫人比她的丈夫年輕很多。她的臉色蒼白，面容冷峻，烏黑的長髮在腦後梳成一個光潤緊緻的髻。

她的聲音聽來很潑辣。「我仁慈高貴的夫君，你都說完了嗎？全部，全部說完了嗎？現在，我想如果我有這個願望，應該可以到花園走走了。」

「莉西雅，親愛的，你不需要再唱戲了。」領袖好言好語地說。「那個年輕人今晚會出席晚宴，你可以跟他自由交談，你如果有興趣，甚至可以聽聽我說些什麼。此外，我們還要爲他的手下安排地方，衆星保佑他們不會來太多人。」

「他們一定個個都是饞鬼，大塊吃肉，大碗喝酒。等到算出這一頓的開銷，保證你會心痛得呻吟兩個晚上。」

「嗯，也許這次不會。不管你怎麼說，我還是要籌備一場最豐盛的晚宴。」

「喔，我知道了。」她輕蔑地瞪著他，「你對那些蠻子倒很熱絡嘛。也許就是因爲這樣，才不准我參加剛才的會談。也許你的小心眼裡，正計畫著如何背叛我的父親。」

「絕對沒有。」

「一定是這樣，難道我應該相信你啊？我是個可憐的女人，爲了政治而犧牲，陷身不幸福的婚姻當中。我從自己國家的大街小巷，甚至貧民窟裡頭，都能隨便挑一個更適合我的丈夫。」

「好吧，聽著，夫人，我來告訴你怎麼辦。也許你眞的應該高高興興回娘家去，不過，得留下身體的一部分給我當紀念品，就留下我最熟悉的部分吧。我要先割掉你的舌頭，然後，」他把腦袋倚在椅背上，像是在精打細算。「爲了使你變得更美麗，耳朵和鼻頭也得割下來。」

「你不敢，你這隻哈巴狗，我父親會把你這個小小國家轟成一片星塵。事實上，只要我告訴他說你和那些蠻子打交道，他就一定會這麼做。」

「哼，哼。好啦，你用不著威脅我。今天晚上你可以自己問那個人。現在，夫人，把你的三寸不爛之舌收起來。」

「這是你的命令嗎？」

「這個，拿去，然後給我閉嘴。」

領袖將金屬鍊子纏到她的腰際，又拿項鍊給她戴上。他親自按下按鈕，再後退幾步。

領袖夫人倒抽了一口氣，僵硬地伸出雙手。她小心翼翼地撫摸著項鍊，然後又開始喘氣。

領袖滿意地搓搓手，並說：「今晚你就可以戴著出席——將來我還會弄更多給你。現在，給我閉嘴。」

領袖夫人果然沒有再開口。

7

杜爾慌慌張張踱著步走過來，對馬洛說：「爲什麼臭著一張臉？」

侯伯・馬洛從沉思中抬起頭來。「我臭著臉嗎？我不是故意的。」

「昨天一定發生了什麼事——我的意思是，除了晚宴以外。」杜爾突然以肯定的口氣說：「馬洛，有麻煩了，對不對？」

「麻煩？沒有，而且正好相反。事實是，我正準備用全身的重量去撞門，卻發現那扇門即時開了一條縫。我們即將到煉鋼廠去，這似乎太容易了。」

「你懷疑是陷阱嗎？」

「喔，看在謝頓的份上，別那麼悲觀好嗎？」馬洛壓抑著不耐煩的情緒，以平常的口吻說：「只是，太容易去的地方，代表什麼也看不到。」

「你是指核能，嗯？」杜爾若有所思。「讓我告訴你，我們在科瑞爾，是不會發現任何核能跡象的。像核能這種對國計民生有深遠影響的科技，一定各行各業都在使用，不可能百分之百遮掩起來。」

「杜爾，但如果是剛剛起步，而且應用在軍事方面，那就另當別論。果眞這樣，就只能在太空船塢和煉鋼廠看到。」

「如果我們在那裡還找不到，那麼……」

「那就表示他們還沒有核能——或是故意藏起來。讓我們猜猜看，或者擲硬幣卜一卦。」

杜爾搖搖頭。「假使昨天我和你在一起就好了。」

「我也希望如此。」馬洛面無表情地說：「我不反對你給我精神上的支持。可惜決定會談條件的人是領袖，而不是我自己。現在來的車子，似乎就是領袖派來的專車，準備接我們到煉鋼廠去。東西帶好了嗎？」

「都齊了。」

8

煉鋼廠的規模相當大，空氣中瀰漫著腐朽的氣息，除非徹底翻修，否則不可能除去這種怪味道。爲了接待領袖與隨行官員的大駕，閒雜人等全被趕走，因此顯得異常冷清。

馬洛已經順手舉起一塊鋼板，放在兩具支架上，並且握住了杜爾遞給他的工具。此時他將手伸進鉛套中，緊緊抓著裡面的皮質把手。

「這個工具很危險，」他說：「不過普通的圓鋸一樣危險。無論如何，手指頭都得避開。」

馬洛一面說，一面用刃口迅速將鋼板齊中劃開，鋼板立時悄無聲息地裂爲兩半。

眾人都嚇了一跳。馬洛則哈哈大笑，拾起其中一塊撐在膝蓋上。「這個機器的切割長度能微調到百分之一吋，一塊兩吋厚的鋼板也能像這樣輕易地一剖爲二。只要厚度量得準確，就可以把鋼板放在木桌上切割，卻一點都不會傷到桌面。」

他每說一句，就用這個核能鋼剪把鋼板切下一塊，頓時室內滿是鋼板的碎片。

「這是，」他說：「眞正的削鋼如泥。」

他將鋼剪遞還給杜爾。「此外還有鋼刨。你們想不想讓鋼板變薄一點，或者將凹凸不平或銹蝕的地方刨平？請看！」

隨著馬洛的舞動，一片片透明的鋼箔飄落下來。鋼板的表面被刨了六吋寬、八吋寬……十二吋寬。

「想不想要核能鋼鑽？都是應用相同的原理。」

在場人士通通圍了上來。這像是爲了推銷商品而進行的一場魔術或雜耍，而馬洛就是今天的街頭魔術師。領袖用手指撫摸著刨下來的鋼屑。而當馬洛用鋼鑽輕易在一吋厚的鋼板上，打出一個個完美無瑕的圓洞時，高級官員們全都踮起腳尖來看，還不時低聲交換意見。

「現在我準備進行最後一個表演，誰能幫我拿兩根短的鋼管來。」

此時眾人看得如癡如狂，還好總算有某某高官聽到這句話，趕緊依言找來鋼管，卻把兩手弄得滿是油污。

馬洛將兩根鋼管豎起來，用鋼剪將上端都削去一小節，然後讓削開的兩端相對，把兩根鋼管接在一起。

結果兩根鋼管變做了一根！接合處連原子尺度的瑕疵都沒有，根本看不出任何接痕。

馬洛抬起頭望著他的觀衆，正想要說話，喉嚨卻突然哽住，發不出任何聲音。他的胸口感到強烈的悸動，胃部卻發冷而刺痛。

因爲他終於和領袖的貼身保鑣面對面了。在混亂中，他們全都擠到最前排來保護領袖，讓馬洛第一次看清楚他們的隨身武器。

那是核能武器！絕對錯不了。使用火藥的手銃，銃管絕不可能像那個樣子。然而這不是重點，光是這一點還嚇不倒馬洛。

重點是在那些武器的把手上，都有著鍍金的薄片，上面鏤刻著「星艦與太陽」的標誌！

在基地陸續出版的百科全書每一巨冊的封面上，全都蓋著同樣的標誌。而數千年來，這個「星艦與太陽」的標誌，也紋繡在銀河帝國每一面旗幟上。

馬洛心中興起無數的念頭，但他還是勉力鎭定地說：「請試試這根鋼管！簡直就是一根。當然，它還不算完美，因爲我是用手工接合的。」

一切已經結束，不需要再變任何戲法了。馬洛的目的已經達到，他想找的東西已經找到了。現在他腦海中只有一個畫面：一個金球，周圍有著意象式的光芒，上面疊著一艘傾斜的雪茄狀星艦。

那就是帝國的國徽，「星艦與太陽」的標誌！

帝國！這兩個字在馬洛心中不斷迴盪。一個半世紀過去了，帝國仍舊存在於銀河深處。如今它又出現了，勢力再度觸及銀河外緣。

馬洛竟然露出微笑！

9

遠星號已經在太空中飛行了兩天。侯伯．馬洛將卓特上尉叫到自己的寢室來，交給他一個信封、一捲微縮膠片以及一個銀色的小球。

「上尉，一小時後，你就是**遠星號**的代理船長，直到我回來爲止——或是永遠代理下去。」

卓特剛要站起來，馬洛立刻揮手示意他別動。

「別說話，仔細聽著。信封裡是某顆行星的準確座標，你率領**遠星號**飛到那顆行星，在那裡等我兩個月。如果在這兩個月間，基地的人找到你們，那捲微縮膠片就是我給基地的報告。」

「然而，」馬洛的聲音變得有些憂鬱，「假如兩個月後我還沒有回來，而基地的船艦也沒有發現你，就立刻回端點星去，將那個定時信囊交給基地政府，做爲這次任務的報告。明白了嗎？」

「報告船長，明白了。」

「不論在任何時候，你自己或其他船員，都不得將我的報告內容洩漏一絲一毫。」

「報告船長，如果有人問我們呢？」

「就說你們什麼也不知道。」

「報告船長，記住了。」

他們的會談到此結束，五十分鐘之後，一架救生艇便從**遠星號**的腹側輕輕彈開。

10

歐南．巴爾是一位老人，已經老得無所畏懼。自從上次動亂之後，他就獨自一人住在這個偏僻的地方，陪伴著他的，只有他從廢墟中搶救出來的書籍。他從不擔心會失落任何東西，尤其是這條苟延殘喘的老命。所以，他毫無懼色地面對闖進家裡的陌生人。

「您家的門開著。」陌生人解釋道。

他的腔調聽來很陌生，巴爾也注意到他的腰際掛著精鋼製成的隨身武器。在這個相當昏暗的小房間裡，巴爾還看得出陌生人周圍閃耀著力場防護罩的光芒。

巴爾以疲倦的聲音說：「我沒有需要關門的理由。你希望我幫什麼忙嗎？」

「是的。」陌生人繼續站在房間中央，他的體形很高很壯。他又說：「這附近只有您一戶人家。」

「這裡是很偏僻的地方。」巴爾說：「不過東邊有座城鎮，我可以告訴你怎麼走。」

「等會兒吧。我可以坐下來嗎？」

「只要椅子支撐得住你。」老人嚴肅地說。那些家具也都老了，早就該報廢了。

陌生人說：「我名叫侯伯．馬洛，來自一個遙遠的地方。」

巴爾點了點頭，微微一笑。「你的舌頭早就洩露了這個祕密。我是西維納人歐南．巴爾——曾經是帝國的貴族。」

「那麼這裡的確是西維納。我不確定，因爲我只有一些舊星圖做參考。」

「那些星圖一定很舊了，連恆星的位置都不對。」

巴爾一直靜靜坐著，馬洛則將目光轉到一側，好像在想什麼心事。巴爾注意到他周圍的核能力場已經消失，明白這代表馬洛——不論是敵是友——已經不再像剛才那樣提防自己。

巴爾又說：「我的房子很破舊，物資也極為貧乏。如果你嚥得下黑麵包和乾玉米，歡迎你和我分享一切。」

馬洛搖搖頭。「謝謝您，我已經吃飽了。我也不能久留，只想請您指點去政府中樞的方向。」

「雖然我窮得一無所有，但是這個忙對我而言還是很簡單。你指的是這顆行星的首邑，還是本星區的首府？」

馬洛瞇起眼睛。「這兩個地方不同嗎？這裡難道不是西維納？」

老貴族緩緩點了點頭。「這裡是西維納沒錯。但是西維納已經不是諾曼星區的首府，你被那些舊星圖誤導了。星辰也許幾個世紀都不會改變，可是政治疆界卻始終變幻無常。」

「那就太糟了。事實上，簡直是糟透了。新的首府離這裡很遠嗎？」

「在奧夏二號行星上，離此地二十秒差距，你的星圖上應該有。這星圖有多舊了？」

「一百五十年。」

「那麼舊了？」老人嘆了一口氣，「這段時間的歷史非常熱鬧。你可略知一二？」

馬洛緩緩搖了搖頭。

巴爾說：「你很幸運。過去一百多年，這裡經歷一段邪惡的時代，唯有斯達涅爾六世在位時例外，而他崩逝也有五十年了。從那時候開始，就不斷發生叛亂謀反、燒殺擄掠；燒殺擄掠、叛亂謀反。」巴爾擔心自己是不是太囉唆，但是這裡的生活孤單寂寞，這個說話的機會太難得了。

馬洛突然尖聲問道：「燒殺擄掠，啊？聽您的口氣，好像這個星省已經一片荒蕪。」

「也許還沒有那麼嚴重。想要耗盡二十五顆一級行星的資源，得花上很長一段時間。不過，和上個世紀的富庶相比，我們已經走了好長的下坡路——而且，至今沒有任何好轉的跡象。年輕人，你對這一切為何那麼有興趣？看你全身充滿活力，目光也神采奕奕！」

這些話令馬洛幾乎面紅耳赤。老人雖然雙眼失去光采，卻仍然能看透對方的內心，彷彿正在發出會心微笑。

馬洛說：「讓我告訴您吧。我是一名行商，來自——來自銀河的邊緣。我發現了一批舊星圖，來到這裡打算開發新市場。所以一提到荒蕪的地區，我自然就渾身不舒服。在一個沒有錢的世界，我怎麼可能賺到錢呢？西維納這個地方，目前的情況究竟如何？」

老人身體微微向前傾。「我也說不準。也許，還算過得去吧。你說你是一名行商？可是你看起來更像一名戰士。你的手一直緊挨著佩鎗，下顎還有一道疤痕。」

馬洛猛然抬起頭來。「我們那個地方法律不張，打鬥和掛彩都是行商成本的一部分。不過只有在有利可圖的時候，打鬥才算有意義；假如不用動武就能賺到錢，那豈不是更妙。我能否在此地找到值得一戰的財富呢？我想打鬥的機會倒是很容易找。」

「太容易了。」巴爾表示同意。「你可以加入紅星地帶的威斯卡餘黨，不過我不知道，你會管他們的勾當叫打鬥還是打劫。或者你也可以投效我們的現任總督，他很仁慈——在幼年皇帝的默許下，他可以隨意殺人、盡情劫掠，不過那位皇帝當然也被暗殺了。」老貴族瘦削的雙頰轉紅，他將眼睛閉上再張開，目光變得如鷹隼般銳利。

「巴爾貴族，聽來您對總督似乎並不很友善。」馬洛說：「萬一我是他的間諜怎麼辦？」

「你果眞是間諜又如何？」巴爾挖苦道：「你能從我這裡得到什麼？」他用枯瘦的手，指了指殘破而幾乎空無一物的屋子。

「您的性命呢？」

「生命隨時會離我而去，我已經多活了五個年頭。但是你絕非總督的人，否則，也許只是直覺的自保心理，就會讓我閉上嘴巴。」

「您又怎麼知道？」

老人哈哈大笑。「你好像很多疑。我敢打賭，你以為我試圖引誘你誹謗政府。不，不，我早已脫離政治了。」

「脫離政治？人脫離得了政治嗎？您用來形容總督的那些話——是怎麼說的？隨意殺人、盡情劫掠等等，聽來並不客觀，至少不完全客觀，不像是您已經脫離政治。」

老人聳聳肩。「過去的記憶突然浮現，總是令人感到痛苦。聽好！然後你自己判斷！當西維納仍是星區首府的時候，我是一名貴族，並且是星省的議員。我的家族擁有光榮悠久的歷史，曾祖那一輩曾經出過……不，別提了，昔日的光榮如今於事無補。」

「我想您的意思是，」馬洛說：「這裡曾經發生過內戰，或是一場革命？」

巴爾臉色陰沉。「在如今這個人心不古的世代，內戰可說是家常便飯，不過西維納仍能僥倖避免。斯達涅爾六世在位期間，這裡幾乎恢復了昔日的繁榮。但是後繼的皇帝都是懦弱無能之輩，使得總督一個個坐大。而我們上一任的總督——就是剛才提到的那個威斯卡，他仍然率領餘黨盤踞在紅星地帶，時常出沒搶劫路過的商人——當年曾經覬覦帝國的帝位。他並不是第一個具有如此野心的人，即使他當初成功了，也不會是第一個篡位的總督。

「但他最後失敗了。因為當帝國的遠征艦隊兵臨城下之際，西維納人民也開始反抗這位反叛的總督。」說到這裡，他悲傷地停了下來。

馬洛發覺自己緊張得快要從椅子上滑下來，於是慢慢放鬆些。「老貴族，請繼續說下去。」

「謝謝你，」巴爾有氣無力地說：「你眞好，願意讓一個老人開心。他們開始反抗，或者我應該說，是我們開始反抗，因爲我也是領導者之一。結果威斯卡逃離了西維納，只差一點就被我們抓到。然後，我們立刻開放這顆行星，以及整個星省，歡迎遠征艦隊的司令官駕臨，充分表現我們對皇帝陛下的忠心。至於我們爲何這麼做，我自己也不確定，也許我們即使不認同那位皇帝──他是個既殘忍又邪惡的小鬼，仍然想對皇帝這個象徵效忠。不過也有可能，是我們害怕被帝國軍隊攻下。」

「後來呢？」馬洛輕聲追問。

「後來啊，」老人感傷地回答：「我們這麼做，仍然不能讓那位艦隊司令滿意。他此行的目的，就是要立下征服叛亂星省的彪炳戰功，而他的部下都在等著征服之後大肆劫掠戰利品。因此當許多民衆仍然聚集在各大城市中，爲皇帝和司令高聲歡呼之際，那位司令竟然佔領所有的武裝據點，然後下令用核砲對付那些平民。」

「用什麼名義？」

「名義就是他們反抗原來的總督，因爲他仍是欽命的官員。接著，這位司令藉著一個月的屠殺、劫掠和恐怖統治，使他自己成爲新任總督。我原來有六個兒子，其中五個死了──死法各異。我還有一個女兒，我希望她最後也能死去。我自己能安全逃離，只是因爲我太老了。我來到這裡，新總督完全不將我放在心上。」滿頭白髮的他垂下頭來，「但是他們將我的一切全部沒收了，因爲我曾經出力趕走那個叛變的總督，損及了艦隊司令的戰功。」

馬洛坐著默然不語，等了好一陣子，然後才輕聲問：「您的最後一個兒子現在如何？」

「啊？」巴爾露出苦笑，「他很安全，他用化名投到司令麾下，如今是總督私人艦隊的一名砲手。喔，不，我從你眼中看出來了。不，他並不是一個不肖的兒子。他只要有時間就會來看我，並且帶來他能找到的各種物資，我如今是靠他養活的。將來有一天，我們這位偉大而仁慈的總督一命嗚呼，一定就是我兒子下的手。」

「而您將這種事告訴一個陌生人？這樣會危及令公子的性命。」

「不，我是在幫助他，我正在為總督製造一個新的敵人。假使我並非總督的敵人，而是他的朋友，我會勸他在外太空用星艦築成長城，一直佈署到銀河邊緣。」

「你們的外太空沒有星艦巡弋嗎？」

「你看到了嗎？你來的時候，遭到任何警戒艦隊的攔截嗎？由於星艦不足，邊境的星省又為自家的叛變和犯罪問題所困擾，沒有一個星省能分派出星艦來警戒外圍的蠻荒星空。銀河邊緣的殘破世界從來不曾威脅過我們——直到如今，你來了。」

「我？我一點也不危險。」

「你來過之後，就會有更多人陸續來到。」

馬洛緩緩搖了搖頭。「我不確定是否明白您的話。」

「聽好！」老人的聲音突然充滿激動，「你一進來，我就知道你的來歷了。我注意到你的身邊圍繞著力場防護罩，雖然現在沒有了。」

遲疑地沉默了好一會兒，馬洛才說：「是的……我的確有。」

「很好，這就讓你露出馬腳，可是你自己還不曉得。我知道不少事情。在這種衰敗的世代，已經不流行做學者了。各種突如其來的變化，來得急去得也快，不能用手中的核銃保護自己的人，很快就會被潮流吞噬，我就是現成的例子。但我曾經是一名學者，我知道在核能裝置的發展歷史中，從來沒有出現過這種隨身防護罩。我們的確擁有力場防護罩，但是非常龐大，耗用大量的能源，可以保護一座城市，或是一艘星艦，卻無法用在個人身上。」

「啊？」馬洛噘出下唇，「所以您推出什麼結論？」

「在浩淼的太空中流傳著許多故事。這些故事經由各種奇異的管道擴散，每前進一秒差距就會扭曲一次。不過當我年輕的時候，曾經遇到一群異邦人，他們駕駛一艘小型太空船前來。那些人不瞭解我們的風俗習慣，也說不出自己從何處來。他們曾經提到銀河邊緣的魔術師，說那些魔術師能在黑暗中發出光芒，還能徒手在空氣中飛行，而且任何武器也無法損傷他們。

「當時我們忍不住捧腹大笑，我也跟著大家一起笑。我早就忘記這件事，直到今天才想起來。你的確能在黑暗中放光，假使現在我握有核銃，我想也不可能傷到你。告訴我，你是不是隨時能飛起來？」

馬洛鎮定地說：「這些我全都做不到。」

巴爾微微一笑。「我接受你的答案，我不會搜客人的身。不過，如果那些魔術師真的存在，又如果你是其中一份子，那麼他們，或者應該說你們，有朝一日也許會蜂擁而至。這樣可能也有好處，或許我們需要一些新血。」巴爾無聲地喃喃自語了幾句，然後再慢慢說：「但是這也會帶來另一方面的影響。我們的新總督也有一個夢想，正如前總督威斯卡一樣。」

「他也在覬覦帝位？」

巴爾點點頭。「我的兒子聽到許多傳言。他既然在總督身邊，自然不想聽也不可能，而他把聽到的事都告訴我了。我們的新總督打著如意算盤，若能順利取得帝位當然最好，不過他也安排了退路。假如篡位失敗，有人說他打算在蠻荒地區建立一個新的帝國。還有一項傳言，但我不能保證，是說總督已經將他的一個女兒，下嫁給外緣一個不知名小國的君主。」

「如果這些傳言都能採信……」

「我知道，傳言還有很多很多。我老了，喋喋不休地淨說些廢話。但是你的看法如何呢？」老人銳利的目光似乎能透視馬洛的心底。

行商馬洛考慮了一下。「我什麼都說不上來，但是我還想再問一件事。西維納究竟有沒有核能？不，等一等，我知道你們會製造核能用品。我的意思是說，這裡有沒有完好的核能發電機？還是最近的劫掠把它們也摧毀了？」

「摧毀？喔，當然沒有。即使這顆行星有一半被夷為平地，最小的發電廠都還不會受到影響。它們的重要性無可取代，而且是艦隊的動力來源。」他近乎驕傲地說：「從川陀一路算過來，我們這裡的發電廠是最大、最好的。」

「那麼，如果我想看看這些發電機，第一步該怎麼做呢？」

「做什麼都沒用！」巴爾斬釘截鐵地答道。「一旦接近任何軍事據點，你立刻會被擊斃。任何人都不可能，西維納仍舊是個沒有公民權的地方。」

「您的意思是，所有的發電廠都由軍方監管嗎？」

「不一定。有些小規模的市內發電廠就不是，它們負責供應家用照明和暖氣的能源，以及交通工具的動力等等。不過這些發電廠同樣門禁森嚴，由一群『技官』負責管理。」

「那又是什麼人？」

「一群監督和管理發電廠的專業技術人員。這種光榮的職業是世襲的，他們的學徒就是自己的子弟，從小就接受專職訓練，灌輸強烈的責任感、榮譽心等等。除了技官之外，沒有人能進入那些發電廠。」

「我明白了。」

「不過，」巴爾補充道：「我可沒有說每一位技官都是清廉的。過去五十年間，一連換了九個皇帝，其中有七個是遇刺身亡——這種年頭，每艘星艦的艦長都想當上總督，每位總督又都想篡奪帝位，我猜即使是技官也一定能用錢買通。可是這要很多很多錢，我自己一文不名，你呢？」

「錢？我也沒有，難道行賄一定要用錢嗎？」

「在這個金錢萬能的時代，還能有什麼替代品？」

「金錢買不到的東西多著呢。請您告訴我，擁有這種發電廠的城市哪個最近，還有怎樣才能最快到達那裡，我會很感激您的。」

「等一等！」巴爾伸出枯瘦的雙手，「你急什麼？你到這裡來，我可完全沒有盤問你。然而你一旦進了城，城裡的居民仍被駐軍視爲叛徒，任何一名軍人或警衛只要聽出你的口音、看到你的服飾，就會馬上把你攔下。」

老人站起來，從一個老舊櫃子的角落掏出一個小本子。「這是我的護照——僞造的，我就是靠它逃出來的。」

他把護照放到馬洛手上，將馬洛的手指合起來。「照片和資料當然和你不符，不過如果虛晃一下，過關的機會還是很大的。」

「但是您呢，您自己就沒有了。」

老人聳聳肩，顯得毫不在乎。「我要它有什麼用？我再警告你一件事，最好少開尊口。你的腔調很不文雅，用語又很古怪，還不時會吐出驚人的古文。你說得愈少，就愈不容易讓別人懷疑你。現在我來告訴你怎麼去那座城市……」

五分鐘之後，馬洛離開了。

但是不久之後他又回來了，這次只在老貴族的門口逗留片刻。第二天早上，當歐南．巴爾走進小小的庭院時，發現腳下有一個盒子。盒子裡裝的是食物，好像是太空船攜帶的濃縮口糧，不論口味或烹調方式都很陌生。

但是這些食物既營養又好吃，而且能保存很久。

11

這位技官個子矮胖，皮膚閃著一層養尊處優的油光。他的頭髮只剩邊緣的一圈，中間的頭皮泛著粉紅色的光芒。他戴的戒指每一枚都又粗又重，他的衣服還灑了香水。馬洛在這顆行星上已經遇到不少人，目前爲止只有他並未面露饑色。

技官不高興地撇著嘴。「喂，你，快一點。我還有許多非常重要的事有待處理，你像是外地來的……」他似乎在打量馬洛的衣著，那絕非西維納的傳統服飾，而他的眼瞼現出濃厚的懷疑。

「我的確不住在附近，」馬洛鎮定地說：「但是這點並不重要。我感到很榮幸，昨天有機會送你一件小禮物……」

技官翹起鼻子。「我收到了，挺有意思的廉價品，哪一天我或許用得著。」

「我還有許多更有趣的禮物，而且絕對不是廉價品。」

「哦？」技官持續發出這個聲音，沉思了良久。「我想，我已經瞭解你來見我的目的，這種事情以前也發生過。你想要送點什麼給我，比如說一些信用點，或是一件披風，或是二流的珠寶。你們這種沒見識的人，以爲這些東西就能讓一位技官腐化。」他兇巴巴地鼓起嘴，「我也知道你想要交換什麼，以前也有人打過同樣的如意算盤。你希望我們能收容你，希望學習核能裝置的祕密和維修核電廠的技術。你們打這個主意，是因爲你們這些西維納狗子，還因爲當年的叛變而天天受到懲罰——也許你根本就是西維納人，故作異邦人的打扮以求自保。你以爲投靠技官公會，就能享有我們的特權和保護，就逃得掉應受的懲罰嗎？」

馬洛正想說話，技官卻突然提高音量吼道：「現在趕快滾吧，否則我馬上向本城的護民官告發你。你以爲我會辜負所託嗎？在我之前的西維納叛徒也許會——可能會！但是你現在面對的是另一個典型。唉，銀河啊，我怎麼還沒有赤手取你的性命，連我自己也很驚訝。」

馬洛心裡暗笑。技官所說的這番話，無論語調或內容都明顯地矯揉造作。因此他口中義正辭嚴的憤慨，在馬洛耳中卻成了蹩腳的獨白。

馬洛幽默地瞥了瞥那兩隻柔軟無力、卻準備將自己掐死的手掌，然後說：「睿智的閣下，你總共誤會了三件事。第一，我不是總督派來試探你忠誠與否的走狗；第二，我要送你的禮物，即使顯赫如皇帝陛下也一輩子見不到；第三，我要求的回報非常小，微不足道，不費吹灰之力。」

「這可是你說的！」技官的口氣變得充滿譏諷，「好，你到底有什麼奇珍異寶要獻給我？竟然連皇帝陛下也沒有，啊？」他忍不住拚命哈哈大笑。

馬洛站起來，將椅子推到一旁。「睿智的閣下，我足足等了三天才見到你，但是我的展示只需要三秒鐘。我注意到你的手一直放在核銃附近，請拔出來吧——」

「啊？」

「然後勞駕你對準我射擊。」

「什麼？」

「假使我被打死了，你可以告訴警察，說我試圖賄賂你出賣公會的祕密。這樣你不但沒事，還會得到很大的讚賞。假如我沒有死，我就把身上的防護罩送給你。」

直到這時，技官才注意到這位訪客身旁籠罩著一層黯淡的白光，好像被一團珍珠粉末包圍著。於是他舉起核銃，以充滿疑懼的心情瞄準馬洛，然後扣下扳機。

巨大的能量在一瞬間釋放，令周圍的空氣分子立刻受熱燃燒，進而被撕裂成白熱的離子。核銃的能束劃出一條眩目的直線，一端正中馬洛的心臟——隨即迸濺開來！

馬洛耐心的表情沒有絲毫改變。至於被那團黯淡的珍珠般光芒所擋住的能束，則盡數反彈而消失在半空中。

技官手中的核銃突然掉到地上，他卻渾然不覺。

馬洛說：「皇帝陛下有沒有個人力場防護罩？我可以把它送給你。」

技官結結巴巴地說：「你也是一名技官？」

「不是。」

「那麼——那麼你是從哪裡弄來的？」

「你何必管呢？」馬洛的口吻變得輕蔑而不客氣，「你到底想不想要？」桌上突然出現一條細小的鍊子，上面有許多圓形凸起。「就在這裡。」

技官一把將鍊子抓起來，疑神疑鬼地撫摸著。「這是完整的套件嗎？」

「完整。」

「能源在哪裡呢？」

馬洛指著鍊子上最大的圓形凸起，那是個毫不起眼的鉛質容器。

技官抬起頭來，滿臉漲得通紅。「先生，我是一名技官，一名資深技官。我曾經在川陀大學，受業於偉大的布勒教授，而我擔任主管也有二十年的歷史。如果你想用這種下三爛的伎倆騙我，要我相信這麼一個——一個胡桃大小的容器中，他媽的，裡面竟然有一個核能發電機，我在三秒鐘之內，就送你到護民官那裡去。」

「你如果不相信，就自己找出來。我說這是一組完整的套件。」

技官開始將鍊子繫在腰際，臉色逐漸恢復正常。然後他依照馬洛的指示，按下其中一個凸起，全身立刻被一團不太明顯的光輝所籠罩。他拾起核銃，卻猶豫不決。終於，他慢慢地將核銃調到幾乎無害的程度。

然後，他用顫抖的手按下扳機。核銃的光焰噴到他另一隻手上，他卻一點感覺也沒有。

技官猛然轉身。「假如我現在向你射擊，把這個防護罩據爲己有，你又能怎麼辦？」

「試試看啊！」馬洛說：「你以爲我給你的，是我唯一的樣品嗎？」他的四周又泛起一團光芒。

技官心虛地吃吃笑著，並將手中的核銃扔到桌上。「你剛才說的那個微不足道、幾乎不費吹灰之力的回報是什麼？」

「我要看看你們的發電機。」

「你明明曉得這是嚴格禁止的事。搞不好，我們兩個都會被投射到太空去……」

「我並不想碰觸或操作那些機器。我只是想看看——遠遠地看看就行。」

「萬一我不答應呢？」

「萬一你不答應，你還是可以留下防護罩，但我身邊還有其他的玩意。比如說，專門用來射穿那種防護罩的特製核銃。」

「嗯——嗯，」技官的眼珠左右游移，「跟我來吧。」

12

他們離開了技官的家，那是位於發電廠外圍，一幢小型的雙層樓房。而發電廠佔據著這個城市的中心地帶，是一個龐大、方形、沒有任何窗戶的建築物。馬洛尾隨技官穿過一條又一條的地下通道，終於來到靜寂且充滿臭氧氣味的發電室。

其後的十五分鐘，馬洛一言不發地跟著技官到處參觀。他的眼睛沒有遺漏任何一處，手指卻沒有碰觸任何地方。然後，技官壓低聲音說：「你看夠了沒有？這件事，我可信不過我的那些手下。」

「你何時信得過他們了？」馬洛故意諷刺地問道。「我看夠了。」

他們回到技官的辦公室，馬洛又若有所思地問：「所有的發電機都在你的管理下？」

「每一部都歸我管。」技官以分外驕傲的口氣說。

「你負責維護它們正常運轉？」

「沒錯！」

「若是發生故障怎麼辦？」

技官很不高興地搖搖頭。「這些機器不會故障，它們絕不會發生故障，能夠永遠運作下去。」

「永遠可是很長的時間。我只是說假設……」

「假設不可能的情況，是不科學的。」

「好吧，那麼假設我用核銃將某個重要零件轟掉，我想這些機器還抵擋不了核銃吧？又假設我將某個重要的接點燒熔，或是打爆一根石英D型管？」

「哼，這樣的話，」技官怒氣沖沖地吼道：「你會被處決。」

「是的，這我知道。」馬洛也開始咆哮：「但發電機會怎麼樣？你能修理嗎？」

「先生，」技官繼續狂嗥：「你已經得到回報，看到你想看的東西。現在給我滾蛋！我再也不欠你什麼了！」

馬洛嘲弄似地向他一鞠躬，便離開了。

兩天後，馬洛來到**遠星號**停泊之處，準備回到端點星。

與此同時，技官的防護罩失靈了。不論他如何苦思，不論他怎樣咒罵，那種光芒卻再也不曾出現。

13

六個月以來，馬洛幾乎直到今天才鬆懈一下。他躺在新居的太陽室中，一絲不掛地享受著日光浴。他還不時張開兩隻壯碩棕黑的手臂，來回伸著懶腰，結實的肌肉也隨著一收一張。

站在一旁的安可．傑爾將一根雪茄塞進馬洛嘴裡，並為他點上火。然後他自己也含了一根，才對馬洛說：「你一定累壞了，也許應該好好休息一段日子。」

「也許吧，傑爾，但我寧願進市議會去休息。我要取得市議員的席位，而你要幫助我。」

傑爾揚揚眉毛，然後說：「怎麼把我也牽扯進去？」

「這是理所當然的事。第一，你是個經驗老到的政治人物；第二，你曾被喬蘭．瑟特踢出內閣，而那傢伙寧願失去一隻眼睛，也不願意見到我當上市議員。你認為我沒有什麼機會，是嗎？」

「機會不大。」這位前教育部長表示同意。「因為你是司密爾諾人。」

「根據法律，這不成問題，我接受過基地的普通教育。」

「這個，你想想看，根深柢固的成見何時尊重過法律？不過，你們自己人──那個詹姆．杜爾怎麼說？他的看法如何？」

「差不多一年前，他就說要幫我競選市議員。」馬洛流暢地答道：「但我現在的實力已經比他還強，他無論如何幫不了我的忙。這個人沒有什麼深度，專門虛張聲勢──這樣做只會惹人反感。我要贏得漂漂亮亮，所以需要你幫忙。」

「喬蘭．瑟特是這顆行星上最精明的政客，而他必定會跟你唱反調。論智謀，我不敢說能勝過他。還有，別以為他不會使出各種卑鄙狠毒的手段。」

「別忘了我有錢。」

「這倒很有幫助。但是想要消除偏見，需要的可不是一筆小數目──你這醜陋的司密爾諾人。」

「我會砸下很多錢。」

「好吧，我會好好考量一下。不過醜話說在前頭，到時候可別反咬我一口，說是我慫恿你淌這灘渾水的。是誰來了？」

馬洛把嘴角往下扯，然後說：「我想就是喬蘭．瑟特，他來早了，這點我可以理解。我跟他玩捉迷藏，已經足足玩了一個月。聽好，傑爾，你到隔壁房間去，把揚聲器的聲音調低。我要你也聽聽我們的談話。」

馬洛赤腳踢了這位市議員一下，將他趕到隔壁房間。然後他才爬起來，穿上絲質睡袍，並將人工日光調到普通的強度。

市長機要祕書板著臉走進來，表情嚴肅的管家躡手躡腳在他後面將門關上。

馬洛一面繫腰帶，一面說：「瑟特，請隨便坐。」

瑟特勉強咧開嘴角笑了笑。他選了一張很舒服的椅子，可是只坐在椅子邊緣，全身仍然緊繃。他說：「如果你開門見山提出條件，我們就立刻進入正題。」

「什麼條件？」

「你希望慢慢磨嗎？好吧，那我從頭說起，比如說，你在科瑞爾到底做了些什麼？你的報告並不完整。」

「我幾個月前就交給你了，當時你似乎很滿意。」

「是的，」瑟特若有所思地用一根手指搓著額頭，「但是從那時開始，你的一切行動都饒有深義。馬洛，我們對你正在進行的事知道不少。我們知道你正在興建多少座工廠，你爲什麼急著做這件事，還有你總共花了多少錢。而你現在住的這座宮殿——」他環顧四周，卻沒有帶著任何欣賞的目光。「你在這座建築上的花費，是我的年薪許許多多倍。此外，你擺的那些排場——你耗費巨資所擺的排場，是爲了打進基地的上流社會。」

「所以呢？除了證明你雇了許多高明的偵探，這還能說明什麼？」

「這說明你在一年之間，財富暴增了許多。而這個事實又意味著很多可能——比如說，你在科瑞爾的時候，發生了很多我們不知道的事。那些錢你究竟是從哪裡弄來的？」

「親愛的瑟特，你不會眞的指望我告訴你吧。」

「不會。」

「我就知道你不會，所以我偏要告訴你。那些錢，是直接來自科瑞爾領袖的金庫。」

瑟特不禁猛眨眼睛。

馬洛微笑著繼續說：「你一定會很遺憾，那些錢都是完全合法的。我是一名行商長，我和那位領袖做成一筆交易，賣給他一大批飾物，收取鍛鐵和鉻鐵礦作爲代價。根據我和基地簽訂的苛刻契約，利潤的百分之五十歸我所有。等到年底，好公民都要繳所得稅的時候，我會將另外一半繳交政府。」

「在你的報告中，並沒有提到任何的貿易協定。」

「但是也沒有提到那天我的早餐吃了什麼，或是我現在的情婦叫什麼名字，或者其他任何不相干的細節。」馬洛的微笑化作冷嘲，「我被派到那裡去——套一句你自己的話——是要我把眼睛放亮一點，而我保證從未閉起來。你要我去調查失蹤的基地太空商船，我從來沒有聽到或看到什麼。你要我查出科瑞爾有沒有核能，我在報告中已經提到，領袖的貼身保鑣佩有核銃，除此之外我沒有看到其他跡象。據我所知，我看到的核銃是帝國的遺物，也許已經失效了，只是一種裝飾而已。

「前面提到的這些，我都是奉命行事，但是除此之外，我始終保有自由之身。根據基地的法律，行商長可以盡量開發新市場，從中取得一半的利潤。你到底在反對什麼呢？我實在不明白。」

瑟特謹愼地將目光轉移到牆壁上，勉強壓抑著怒意說：「根據一般性的慣例，行商在推展貿易時還要宣教。」

「我遵奉的是法律，而不是慣例。」

「有些時候，慣例的力量超過法律。」

「那你去法院告我好了。」

瑟特揚起深陷在眼窩中的憂鬱眼珠。「你畢竟是司密爾諾人，歸化和教育似乎並不能讓你脫胎換骨。注意聽，並且試著搞清楚。

「這件事和金錢或市場無關，偉大的哈里．謝頓所發揚光大的那門科學，證明了未來的銀河帝國要靠我們來建立，對這項神聖的使命我們義無反顧。而我們所擁有的宗教，是達成這個目標不可或缺的工具。利用這個宗教，當四王國有力量粉碎基地的時候，我們就能令他們臣服。這個宗教是控制其他世界最強而有力的手段，找不到比它更有效的辦法了。

「我們發展貿易和獎勵行商的主要原因，就是爲了能更迅速有效地宣教，以便保證我們輸出的新科技體系，都能在我們徹底而直接的控制之下。」

瑟特停下來緩一口氣，馬洛趁機輕聲說：「我知道這個理論，我完全瞭解。」

「你瞭解嗎？這可出乎我意料之外。那麼，你當然應該明白你所做的事，像是試圖將貿易獨立；大量生產沒有價值、不能動搖經濟體系的小東西；將我們的星際政策交到財神手中；讓核能和控制它的宗教脫離——你的這些行爲，等於全盤否定並終將推翻基地成功實施了一個世紀的政策。」

「也是該推翻的時候了，」馬洛輕描淡寫地說：「因為這個政策已經過時，變得危險又不可行。縱使你的宗教成功控制了四王國，銀河外緣卻鮮有其他世界接受它。當我們取得四王國的控制權時，曾有為數不少的人士流亡到其他世界，銀河在上，誰曉得他們會如何宣傳這段歷史，指控塞佛·哈定利用教士制度和人民的迷信，推翻了君主的地位、剝奪了君主的威權。倘若這還不足以說明，二十年前的『阿斯康事件』是個更明顯的例子。如今，銀河外緣每一位統治者，都寧死也不願意讓基地的教士入境。

「我認為不應該強迫科瑞爾，或是其他任何世界，接受我自己明知道他們不想要的東西。瑟特，這是不對的。如果他們因為擁有核能而變得危險，那麼我們靠貿易關係和他們建立親密邦誼，要比藉由不可靠的宗教宰制他們好得多。因為後者依靠的是外來的神祕力量，無異於一種令人憎恨的霸權，一旦稍微呈現疲弱的趨勢，它就會全面崩潰。最後除了無止盡的畏懼和恨意，其他什麼都不會剩下來。」

瑟特以譏諷的口吻說：「說得非常好。那麼，回到我們原來的題目，你的條件是什麼？你要得到什麼好處，才會放棄自己的觀點而接受我的想法？」

「你以為我會出賣自己的信仰？」

「有何不可？」瑟特冷冷地答道：「你的本行不就是做買賣嗎？」

「只在有利可圖的情況下。」馬洛一點也不動氣，「你難道有什麼辦法，能讓我賺得比現在更多嗎？」

「你可以保留利潤的七成半，而不是如今的五成。」

馬洛乾笑了幾聲。「的確是很優惠的條件。可是依照你的做法，貿易額會降到遠低於我如今的十分之一。你得提出更好的條件。」

「你還能在市議會中獲得一個席位。」

「無論如何我都會當選的，你不幫忙或幫倒忙都一樣。」

瑟特陡然抽動了一下，還捏緊了拳頭。「此外，你還能免除一場牢獄之災。否則，我可以讓你坐二十年的牢。把這項利益也考慮進去。」

「這不算利益，但你能拿什麼罪名威脅我？」

「謀殺罪如何？」

「謀殺什麼人？」馬洛輕蔑地問道。

瑟特的聲音變得尖厲，不過音量並未提高。「謀殺一名為基地工作的安納克里昂教士。」

「真的嗎？你又有什麼證據？」

市長機要祕書將上身向前傾。「馬洛，我不是在虛張聲勢。蒐證工作已經完成，我只要簽署最後一份文件，基地控告行商長侯伯．馬洛的案件就能成立。你曾經遺棄一名基地公民，令他落在異邦暴民手中遭受酷刑至死。馬洛，你只有五秒鐘的時間決定是否妥協。對我個人而言，我倒寧願你不加理會。與其將你變成一名可疑的盟友，不如毀掉你這個敵人來得安全。」

馬洛一本正經地說：「那我讓你如願吧。」

「好極了！」瑟特露出猙獰的笑容，「是市長要我試著和你先禮後兵，而不是我自己的意思。你也看得出來，我並未努力試圖說服你。」

說完，他便轉身開門離去。

安可．傑爾又走進來，馬洛隨即抬起頭。

「他說的話你都聽到了嗎？」馬洛問。

傑爾來回踱步。「自從我認識這條毒蛇以來，從未見過他發這麼大的脾氣。」

「好，你的看法如何？」

「嗯，我來告訴你吧。利用宗教取得支配權的對外政策，是他腦袋中根深柢固的觀念，可是我卻認爲，他最終的目的並不在於宗教。我被趕出內閣，也是因爲駁斥這一點，這就不用我再多說了。」

「不用了。那麼根據你的想法，那些非宗教的目的又是什麼呢？」

傑爾轉趨嚴肅。「嗯，他並不笨，所以一定也看得出我們的宗教政策已經破產。在過去七十年間，這個宗教幾乎沒有幫我們征服過任何世界。他顯然是想利用宗教，達成自己的目的。

「任何宗教，出發點都是訴諸信仰和感情。如果將宗教當成武器，那是很危險的一件事，因爲誰也不敢保證這種武器不會反過來傷到自己。過去一百年來，我們所發展的這些儀典和神話，已經變得愈來愈神聖、愈來愈傳統——而且愈來愈深植人心。就某方面而言，它已經不在我們的控制之下。」

「這怎麼說呢？」馬洛追問。「別停下來，我想知道你的想法。」

「嗯，假設有一個人，一個野心勃勃的人，想要利用宗教來對付我們，而不是幫助我們。」

「你是指瑟特……」

「你猜對了，我說的就是他。聽好，老兄，如果他能假借正統之名，動員基地所屬諸行星上各級神職人員反抗基地，我們是否應付得了？他讓自己成爲那些虔誠信徒的領袖，就能發動一場戰爭來聲討異教徒，例如以你作爲代表，而最後他就有可能稱王。總之，正如哈定說的：『核銃是很好的武器，可惜無法分辨敵我。』」

馬洛使勁一拍赤裸的大腿。「好吧，傑爾，把我送進市議會，我再好好跟他鬥。」

傑爾好一會兒不作聲，然後若有深意地說：「也許不行了。他剛才說一名教士被人以私刑處決，這究竟是怎麼回事？不可能是眞的吧？」

「可以說是眞的。」馬洛毫不在意地回答。

傑爾吹了一聲口哨。「他有眞憑實據嗎？」

「他應該有。」馬洛猶豫了一下，然後補充道：「詹姆．杜爾從頭到尾都在爲他工作，不過他倆都不知道我早已察覺。那件事情，杜爾就是現場目擊者。」

傑爾搖搖頭。「喔，這就糟糕了。」

「糟糕？有什麼好糟糕的？根據基地的法律，那教士去那顆行星是非法的行爲，他顯然是被科瑞爾政府拿來當作誘餌，不論他是否出於自願。基於常識，我別無選擇，只能採取一種行動——而這個行動是百分之百合法的。假如他眞要控告我，只會在衆人面前丟人現眼。」

傑爾再度搖了搖頭。「不對，馬洛，你忽略了一點。我告訴過你，什麼卑鄙手段他都使得出來。他並不是要將你定罪，他也知道沒辦法做到。但是他眞正的企圖，是要破壞你在群衆心目中的地位。你聽到他剛才說的，有些時候，慣例的力量超過法律。你自然可以大搖大擺走出法庭，但是如果讓群衆知道，你將一名教士丟給野蠻的暴民，那你的聲望就泡湯了。

「群衆會承認你所做的完全合法，甚至是合理的。但是在他們心目中，你卻變成一個懦弱的傢伙、一個沒有感情的野獸、一個鐵石心腸的怪物。這樣你就永遠不可能選得上市議員。更糟的是，他們還能用公民投票的方式取消你的公民權，這樣你的行商長資格也會丟了。你記得吧，你不是基地土生土長的。想想看，這樣能不能讓瑟特滿意？」

馬洛緊緊皺著眉。「原來如此！」

「小老弟，」傑爾說：「我會站在你這邊，但恐怕我幫不了什麼忙。你已是他們的頭號眼中釘——必除之而後快。」

14

行商長馬洛的公審進行到第四天，市議廳可說是名符其實的「爆滿」。唯一缺席的一名市議員是因爲頭骨挫傷臥病在床，爲此他還一直長吁短嘆。旁聽席上則擠滿群衆，連走道與近屋頂處都擠得水洩不通。這些民衆都是藉著過人的影響力、財力、體力或耐力，才有幸進入旁聽的。其他民衆則擠在外面的廣場上，在每個三維電視幕周圍形成一群群的人潮。

安可．傑爾靠著警方的幫助，費了九牛二虎之力鑽進市議廳。然後他又努力穿過裡面幾乎同樣擁擠的人群，才終於來到馬洛的座位旁。

馬洛轉過頭，鬆了一口氣。「謝頓保佑，你總算及時趕到。東西帶來了嗎？」

「在這裡，拿去。」傑爾說：「正是你要的東西。」

「太好了，外面情形如何？」

「他們簡直瘋狂透頂了，」傑爾不安地挪動著，「你根本不該答應接受公審，你本來可以阻止他們的。」

「我並不想這麼做。」

「有人提到要對你動私刑。而曼里歐在其他行星的手下……」

「傑爾，我正想問你這件事。他想要煽動教士階級對付我，是嗎？」

「是嗎？保證那是你所見過最厲害的詭計。他一方面以外長的身分，用星際法起訴這件案子；另一方面，他又以首席教長和靈殿主持的身分，挑起狂熱信徒們的……」

「好了，別管這些。還記不記得上個月你對我引述的哈定警語？我們會讓他們明白，核銃其實可以瞄準任何一方。」

此時市長準備就坐，議員們都起立致意。

馬洛壓低聲音說：「今天輪到我表演了，你坐在這裡等著看好戲吧。」

當天的程序隨即展開，十五分鐘後，侯伯．馬洛穿過發出輕聲咒罵的人群，走到市長席前面的空位。一束燈光立時聚焦在他身上，於是在市內各個公共電視幕，以及端點星每個家庭的私人電視幕，都能看到一個魁梧的身形正不屈不撓地凝視前方。

他開始以平靜溫和的語氣說：「爲了節省時間，我承認檢方對我所指控的每一點。他們所陳述的有關教士和暴民的故事，所有的細節也都是千眞萬確的。」

議場中立刻起了一陣騷動，旁聽席上則爆出得意的吼叫。馬洛耐心地等待衆人靜下來。

「然而，他們所展現的記錄並不完整，我請求允許我用自己的方式提供完整的版本。我要敘述的故事，乍聽之下似乎和本案無關，請各位多多包涵。」

馬洛並未翻看面前的筆記本，就繼續說下去：

「檢方的陳述是從我和喬蘭．瑟特以及詹姆．杜爾會面的那天開始，我也準備從那裡講起。這兩次會面的詳細經過，各位都已經知道了。證人們已經描述過那些對話，我沒有任何需要補充的──只想補充一些我個人的想法。

「我的想法是感到疑惑，因爲那天發生的事十分古怪。請各位想想看，兩位先生和我都只是點頭之交，卻在同一天對我提出極其古怪、甚至有點不可思議的提議。首先，市長的機要祕書請求我，要我爲政府從事極機密的情報工作，至於這項工作的性質和重要性，之前已經解釋得很清楚了。隨後，那位自封的政黨領袖，又鼓勵我去競選市議員。

「我當然分析過他們的眞正動機。瑟特的動機似乎很明顯，他根本不信任我，也許他以爲我在把核能賣給敵人，並且想要謀反。他這麼做，可能是想逼我露出馬腳，或者他自以爲如此。這樣的話，他就需要在我替他執行任務之際，在我身邊安插一個自己人，做爲他的眼線。然而最後這一點，我是後來才想到的，那就是詹姆．杜爾出場的時候。

「請各位再想想：杜爾以一位轉入政界的退休行商身分出現，我卻完全不清楚他的行商生涯，偏偏我對這一行所知甚詳。此外，雖然杜爾總愛誇耀他受的是普通教育，他卻從未聽過『謝頓危機』。」

侯伯．馬洛停了下來，好讓言外之意滲入每個人的思緒。旁聽席上人人屏氣凝神，這是馬洛發言以來全場第一次鴉雀無聲。不過只有端點星上的居民，才能聽到他所說的最後幾句話。其他行星上的電視幕只能接收到經過剪接、適合宗教尺度的版本。那些世界的居民都不會聽到謝頓危機，但是他們並不會錯過後面的精采表演。

馬洛繼續說下去：

「在座各位有誰敢說，一個受過普通教育的人，竟然會不曉得什麼是謝頓危機？在基地，只有一種教育完全避免提到謝頓所規劃的歷史，只是將他描述爲接近神話的傳奇人物。

「我當時就立刻明白，詹姆・杜爾根本沒有做過行商。我也想到他一定是神職人員，也許還是一位合格的教士。所以這三年來，他假裝領導一個由行商組成的政黨，無疑是另有目的。因爲打從一開始，他就被喬蘭・瑟特收買了。

「這個時候，我像是在黑暗中摸索。我不知道瑟特對我有什麼圖謀，但既然他似乎是在跟我故弄玄虛，我也決定禮尙往來。我的想法是，杜爾應該會設法與我同行，替喬蘭・瑟特暗中監視我。反之，假如杜爾沒有如此要求，我知道一定還會有別的詭計——可是我一時可能無法識破。曝光的敵人其實不危險，我就主動邀請杜爾同行，而他一口就答應了。

「各位議員先生，這解釋了兩件事。第一，它說明了杜爾並不是我的朋友，他出庭作證，並非像檢方要各位相信的那樣，是出於良知才勉強站出來。他其實是一名間諜，收錢之後奉命行事。第二點，它解釋了當那名教士——就是檢方指控我所謀殺的那個人——首度出現的時候，我自己的一些行動。這些行動目前尙未提及，因爲檢方並不知道。」

此時議場內又傳來一陣竊竊私語。馬洛誇張地清了清喉嚨，再繼續說下去：

「聽說有個逃難的傳教士上了太空船，我的心情十分複雜。我不想描述那種感覺，甚至不希望再去回憶。簡單地說，我心中充滿狐疑。起初我以爲這是瑟特玩的把戲，可是這一招並不在我的算計和瞭解之內。這令我感到茫然——完全不知所措。

「我至少還能做一件事。我故意將杜爾支開五分鐘，叫他幫我把軍官都找來。當他離開後，我趁機在隱密處架設起視訊記錄器，以便無論發生什麼事，都能記錄下來以供日後研究。雖然沒有把握，我卻抱著很大的希望，希望當時令我困惑不解的情況，事後會有可能眞相大白。

「這段視訊記錄我總共看過五十遍。現在我把它帶來了，準備在各位面前再放映一遍。」

這時議場內出現陣陣騷動，旁聽席上則響起嘈雜的吆喝，市長只好使勁一下一下敲著議事槌。端點星上的五百萬戶家庭，全都擠在自家的電視幕前激動不已。喬蘭．瑟特坐在檢察席上，向緊張兮兮的首席教長冷靜地搖搖頭，後者充滿憤怒的目光則緊盯在馬洛臉上。

市議廳的中央部分已清理出來，燈光也已經調暗。安可．傑爾坐在左方的座椅上負責調整放映裝置，「卡答」一聲之後，就映出一個彩色的、三維的全像景象，所有的一切都栩栩如生。

景象中包括那名傳教士，他站在中尉與中士之間，顯得神情惶惑，身上還有不少傷痕。馬洛的影像則在沉默地等待著，然後軍官魚貫而入，而杜爾是最後一位。

全像景象中的人物開始一句一句說話。馬洛先把中士訓誡一頓，然後再詢問傳教士。接著外面出現大批暴民，他們的吼聲也都聽得見，裘德．帕爾瑪教士開始尖聲苦苦哀求。然後馬洛拔出核銃。傳教士被拖走的時候，他舉起手臂瘋狂地詛咒眾人，而附近有一點光芒一閃即逝。

景象到此告一段落。軍官們目瞪口呆的身形在那一刻凝結，杜爾雙手緊緊摀住耳朵，馬洛則冷靜地收起核銃。

市議廳重新大放光明，剛才出現在中央的全像景象立時消失無蹤。馬洛——真的馬洛——又繼續開始他的陳述：

「各位看得出來，這件事的經過和檢方描述的完全一樣——但只是表面上如此。我很快就會再加以說明。順便提一下，詹姆．杜爾從頭到尾的情緒化反應，明白顯示他曾經受過教士養成教育。

「當天稍後，我曾向杜爾指出這個突發事件的不合理之處。我問他，我們停在這個幾乎荒蕪的空曠地帶，那名傳教士是怎麼找上這艘太空船的？我還問他，既然稍具規模的城鎮離此地至少有一百哩，大批的暴民又是從哪裡來的？檢方卻完全沒有注意到這方面的問題。

「此外還有其他的疑點，比如說，裘德．帕爾瑪爲什麼穿著那麼顯眼而華麗的法衣？他冒著生命的危險，干犯基地和科瑞爾雙方的法律，偷偷跑到科瑞爾傳教，卻穿著新穎又極其顯眼的法衣到處招搖。這裡頭絕對有問題。當時，我曾懷疑他是在不知不覺間被科瑞爾領袖利用，迫使我們在慌亂中做出違法的侵略行爲。這樣一來，他立刻就有藉口，馬上就能合法地摧毀我們的船艦和人員。

「檢方就是期待我會對我的行動這樣答辯。他們希望我會辯稱，由於我的太空船、我的手下，以及我的任務都遭到威脅，我不能爲一個人而犧牲一切。因爲不論我們是否保護那名傳教士，他都是死定了。而檢方又聲稱，唯有維護基地的『光榮』與『尊嚴』，才有可能保持基地既有的霸權。

「然而，由於某種不明的原因，檢方忽略了裘德．帕爾瑪的背景——他的個人背景。他們沒有詳細說明他的個人資料，例如出生地、所受的教育，或是過去的經歷。其中眞正的原因，正好能解釋我剛才指出的視訊記錄中的疑點。這兩者之間是有關聯的。

「檢方沒有進一步提出裘德．帕爾瑪的個人資料，是因爲他們根本做不到。各位剛才所看到的視訊記錄，內容好像大有問題，那是因爲裘德．帕爾瑪這個人大有問題。其實，根本就沒有裘德．帕爾瑪這號人物。這場審判是根據子虛烏有的事件捏造的，本身就是一場最大的鬧劇。」

馬洛又得停下來，等待喧嘩聲漸漸消失。然後他再慢慢說：

「讓我將一幅靜止的視訊記錄放大，給各位看清楚，眞相就會大白。傑爾，燈光再熄掉。」

市議廳再度暗下來，中央又憑空出現許多朦朧蒼白的靜止身形。**遠星號**上的軍官都擺出固定不動的姿勢，馬洛粗壯的手握著一把核銃。裘德．帕爾瑪教士站在馬洛左方，正尖叫到一半，他的十指朝天，袖子滑下半截。

這位傳教士手背上有個亮點，顯然就是剛才那道一閃即逝的光芒，如今被凍結成固定的光點。

「請各位注意看他手背上的亮點，」馬洛在暗處叫道：「傑爾，將這一部分放大！」

於是那部分開始迅速膨脹。傳教士的身形逐漸變成一個巨人，並且向中央移動，其他的全像景象則逐漸消失。很快就只剩下一隻巨大的手臂，到最後則只有一隻手。這隻巨手佔滿整個空間，由朦朧而緊繃的光線所組成。

原先那個亮點，此時變成一組模糊而閃爍的字母：KSP。

「各位，」馬洛的聲音震耳欲聾，「那是一種特殊的刺青。它在普通光線之下是隱形的，但在紫外線照射下，它就會變得鮮明而顯著。而我為了拍攝這個視訊記錄，剛好開啓了那個房間的紫外線。這種祕密身分的識別法雖然十分原始，但是在科瑞爾還行得通，因為那裡並非到處都有紫外線燈。即使在我們的太空船上，這個發現也純粹要靠運氣。

「也許有人已經猜到KSP代表什麼。袞德．帕爾瑪對於教士的用語相當熟悉，他的演技也非常高明。至於他是如何，又是從哪裡學來這一套的，這我也不清楚，重要的是KSP代表『科瑞爾祕密警察』。」

馬洛繼續用力吼著，試圖掩蓋全場嘈雜的噪音。「我這裡還有從科瑞爾帶回來的文件，能夠作為輔助證物。若有需要，我可以呈給議會參考。

「現在，檢方公訴的這件案子究竟有什麼意義？他們一而再、再而三地大聲疾呼，認為我應該不顧任何法律，為那名傳教士而戰；應該為了基地的『光榮』而犧牲我的任務、我的船艦，甚至我自己！

「可是值得為一個騙子那麼做嗎？

「那名科瑞爾祕密警察，也許是從安納克里昂的流亡者那裡借到法衣，並學會那些傳教士用語，當時我應該爲他而戰嗎？喬蘭．瑟特和帕布利斯．曼里歐兩人，希望我掉進這麼一個愚蠢而卑鄙的陷阱……」

馬洛嘶啞的聲音被群衆雜亂的吼叫聲所掩蓋。他被許多人扛在肩膀上，抬到了市長席。由大廳的窗戶，他能看到外面廣場上聚集了數千名群衆，而瘋狂的人潮仍然不斷地繼續湧進廣場。

馬洛四下張望，想要尋找傑爾，但是在這種極度混亂的場面中，他不可能看清楚任何一個人。而在嘈雜的喧嘩中，他漸漸聽到一種規律的吼叫聲。這聲音不斷重複，由小而大，最後變成瘋狂的吶喊：

「馬洛萬歲——馬洛萬歲——馬洛萬歲——」

15

安可．傑爾看來形容憔悴，他無精打采地向馬洛眨眨眼。過去兩天他始終處於亢奮狀態，一直沒有闔過眼。

「馬洛，你做了一場精采的表演，但是千萬要見好就收。你說要競選市長，該不是認眞的吧？群衆的熱情的確是一股很大的力量，卻也是出了名的反覆無常。」

「一點都不錯！」馬洛繃著臉說：「所以我們一定要盡力維持，而最好的辦法，就是把這齣戲唱下去。」

「現在該做什麼呢？」

「現在你該想辦法，將曼里歐和瑟特下獄……」

「什麼！」

「你沒有聽錯，現在就去叫市長逮捕他們兩人！我不在乎你用什麼威脅手段。群衆控制在我手上——至少今天如此，市長絕對不敢跟群衆唱反調。」

「可是老兄，用什麼罪名呢？」

「就挑最明顯的一項，他們煽動其他世界的教士介入基地的黨爭。謝頓在上，那可是不法的舉動。你就告發他們犯了『危害國家安全』之罪。他們控告我是另有所謀，我同樣不在乎他們會不會被定罪。只要讓他們暫時無法行動，直到我當選市長就行了。」

「可是，離選舉還有半年啊。」

「不久了！」馬洛站起來，使勁抓住傑爾的手臂。「聽好，假如眞有必要，我會以武力奪取政權——就像塞佛．哈定一百年前那樣。另一個謝頓危機已經逼近，當危機來到時，我一定要成爲市長兼首席教長。缺一不可！」

傑爾皺起眉頭，輕聲問道：「會有什麼事發生？難道跟科瑞爾有關？」

馬洛點點頭。「當然。他們終究會對基地宣戰，不過我在賭他們還會再等兩年。」

「他們會用核武星艦嗎？」

「你想呢？我們有三艘太空商船在他們的星區失蹤，不可能是被氣鎗擊毀的。傑爾，科瑞爾直接從帝國取得星艦。別把嘴巴張那麼大，像個傻瓜一樣。沒錯，我說的就是那個銀河帝國！你知道嗎，它還存在。雖然銀河外緣不再是帝國的勢力範圍，可是在銀河的核心區域，帝國依然十分鞏固。我們只要走錯一步，帝國就可能直接打過來。所以我必須成爲市長兼首席教長，只有我才知道如何應付這次的危機。」

傑爾硬邦邦地吞了一下口水。「怎麼應付？你準備怎麼做？」

「什麼都不做。」

傑爾露出疑惑的笑容。「真的！就是這樣！」

但是馬洛回答得斬釘截鐵。「等到我能夠替基地當家做主，我什麼都不要做，百分之百地無爲而治，這正是度過這次危機的祕訣。」

16

阿斯培・艾哥，萬民擁戴的科瑞爾共和國領袖，正皺起稀疏的眉毛，露出卑微的表情迎接他的夫人。在這個國家，他自封的名號至少對一個人不適用，這點連他自己都很明白。

她說：「我親愛的主公，我知道，你終於對基地那些暴發戶的命運有所決定。」她的聲音與她的頭髮一般光潤，與她的眼睛一樣冷冽。

「是嗎？」領袖不悅地說：「你的消息可眞靈通，你究竟還知道些什麼？」

「夠多了，我尊貴無比的夫君。你如往常一樣優柔寡斷，又找了那些顧問官，開了一次諮商會議。眞是了不起的顧問。」她以輕蔑至極的口吻說：「一群口歪眼斜的白癡，把一點蠅頭小利緊緊抱在皮包骨的懷裡，竟然不怕令我父親震怒。」

「親愛的，」領袖故意以溫和的口氣回應，「到底是誰那麼有本事，讓你變得無所不知、無所不曉？」

領袖夫人乾笑了一聲。「假如我告訴你是誰，他自己的小命就保不住了。」

「好吧，你總是有你的辦法。」領袖聳聳肩，別過頭去。「至於會令你父親不高興，我倒十分害怕，怕他因此小氣得不再提供星艦。」

「你還要星艦！」她激動得拚命吼道：「你不是已經有五艘了嗎？別否認，我知道你已經有五艘，他還允諾要再給你一艘。」

「他去年就一直這麼說。」

「但是任何一艘——只要一艘——就能將基地轟成一團碎石子。只要一艘！一艘，就能把他們的侏儒船艦一掃而光。」

「即使我有一打星艦，也不能去攻擊他們的行星。」

「但是如果他們的貿易被摧毀，所有那些玩具、那些破爛都被毀掉，他們的世界還能再撐多久？」

「那些玩具和破爛都可以換錢，」他嘆了一口氣，「很多很多的錢。」

「可是如果你拿下基地，不就能擁有那裡的一切嗎？而你若能贏得我父親的敬重和感激，難道不會得到比整個基地更多的東西嗎？已經三年了——其實還不止——自從那個蠻子來這裡表演魔術，到現在已經很久很久了。」

「親愛的！」領袖又轉過身來面對著她，「我年紀愈來愈大，身體愈來愈虛弱，沒有精力忍受你的喋喋不休。你說知道我已經有了決定，好吧，我的確決定了。科瑞爾和基地的關係已經結束，兩國馬上就要開戰。」

「好！」領袖夫人眉開眼笑，神情振奮。「你活了這麼一大把年紀，如今總算開竅了。一旦你成為一方之主，在帝國中就能取得重要的一席之地，會受到充分的敬重。而我們就有可能離開這個蠻荒世界，到總督府去謀個職位。我們眞的做得到。」

她翩然離去，臉上帶著微笑，一手叉著腰，黑髮顯得熠熠生光。

領袖靜待她走遠，才關上門破口大罵，聲音充滿惡毒與恨意。「當我眞的成爲你所謂的一方之主，就一定能得到足夠的敬重，不需要再忍受你父親的傲慢自大，還有他女兒的伶牙俐齒。完全——不必！」

17

黑暗星雲號的一位上尉，正萬分恐懼地盯著顯像板。

「我的銀河啊！」這本來應該是一聲狂嘯，但他卻是壓低聲音說的。「那是什麼東西？」

那是一艘星際戰艦，但是**黑暗星雲號**與之相比，簡直就像小蝦米對大鯨魚。在那艘巨型星艦的兩側，還能看到帝國的國徽「星艦與太陽」。**黑暗星雲號**的每一個警報器，都發出瘋狂的嗚嗚。

命令很快下達，**黑暗星雲號**能逃就逃，逃不掉就奮力應戰。與此同時，它的超波通訊室射出一束超波訊息，經由超空間向基地奔去。

這道訊息一再重複！雖然也有求救的成分，但主要還是在向基地示警。

18

侯伯·馬洛一面不耐煩地踱步，一面翻閱手中許多份報告。當了兩年市長，他變得比較能待在室內，比較溫和圓滑，也比較有耐心。然而，他卻始終沒有培養出對政府公文的興趣，一看到這些官樣文章就頭痛。

傑爾問：「我們損失多少艘星艦？」

「四艘困在地面，兩艘目前下落不明，其餘的據報都還平安。」馬洛喃喃道。「我們應該做得更好，但這只不過是一點輕傷。」

沒有聽到對方答話，馬洛抬起頭來。「你在擔心什麼事嗎？」

「我希望瑟特會過來。」傑爾幾乎是答非所問。

「喔，對啊，我們可以讓他再爲我們上一堂內政課。」

「不，不要。」傑爾吼道：「馬洛，但是你也太固執了。對外事務你事必躬親，鉅細靡遺，可是對於母星上發生的事，你卻從來沒有關心過。」

「嗯，那是你的差事吧？我任命你當教育兼宣傳部長是幹什麼的？」

「照你這種合作態度，你的這項任命顯然是想讓我早日慘死。去年一整年，我在你耳邊不停嘮叨，提醒你注意瑟特和他的基本教義派，他們變得愈來愈危險的。如果瑟特強行要求舉行特別投票將你罷免，你的因應對策是什麼？」

「我承認，根本沒有對策。」

「而你昨晚的演說，等於是把這個選舉恭敬地交到瑟特手上。你有必要做得那麼直率嗎？」

「我這樣做是要讓他無法先聲奪人，你看不出來嗎？」

「不行，」傑爾激動地說：「你這樣做沒有用。你宣稱預見了一切，卻從未解釋爲何在過去三年間，你對科瑞爾實施的貿易政策讓他們佔盡便宜。你對這場戰爭的唯一戰略，就是不戰而退。你放棄了科瑞爾附近星區每一個貿易機會；你公開宣佈戰爭進入膠著狀態；你從未承諾要主動出擊，甚至將來也沒有這種計畫。銀河啊，馬洛，你要我怎麼收拾殘局？」

「這樣做不夠吸引人嗎？」

「缺乏吸引群眾情緒的魅力。」

「指的是同一件事。」

「馬洛，醒醒吧。你現在只有兩條路，一是立刻公佈一個強勢的對外政策，姑且不論你私下如何盤算；另一條路，就是和瑟特達成某種程度的妥協。」

馬洛回答說：「好吧，算我做不到第一點，讓我們試試第二個辦法吧。瑟特也剛好到了。」

自從兩年前那場審判結束後，瑟特與馬洛就沒有再碰過面。今天再度相遇，彼此察覺不出對方有任何改變，只是這次會面的微妙氣氛，讓人很清楚地感到情勢早已主客易位。

瑟特沒有跟馬洛握手，直接坐下來。

馬洛遞給他一根雪茄，然後說：「不介意傑爾也留下吧？他十分渴望達成妥協。萬一我倆過於激動，他還可以做個調人。」

瑟特聳聳肩。「你的確很需要一個妥協方案。上次我曾經要求你提出自己的條件，我想如今情勢剛好相反。」

「你想得很正確。」

「那麼以下就是我的條件。你必須放棄那些愚蠢幼稚的對外政策，諸如經濟賄賂、小型器具的貿易等，回歸父老所制定並通過考驗的傳統政策。」

「你是說以宣教手段征服其他世界？」

「正是如此。」

「否則就沒有妥協的餘地？」

「絕對沒有。」

「嗯——嗯，」馬洛以極緩慢的動作點著雪茄，吸了一口，雪茄頭立刻發出紅光。「在哈定的時代，靠宣教來征服其他世界是個嶄新且激進的手段，像你們這種人全都反對。如今，這個政策通過了考驗，進而被神聖化——像你瑟特這樣的人，就認為它每一方面都是好的。可是，請告訴我，你如何讓我們脫出目前的困境？」

「是你目前的困境，和我完全沒有關係。」

「就照你的意思修正這個問題吧。」

「我們需要以強大的力量主動出擊。你似乎對目前的膠著狀態很滿意，其實它有致命的危險。這樣等於我們對外緣的所有世界示弱，然而在銀河外緣這個星際叢林，最重要的生存之道就是展現實力。否則其他世界都會像禿鷹一樣攻擊我們，每個世界都希望能分一杯羹。你應該明白這點。你來自司密爾諾，對不對？」

馬洛卻故意忽略最後一句話的言外之意，他說：「即使你能擊敗科瑞爾，又要如何對付帝國？那才是我們眞正的敵人。」

瑟特的嘴角用力扯出一絲笑容。「喔，不，你在訪問西維納的報告上寫得很完整。諾曼星區的總督在外緣製造糾紛，純粹是為了個人的考量，但這只是枝節問題。當他周圍有五十個虎視眈眈的強鄰，又要籌劃如何叛變帝國的時候，他絕對不會貿然派遣遠征軍到銀河的邊緣。這些都是摘錄自你的報告。」

「喔，瑟特，你錯了。如果他覺得我們強大到足以構成威脅，他就可能那麼做。假使我們以主力做正面攻擊，一舉擊潰科瑞爾，就會令他有這種感受。我們必須更迂迴、更微妙才行。」

「比如說——」

馬洛上身靠向椅背。「瑟特，我會給你機會。我不需要你，但能讓你派上用場。所以我會告訴你一切的來龍去脈，然後由你自己決定是否和我合作，成為聯合內閣的一員；不然你也可以扮演烈士，在監牢裡度過餘生。」

「以前你也用過這一套。」

「瑟特，當時我並沒有盡全力；適當的時機才剛剛來臨。現在聽好。」馬洛瞇起雙眼。

「那次我奉命到科瑞爾去，」馬洛開始說：「我拿一些飾品和器具賄賂那位領袖，那些都是貨艙中最普通的東西。我的本意，只是想藉此獲得進入煉鋼廠的機會。除此之外我並沒有進一步的計畫。但一切進行得很順利，我看到了想看的東西。可是，直到我去帝國的一角探訪過之後，才終於想到如何利用貿易做為一種武器。

「瑟特，目前我們正面臨另一個謝頓危機。而謝頓危機絕不能靠個人來解決，必須仰賴歷史的力量才行。當哈里．謝頓為我們規劃未來的歷史軌跡時，並未考慮到什麼英雄豪傑，他寄望的是經濟和社會的歷史巨流。所以每一個不同的危機，都有不同的解決之道，端視當時我們手中有什麼力量。

「而這一次——是貿易！」

瑟特狐疑地揚起眉毛，趁著馬洛停頓的機會插嘴道：「我希望不是自己過於低能，但是你的演說實在有點含混不清。」

「你很快就會清楚的。」馬洛答道。「想想看，直到目前為止，貿易的力量始終被人低估。過去，大家都以為必須有個受我們控制的教士階級，才能使貿易成為威力強大的武器。事實卻不然，這個發現可說是我的貢獻。沒有教士的貿易！純粹的貿易！它本身就威力無窮。讓我們來討論一個很簡單而特定的例子。科瑞爾現在和我們交戰，因此雙方的貿易完全中斷。然而——請注意，我把這個情況簡化成一項個案來討論——在過去三年間，科瑞爾的經濟體系變得愈來愈仰賴核能科技，而這些科技都是我們引進的，也只有我們能提供維修服務。現在我們來假設一下，當那些微型核能發電機停擺了，而各種小器具也一個接一個失效時，究竟會發生些什麼事？

「首先發生問題的是小型的家用核能裝置。經過半年你所謂的膠著狀態之後，主婦的核能削刀就失靈了。核能烤爐、洗衣機也停擺了。在炎熱的夏天，溫濕度調節器也罷工了。這會導致什麼結果？」

馬洛停下來等待對方回答。瑟特以平靜的口吻說：「什麼都不會。戰爭期間，人民會表現出充分的韌性和耐力。」

「說得很對。人民在戰時會共體時艱，還會將自己的子弟一個個送去從軍，忍心讓他們慘死在擊毀的星艦中。他們不會屈服於敵人的空襲轟炸，即使必須躲藏在半哩深的掩體中，靠發霉的麵包和餿水度日。話又說回來，假如沒有什麼迫在眉睫的危險，人民的愛國心就不會激發出來，小小的問題就會令人難以忍受。這會釀成一種膠著狀態。沒有任何的死傷、沒有空襲，也沒有眞正的戰爭。

「會發生的變化，只是刀子再也切不動食物、爐子再也不能烹飪，而到了冬天，房間裡就冷得要死。面對種種不便，人民勢必發出怨言。」

瑟特以懷疑的口氣慢慢說：「老兄啊，這就是你所抱的希望嗎？你究竟在指望什麼？家庭主婦革命？農民暴動？賣肉和賣食品的小販突然叛亂，拿著他們切肉和切麵包的刀子，走上街頭高喊：『還我自動超淨核能洗衣機！』」

「不，瑟特兄。」馬洛用不耐煩的口吻說：「我不是指這些。然而，我眞正期待的，是這種普遍不滿的情緒，會漸漸傳染給更具影響力的人士。」

「誰又是更具影響力的人士？」

「例如科瑞爾境內的製造業者、工廠廠主、實業家等等。等到這種膠著狀態持續兩年，工廠裡的機器就會一個接一個停擺。那些經過我們利用核能裝置徹頭徹尾改良過的工業，將在短期之內全部癱瘓。而重工業的大老闆，會發現他們的機器一下子全部變成廢鐵。」

「馬洛，在你去那裡之前，他們的工廠也營運得很好。」

「沒錯，瑟特，當時的確如此——不過利潤大約只有現在的十二分之一。即使忽略掉轉換回非核能體系的成本，仍將是十二倍的衰退。當實業家、資本家，還有大多數的人民都對領袖極度不滿時，那位領袖還能做多久？」

「他要再做多久都行，只要他能想到向帝國索取新的核能發電機。」

馬洛開心地哈哈大笑。「瑟特，你搞錯了，錯得和領袖本人一樣嚴重。你將所有的事都弄擰了，完全搞不清楚狀況。請注意，老兄，帝國幫不上任何忙。因爲帝國一直是個龐然大物，擁有幾乎無窮無盡的資源。他們所考慮的每一個問題，都是以行星、星系、星區爲單位；他們所製造的發電機也龐大無比，因爲他們習慣了這樣的思考模式。

「然而我們——我們，我們這個小小的基地，我們這個沒有金屬資源的單一世界——必須建立完全不同的體系。我們的發電機只有拇指大小，因爲我們只有那麼一點金屬。我們不得不發展新的科技和新的方法——而這些都是帝國望塵莫及的，因爲帝國整體的創造力已經消退，無法做出任何重大的科技進展。

「他們雖然有巨大的核能防護罩，足以保護一艘星艦、一座城市，甚至整個世界，卻無論如何造不出個人用的防護罩。爲了供給一座城市的光和熱，他們使用六層樓高的發電機——我親眼看到過——而我們的卻能放在這個房間裡。當我告訴一位帝國訓練出的核能專家，說發電機能裝進一個胡桃大小的鉛盒中，他幾乎氣得當場窒息。

「沒錯，他們自己也不再瞭解那些龐大的怪物。一代又一代，所有的機器都全自動運作，連維修人員也是世襲的特權階級。即使只是一根D型管燒壞了，那些人同樣束手無策。

「這一場戰爭，其實是兩種不同體系之戰。基地體系對抗帝國體系，毫微體系對抗巨型體系。帝國控制一個世界的辦法，是提供巨型星艦做爲賄賂，它們是戰場上的利器，卻對國計民生沒有任何意義。而我們剛好相反，我們專門以小玩意收買人心，這些東西在戰場上當然沒用，卻是經濟繁榮、工商發展所不可或缺的。

「對國王或領袖而言，他們會寧願選擇星艦，甚至因而發動戰爭。在歷史上，每一個獨裁專制的統治者，都會以人民的福祉換取他們心目中的光榮和勝利。可是和廣大民衆有切身關係的，仍然只是那些小東西——因此兩三年內，經濟蕭條會橫掃科瑞爾共和國，而阿斯培·艾哥將無法再撐下去。」

瑟特此時來到窗前，背對著馬洛與傑爾。現在已經是黃昏時分，在這個銀河邊緣的上空，有幾顆星星吃力地眨著眼睛。在這些星光背後，則是朦朧的透鏡狀銀河主體，帝國的殘軀仍然蟄居其中，依舊勢力強大，與基地隱隱遙相對峙。

瑟特說：「不，不該由你擔任這個角色。」

「你不相信我？」

「我的意思是我不信任你，你是個油嘴滑舌的傢伙。當初我派你去科瑞爾，以爲將一切安排得天衣無縫，到頭來還是被你耍了。在公審時，我以爲你已是甕中之鱉，你仍然有辦法脫困，還利用群眾的力量謀得市長的位子。你一點也不坦誠，你的每一項動機都另有用意，你的每一句話都有三重涵意。

「假如你是叛徒，假如你去帝國時被金錢和權力收買了，你目前也正好會採取這些行動。你會把敵人養肥了再開戰，你會迫使基地坐以待斃。你對每件事都會提出花言巧語的解釋，每個人都會被你唬住。」

「你的意思是，沒有妥協的餘地了？」馬洛溫和地問。

「我的意思是你必須下台，不論是辭職還是被趕走。」

「不跟我合作的唯一下場，我剛才已經警告過你。」

瑟特突然萬分激動，滿臉漲得通紅。「司密爾諾來的侯伯．馬洛，我也警告你，如果你逮捕我，就等於自掘墳墓。我的人立刻會到處宣揚你的底細，基地民眾則會團結起來反抗你這個外來統治者。我們對基地的命運有一種自覺，絕非你們司密爾諾人所能瞭解——這種自覺足以將你摧毀。」

侯伯．馬洛對走進來的兩名警衛輕聲道：「把他帶走，他被捕了。」

瑟特說：「這是你最後的機會。」

馬洛並沒有抬起頭來，只是自顧自將雪茄捻熄。

五分鐘之後，傑爾才憂心忡忡、有氣無力地說：「好了，你已經製造了一名烈士，接下來怎麼辦？」

馬洛這才停止撥弄煙灰缸，抬起頭來。「這不是我所認識的瑟特，他簡直像一頭被刺瞎的蠻牛。銀河啊，他可眞恨我呢。」

「這會使得他更危險。」

「更危險？胡說八道！他已經完全失去判斷力。」

傑爾繃著臉說：「馬洛，你過度自信了。你忽略了群衆造反的可能性。」

馬洛抬起頭，也繃起了臉。「傑爾，我只說一次，絕對不可能有群衆造反。」

「你實在太過自信！」

「我是對謝頓危機，以及解決之道的歷史合理性——內在和外在皆然——具有充分的信心。有些事我剛才並沒有告訴瑟特。他試圖仿照他控制其他世界的方法，用宗教的力量控制基地本身，結果失敗了——這就明確表示在謝頓計畫中，宗教已經功成身退。

「經濟的力量卻完全不同。套用塞佛．哈定著名的警語，它對敵我雙方一視同仁。假如科瑞爾由於和我們貿易而變得繁榮，我們自己的經濟也會一併受惠。反之，假如因爲和我們貿易中斷而使科瑞爾的工廠倒閉，其他世界又因爲貿易孤立而蕭條，我們的工廠同樣會關門，基地也會因而陷入不景氣。

「如今所有的工廠、貿易中心、運輸航線等等，無一不在我的管轄之下，倘若瑟特試圖進行革命宣傳，我絕對不能縮頭不管。假使他的宣傳手段成功了，哪怕只是看來似乎會成功，我保證會讓這裡的繁榮毀掉。反之如果他失敗了，繁榮就能繼續保持下去，因爲我的工廠能提供許多人就業機會。

「我既然相信科瑞爾的人民會爲了追求繁榮而爆發革命，基於同樣的理由，我相信我們的人民絕不想把繁榮毀掉。這齣戲的結局大致就是這個樣子。」

「照你這麼說，」傑爾道：「你正在建立一種財閥政治。你要把我們這裡變成行商和商業王侯的樂園。這樣下去，將來會變成什麼局面？」

馬洛揚起板著的臉孔，厲聲吼道：「未來關我什麼事？謝頓必定早已預見，也早就準備好錦囊妙計。當金錢的力量像如今的宗教一樣過氣時，自然還會有其他的危機出現。我已經解決了當前的難題，再有新的問題，就留給那些繼任者吧。」

科瑞爾：……因此，經過三年有史以來實戰最少的戰爭，科瑞爾共和國終於無條件投降。侯伯・馬洛因此成爲繼哈里・謝頓與塞佛・哈定之後，基地人民心目中的第三位英雄。

——《銀河百科全書》

（全書完）

154-160FE　Encyclopedia

中英名詞對照表

〔A〕

acolyte 助理教士
Acting Captain 代理船長
Action Party=Actionist Party 行動黨
admiral 艦隊司令（官）
Admiralty 艦隊總部
Advocate 檢察長
air lock 氣閘
air tube 空氣甬道
airport 飛航站
Alpha Centauri 南門二｛恆星｝
Anacreon 安納克里昂｛四王國之一｝
Ankor Jael 安可·傑爾｛基地前後兩任教育部長｝
anode screen 陽極屏｛電子學名詞｝
Anselm haut Rodric 安瑟姆·浩·若綴克｛安納克里昂特使｝
Arcturus sector 大角星區
Argolid 艾哥里德｛地名｝
Askone 阿斯康｛星系｝
Asper Argo 阿斯培·艾哥｛柯瑞爾共和國領袖｝
atom blast=nuclear blast 核銃｛隨身武器｝、核砲｛星艦武器｝
atomic power 核能、核動力
aura 靈光

〔B〕

barbarian 蠻子
baron 男爵
battle cruiser=cruiser（星際）巡弋艦
bauxite 鐵鋁氧石
blaster 手銃、核銃
Bler 布勒｛川陀大學教授｝
Blue Drift 藍移區
Board of Navigation 宇航局
Board of Trade 貿易局
Board of Trustees（百科全書委員會之下的）理事會
Book of the Spirit《聖靈全書》
Bor Alurin 玻爾·艾魯雲｛心理學家｝
buzz saw 圓鋸
buzzer 蜂鳴器

〔C〕

calculator pad 電算（筆記）板
captain of the guard 衛士長
chancellor 總理大臣
Charter 憲章
charter 特許狀
chromite 鉻鐵礦
chronometer 精密計時器
City Council 市議會
City Hall 市政廳
Cleon I 克里昂一世｛銀河帝國皇帝｝
colony 自治殖民市
commander 指揮官
Commdor 領袖
Commdora 領袖夫人
Commission of Public Safety 公共安全委員會
computoclock 電腦鐘
control panel 控制台
Convention 公約

co-ordinator　導航官
corridor　迴廊
Council Chamber　市議廳
councilor　顧問官
credit　信用點
Cyclopedia Square　全書廣場
Cygnus　天鵝座｛天文學名詞｝

〔D〕
debarkation　登陸室
distortion-bounded　高傳真
Divarts　狄伐特氏
Dokor Walto　都卡・渥圖｛行動黨黨員｝

〔E〕
Elder　元老
Emperor　皇帝、皇帝陛下
empirical psychology　經驗心理學
Encyclopedia Foundation Number One　百科全書第一號基地
Encyclopedia Galactica　銀河百科全書
engine　發動機
Entun dynasty　恩騰皇朝
Eskel Gorov　艾斯克・哥羅夫｛冒牌行商，基地間諜｝
ether-beam　乙太波束
eyepiece　接目鏡

〔F〕
Field Distorter　電磁場扭曲器
field-differentiation　場微分
flagship　旗艦
food irradiation chamber　輻射烹飪爐
force-field　力場
force-field defense=force shield　力場防護罩
Foreign Secretary　外長
Foundation　基地
Foundation Convention　基地公約
Foundational Era=F.E.　基地紀元
Four Kingdoms　四王國

〔G〕
Gaal Dornick　蓋爾・多尼克｛年輕數學家｝
Galactic center　銀河核心
Galactic Empire　銀河帝國
Galactic Era　銀河紀元
Galactic Paradise　銀河樂園
Galactic spiral　銀河旋臂｛天文學名詞｝
Galactic Spirit　銀河聖靈
Gamma Andromeda　仙女座三號
gaseous nebula　氣體星雲｛天文學名詞｝
general communications room　總通訊室
Gleen　葛林｛考古學家｝
Glyptal　葛里普特｛星系｝
Grand Master　大公
gravitic repulsion　反重力
ground car　地面車
Grun　葛朗｛遠星號成員｝
Guild　公會

〔H〕
hand-blaster 手銃、核銃
hanger　船庫
Hari Seldon　哈里・謝頓｛基地之父｝
Helicon　赫利肯｛行星｝
high priest　教長
Hober Marlow　侯伯・馬洛｛基地首位商業王侯｝
holographic scene　全像景象
Holy Food　聖糧

holy man 聖者
Holy Planet 神聖行星
hyperatomic motor 超核能發動機
hyper-space 超空間
hyper-video 超波電視
hyperwarp 超曲速
hyperwave relay 超波中繼器
hyperwave room 超波通訊室
hyperwave=ultrawave 超波

〔I〕
Imperial Library 帝國圖書館
imperial navy 皇家艦隊
incinerator chute=incinerator shaft 焚化槽
independent variable 獨立變數
inhabited planet 住人行星
interdict 教禁

〔J〕
Jaim Orsy 傑姆・歐西｛行動黨黨員｝
Jaim Twer 詹姆・杜爾｛冒牌黨魁｝
Jan Smite 簡・史邁｛波利・維瑞索夫的化名｝
Jawdun（正確拼法為Jardun）久當｛考古學家｝
Jerril 傑瑞爾｛公共安全委員會特務｝
Jorane Sutt 喬蘭・瑟特｛市長機要祕書｝
Jord Fara 裘德・法拉｛百科全書理事｝
Jord Parma 裘德・帕爾瑪｛冒牌教士，柯瑞爾祕密警察｝
Jump 躍遷

〔K〕
kinetic theory 氣體運動論｛物理名詞｝
king 國王
kingdom 王國
Konom 高努姆｛四王國之一｝
Kwomwill（正確拼法為Kromwill）克羅姆威爾｛考古學家｝

〔L〕
Lameth 拉瑪斯｛考古學家｝
lay education（非宗教式）普通教育
Lefkin 雷夫金｛攝政王溫尼斯之子｝
Lem Tarki 蘭姆・塔基｛行動黨黨員｝
Lepold 列普德｛安納克里昂國王｝
Les Gorm 戈姆｛行商｝
Levi Norast 李維・諾拉斯特｛行動黨黨員｝
Lewis Bort 路易斯・玻特｛行動黨黨員｝
Lewis Pirenne 路易・皮翰納｛百科全書理事會主席｝
Licia 莉西雅｛柯瑞爾共和國領袖夫人｝
Lieutenant Tinter 汀特中尉｛遠星號成員｝
light year 光年｛天文距離單位｝
Limmar Ponyets 利瑪・彭耶慈｛行商｝
Linge Chen 凌吉・陳｛公共安全委員會主任委員｝
Locris wine 盧奎斯酒
Lord Dorwin 道爾文大人｛銀河帝國總理大臣｝
Loris 洛瑞斯｛四王國之一｝
Lors Avakim 樓斯・艾法金｛律師｝
luminescence 冷光
Lundin Crast 盧定・克瑞斯特｛百科全書理事｝

〔M〕
Malignant Spirit 邪靈
Master of the Temple 靈殿主持

master trader 行商長
meltdown 爐心融解｛核能工程名詞｝
microfilm 微縮膠片
microfilm-recorder 微縮影片記錄儀
millennium 仟年
missionary 傳教士
mob psychology 群眾心理學
Muller Holk 穆勒・侯克｛邏輯學家｝
muon stream 緲子流

〔N〕
navy 艦隊
Normannic Sector 諾曼星區
nuclear blaster 核銃
nuclear drill 核能鋼鑽
nuclear motor 核能發動機
nuclear power 核能
nuclear shear 核能鋼剪
nucleics 核能裝置
nucleo-bulb 核燈泡
Nyakbird 巨鳥

〔O〕
Obijasi 歐必賈西｛考古學家｝
observation tower 觀景塔
Onum Barr 歐南・巴爾｛西維納的流亡老貴族｝
Origin Question 起源問題
Orsha II 奧夏二號｛行星｝
Outer Dominions 銀河外圍
Outlander 異邦人

〔P〕
parsec 秒差距｛天文距離單位｝
passenger liner 定期太空客船
Periphery 銀河外緣
personal capsule 隨身囊
Personal Capsule 私人信囊
Pherl 法爾｛阿斯康顧問官｝
plane 鋼刨
pleasure craft 旅遊飛船
Pluema 普洛瑪｛地名｝
plutonium 鈽（元素）
Poly Verisof 波利・維瑞索夫｛教長，基地大使｝
power generator=generator 發電機
power station=power plant 發電廠
powerhouse 發電室
prefect（1）星郡；（2）提督
Prefect of Anacreon 安納克里昂星郡
Prefect of Smyrno 司密爾諾星郡
priest 教士
priest-attendant 隨軍教士
Primate of the Church 首席教長
private ‘visor 私人電視幕
projector 投影機
Protector 護民官
province（1）星省；（2）地區、區域
Province of Anacreon 安納克里昂星省
provincial senate 星省的議員
Psychohistorian 心理史學家
Psychohistory 心理史學
public ‘visor 公共電視幕
Publis Manlio 帕布利斯・曼里歐｛基地外長兼首席教長｝
Purveyor of the Holy Food 聖糧供給者

〔Q〕
Q-beam Q能束
quadrant 象限｛數學名詞｝

〔R〕
railing 欄條｛電梯中的設備｝
Randel 藍達｛阿斯康顧問官｝
receiver 收訊器
recording 錄像｛謝頓的全像錄影｝
Red Corridor 紅廊區
Red Stars 紅星地帶
region 星域
Republic of Korell 柯瑞爾共和國
Reverend Father 師父
reverend=revered one 上師
robe 法衣
Royal Governor 皇家總督

〔S〕
Salvor Hardin 塞佛・哈定｛基地首任市長｝
Santanni 聖塔尼｛行星｝
Second Empire 第二帝國
secretary 部長、機要祕書
sector（星）區
Sef Sermak 賽夫・瑟麥克｛市議員，行動黨黨魁｝
Seldon crisis 謝頓危機
Seldon Project 謝頓計畫
Seldon's First Theorem 謝頓第一定理
Senior Lieutenant Drawt 卓特上尉｛遠星號成員｝
Sergeant Demen 第門中士｛遠星號成員｝
set-transformation 集合變換
shield 防護罩
Sirius sector 天狼星區
Sirius sector 天狼星｛恆星｝
Siwenna 西維納｛帝國的星省之一｝
Smyrno 司密爾諾｛四王國之一｝
socio-operation 社會運算
Sol 金烏｛太陽的同義詞｝
spaceport 太空航站
spacer 太空族｛出自艾西莫夫「機器人系列」｝
spaceship=ship 星艦｛有武裝｝、星船｛無武裝｝
spacewagon 太空貨船
space-yacht 太空遊艇
speaker 揚聲器
speedster（高速）空中飛車
Spirit（聖）靈｛銀河聖靈的簡稱｝
Spiritual Power 形而上的力量
sport cruiser 高速太空遊艇
spy beam 間諜波束
Stannell VI 斯達涅爾六世｛銀河帝國皇帝｝
static field 靜電場
stellar system（恆）星系
sub-ether 次乙太
Sun Room 太陽室
sunside 日照面
Sunwards 向陽高原
surface rocks 表殼岩石
symbolic logic 符號邏輯
Synnax 辛納克斯｛行星｝

〔T〕
taxi 計程飛車
tech-man 技官
telemessage 長距離通訊
teleport 遙傳
televisor='visor 視訊電話
temperature-humidity control 溫溼度調節器
Temple 靈殿
Temple of Health 健康靈殿
Temporal Power 形而下的力量

Tender of the Soul 靈魂守護者
Terminus 端點星
Terminus City 端點市
Terminus City Journal 端點市日報
the prosecution 檢方
Theo Aporat 泰歐·艾波拉特｛教士｝
theological school=seminary 靈學院
thermodynamics 熱力學
Thessalek(ian) 第沙雷克｛地名｝
three-dimensional newscast 三維新聞幕
Time Capsule 定時信囊
Time Vault 時光穹窿
Tomaz Sutt 湯瑪茲·瑟特｛百科全書理事｝
trade ship 太空商船
trader 行商
Trader's Convention 行商大會
trajectorian 彈道官
transmuter 轉化裝置
Trantor 川陀
Tribe 部族
trimensional star-map 三維星圖
trimensional 'visor 三維電視幕

〔U〕
ultraviolet light=UV light 紫外線
ultrawave set 超波接收站
ultrawave set 超波通訊器
University of Trantor 川陀大學
Upshur 烏普舒｛遠星號成員｝

〔V〕
Vault 穹窿
Vega 織女星｛恆星｝
Viceregal Palace 總督官邸
viceroy 總督
viewport 眺望窗
View-room 觀景室
visicaster 新聞幕
visiplate 顯像板
Visual Record 視訊記錄
Visual Record receiver 視訊記錄器
vocal 通話儀

〔W〕
warship 戰艦
Whassallian Rift 瓦沙爾裂隙
Wienis 溫尼斯｛安納克里昂攝政王｝
wilds of Samia 沙米亞草原
Wiscard 威斯卡｛西維納前任總督｝

〔Y〕
Yate Fulham 葉特·富漢｛百科全書理事｝
Yohan Lee 約翰·李｛哈定的得力助手｝
your reverence 上師
Your Wisdom 睿智的閣下

〔Z〕
Zeonian 宙昂人

【附錄】

艾西莫夫傳奇

葉李華

以撒・艾西莫夫（Isaac Asimov, 1920-1992）是科幻文壇的超級大師，也是舉世聞名的全能通俗作家。他與克拉克（Arthur Clarke, 1917-2008）及海萊因（Robert Heinlein, 1907-1988）鼎足而立，同爲廿世紀最頂尖的西方科幻小說家。除此之外，在許多讀者心目中，他還是一位永恆的科學推廣者、理性主義的代言人，以及未來世界的哲學家。

* * *

艾西莫夫是家中長子，一九二〇年一月二日生於白俄羅斯的彼得維奇（Petrovichi），三歲時隨父母移民美國，定居紐約市。雖然父母都是猶太人，他卻始終不能算是猶太教徒，後來更成爲徹底的無神論者。

艾西莫夫聰明絕頂、博學強記，未滿十六歲便完成高中學業，十九歲畢業於哥倫比亞大學，二十一歲獲得哥大化學碩士學位。但由於攻讀博士期間投筆從戎四年，直到一九四八年才獲得哥大化學博士學位。次年他成爲波士頓大學醫學院生化科講師，並於一九五五年升任副教授。可是三年後由於太過熱衷寫作，他不得不辭去教職，成爲一位專業作家，但爭取到保留副教授頭銜，並於一九七九年晉升爲教授。

艾西莫夫與科幻結緣甚早，九歲時在父親開的雜貨店發現科幻雜誌，便迷上這種獨具一格的文體，進而立志要成為科幻作家。年方十九，他寫的第三篇科幻小說〈灶神星受困記〉（Marooned off Vesta）便首次印成鉛字，刊登於著名的科幻雜誌《驚異故事》（Amazing Stories）。一九四一年，也就是他拿到碩士學位那年，在美國科幻教父坎柏（John W. Campbell Jr, 1910-1971）的啓發與鼓勵下，他寫出自己的成名作〈夜歸〉（Nightfall），發表於坎柏主編的《震撼科幻小說》（Astounding Science-Fiction），立時在科幻圈聲名大噪，成為美國科幻界的明日之星。他經營一生的兩大科幻系列「機器人」與「基地」都開始得很早，第一篇機器人故事〈小機〉（Robbie）是一九三九年五月的作品，而「基地」系列的首篇則完成於一九四一年九月初。

除了科幻之外，艾西莫夫也寫過幾本推理小說，不過非文學類作品寫得更多。他一生撰寫加上編纂的書籍近五百本，甚至逝世後還陸續有新書出版，難能可貴的是始終質量並重（不過毋庸諱言，有些文章與短篇曾重複收錄）。他之所以如此多產，除了天分過人、過目不忘之外，更因為他熱愛寫作，將寫作視為快樂的泉源、生命中最重要的一件事。他是個非常勤奮的作家，每天除了吃喝拉撒，以及必要的社交活動，可以從早寫到晚；就連住院時，只要病情稍一穩定，也會趕緊在病床上拿起筆來。他不喜歡旅行，也沒有其他嗜好，最大的樂趣就是窩在家中寫個不停。

一九四〇與五〇年代，艾西莫夫的作品以科幻為主，科幻代表作泰半在這段時期完成，例如

「基地」三部曲、「銀河帝國」三部曲，以及「機器人」系列的《我，機器人》、《鋼穴》與《裸陽》。一九五七年十月，前蘇聯發射世界第一枚人造衛星「旅伴一號」（Sputnik 1），美國上上下下大感震撼，艾西莫夫遂決心致力科學知識的推廣。因此在一九六〇與七〇年代，他的寫作重心轉移到各類科普文章及書籍，從天文、數學、物理、化學、地球科學到生命科學，幾乎涵蓋自然科學所有的領域。其中最具代表性的，或許是下面這本數度增修、數度更名的科學百科全書：

《智者的科學指南》The Intelligent Man's Guide to Science（1960）
《智者的科學新指南》The New Intelligent Man's Guide to Science（1965）
《艾西莫夫科學指南》Asimov's Guide to Science（1972）
《艾西莫夫科學新指南》Asimov's New Guide to Science（1984）

許多人都會寫科普文章，卻鮮有能像艾西莫夫寫得那麼平易近人、風趣幽默而又不拖泥帶水。在美國乃至整個英語世界，「艾氏科普」在科學推廣上一向扮演著重要的角色。長久以來，艾西莫夫一直是科學界與一般人之間的橋樑——生硬深奧的科學理論從這頭走過去，深入淺出的科普知識從另一頭走出來。

艾西莫夫博學多聞，一生不曾放過任何寫作題材。據說有史以來，只有他這位作家寫遍「杜威十進分類法」：○○○「總類」、一○○「哲學類」、二○○「宗教類」、三○○「社會科學類」、四○○「語文」、五○○「自然科學類」、六○○「科技」、七○○「藝術」、八○○「文學」、九○○「地理」。無論上天下海、古往今來的任何主題，他都一律下筆萬言、洋洋灑灑。自有人類以來，從來沒有第二個人，曾就這麼多題材寫過這麼多本書。後世子孫將很難相信，在「前網路時代」（prenet era），地球上出現過這樣一位血肉之軀的百科全書。

博古通今的艾西莫夫寫起文章總是旁徵博引，以宏觀的角度做全面性觀照。他最喜歡根據歷史發展的脈絡，指出人類未來的正確走向。而在艾西莫夫眼中，理性是人類最基本也是最後的憑藉，人類的進步史就是一部理性發達史。因此任何反理性的言論，都是他口誅筆伐的對象；任何反智的人物，從高級神棍到低級政客，都逃不過他尖酸卻不刻薄的修理。

艾西莫夫雖然未曾標榜自己是未來學家，卻對各個層面的未來都極爲關切。大至未來的太空殖民，小至未來可能的收藏品，都是他津津樂道的題目。他的科技預言一向經得起時間考驗，令人懷疑他簡直是個自由穿梭時光的旅人。例如他在一九八○年寫過一篇〈全球化電腦圖書館〉，我們只要讀上幾段，便會赫然發現主題正是十五年後的「全球資訊網」。而他在發表於一九八八年的〈化學工程的未來〉這篇文章中，則已經討論到當今最熱門的生物科技。

＊　＊　＊

艾西莫夫著作適身，但不論他自己或是全世界的讀者，衷心摯愛的仍是他的科幻小說。身爲科幻作家的他，生前曾贏得五次雨果獎與三次星雲獎，兩者皆是科幻界的最高榮譽。

一九六三年雨果獎：《奇幻與科幻雜誌》（Magazine of Fantasy and Science Fiction）上的科學專欄榮獲特別獎

一九六六年雨果獎：「基地系列」榮獲歷年最佳系列小說獎

一九七三年雨果獎：《諸神自身》榮獲最佳長篇小說獎

一九七三年星雲獎：《諸神自身》榮獲最佳長篇小說獎

一九七七年雨果獎：〈雙百人〉（The Bicentennial Man）榮獲最佳中篇小說獎

一九七七年星雲獎：〈雙百人〉榮獲最佳中篇小說獎

一九八三年雨果獎：《基地邊緣》榮獲最佳長篇小說獎

一九八七年星雲獎：因終身成就榮獲科幻大師獎（嚴格說來並非屬於星雲獎，而是與星雲獎共同頒贈的獨立獎項）

除了科幻創作，他也寫科幻評論、編纂過百餘本科幻選集，並協助出版科幻刊物。以他的大名爲號召的《艾西莫夫科幻雜誌》（Isaac Asimov's Science Fiction Magazine），是美國當今數一數二的科幻文學重鎮。

艾西莫夫晚年健康甚差，到最後根本寫不了長篇小說。聰明的出版商遂突發奇想，建議他選出最心愛的科幻中短篇當作骨架，與另一位美國科幻名家席維伯格（Robert Silverberg, 1935-）協力，擴充成有血有肉的長篇科幻小說。艾氏非常喜歡這個構想，於是不久之後，他的三篇最愛〈夜歸〉（1941）、〈醜小孩〉（The Ugly Little Boy, 1958）與〈雙百人〉（1976），先後脫胎換骨爲三本精采萬分的科幻長篇《夜幕低垂》、《醜小孩》與《正子人》。好在有這樣的合作，艾西莫夫的科幻創作方能延續到生命的盡頭，而這正是他自己最大的心願——他生前常說最希望能死於任上，在打字機前嚥下最後一口氣。

【點滴拾遺】

☆名嘴：艾西莫夫很早就到處「現身說法」，但一向不準備講稿，總是以即席演講贏得滿堂喝采。

☆婚姻：艾西莫夫結過兩次婚，顯然第二次婚姻較爲美滿。他的第二任妻子珍娜（Janet Asimov）本是一位精神科醫師，在夫婿大力協助下，退休後成爲一名相當成功的作家。

☆懼高症：艾西莫夫筆下的人物經常遨遊太空，他本人卻患有懼高症，一九四六年後便從未搭過飛機。

☆短篇最愛：其實艾西莫夫自己最滿意的科幻短篇是〈最後的問題〉（The Last Question, 1956），他笑說自己只用了短短數千字，便涵蓋宇宙兆年的演化史。或許由於這篇小說稍嫌深奧，因此始終未曾改寫成長篇。

☆死於任上：艾西莫夫曾將這個心願寫在〈速度的故事〉（Speed）一文中。這篇短文是他爲《艾西莫夫科幻雜誌》撰寫的最後一篇「編者的話」，刊登於該雜誌一九九二年六月號。

【網站資料】

艾西莫夫首頁：http://www.asimovonline.com/

艾西莫夫FAQ：http://www.asimovonline.com/asimov_FAQ.html

艾西莫夫著作目錄（依類別）：http://www.asimovonline.com/oldsite/asimov_catalogue.html

艾西莫夫著作目錄（依時序）：http://www.asimovonline.com/oldsite/asimov_titles.html

【譯者簡介】

葉李華

一九六二年生，台灣大學電機系畢業，加州大學柏克萊分校理論物理博士，致力推廣中文科幻與通俗科學二十餘年，相關著作與譯作數十冊。自一九九〇年起，即透過各種管道譯介、導讀及講授艾西莫夫作品，被譽為「艾西莫夫在中文世界的代言人」。

國家圖書館出版品預行編目資料

基地／以撒．艾西莫夫（Isaac Asimov）著；葉李華譯 .-- 初版 .-- 台北市：奇幻基地出版；家庭傳媒城邦分公司發行；2004（民 93）
面： 公分 .--（謎幻之城：5）
ISBN 978-986-7576-46-0（平裝）

874.57 93018886

ISBN 978-986-7576-46-0
EAN 4717702114565
Printed in Taiwan.

城邦讀書花園
www.cite.com.tw

謎幻之城 005C

基地（艾西莫夫百年誕辰紀念典藏精裝版）

原 著 書 名／ Foundation
作　　　者／以撒．艾西莫夫（Isaac Asimov）
譯　　　者／葉李華
責 任 編 輯／張世國
發　行　人／何飛鵬
總　編　輯／王雪莉
業 務 經 理／李振東
行 銷 企 劃／陳姿億
資深版權專員／許儀盈
版權行政暨數位業務專員／陳玉鈴
法 律 顧 問／元禾法律事務所　王子文律師
出版／奇幻基地出版
城邦文化事業股份有限公司
台北市 104 民生東路二段 141 號 8 樓
電話：(02)25007008　傳眞：(02)25027676
網址：www.ffoundation.com.tw
e-mail：ffoundation@cite.com.tw
發行／英屬蓋曼群島商家庭傳媒股份有限公司城邦分公司
台北市 104 民生東路二段 141 號 11 樓
書虫客服服務專線：(02)25007718．(02)25007719
24 小時傳眞服務：(02)25170999．(02)25001991
服務時間：週一至週五 09:30-12:00．13:30-17:00
郵撥帳號：19863813　戶名：書虫股份有限公司
讀者服務信箱 E-mail：service@readingclub.com.tw
歡迎光臨城邦讀書花園 網址：www.cite.com.tw
香港發行所／城邦（香港）出版集團有限公司
香港灣仔駱克道 193 號東超商業中心 1 樓
電話：(852) 2508-6231 傳眞：(852) 2578-9337
馬新發行所／城邦（馬新）出版集團
【Cite(M)Sdn. Bhd.(458372U)】
11, Jalan 30D/146, Desa Tasik,
Sungai Besi, 57000 Kuala Lumpur, Malaysia.
電話： (603) 90578822　傳眞：(603) 90576622

封面設計／宇陞工作室
排　　版／極翔企業有限公司
印　　刷／高典印刷有限公司
■ 2004 年（民 93）12 月 6 日初版一刷
■ 2023 年（民 112）6 月 6 日三版 4 刷

售價／ 380 元

廣　告　回　函
北區郵政管理登記證
台北廣字第000791號
郵資已付，免貼郵票

104台北市民生東路二段141號11樓

英屬蓋曼群島商家庭傳媒股份有限公司城邦分公司 收

請沿虛線對摺，謝謝

每個人都有一本奇幻文學的啓蒙書

奇幻基地官網：http://www.ffoundation.com.tw
奇幻基地粉絲團：http://www.facebook.com/ffoundation

書號：1HS005C　　書名：基地（艾西莫夫百年誕辰紀念典藏精裝版）

奇幻基地 20 週年 · 幻魂不滅，淬鍊傳奇

集點好禮瘋狂送，開書即有獎！購書禮金、6 個月免費新書大放送！

活動期間，購買奇幻基地作品，剪下回函卡右下角點數，
集滿兩點以上，寄回本公司即可兌換獎品&參加抽獎！
參加辦法與集點兌換說明：
活動時間：2021 年 3 月起至 2021 年 12 月 1 日（以郵戳為憑）
抽獎日：2021 年 5 月 31 日、2021 年 12 月 31 日，共抽兩次
奇幻基地 2021 年 3 月至 2021 年 12 月出版之新書，每本書回函卡右下角都有一點活動點數，剪下新書點數集滿兩點，黏貼並寄回活動回函，即可參加抽獎！單張回函集滿五點，還可以另外免費兌換「奇幻龍」書檔乙個！

【集點處】（點數與回函卡皆影印無效）

1	2	3	4	5
6	7	8	9	10

活動獎項說明：

★ **「基地締造者獎 · 給未來的讀者」抽獎禮**：中獎後 6 個月每月提供免費當月新書一本。（共 6 個名額，兩次抽獎日各抽 3 名）

★ **「無垠書城 · 戰隊嚴選」抽獎禮**:中獎後獲得戰隊嚴選覆面書一本，隨書附贈編輯手寫信一份。（共 10 個名額，兩次抽獎日各抽 5 名）

★ **「燦軍之魂 · 資深山迷獎」抽獎禮**：布蘭登 · 山德森「無垠祕典限量精裝布紋燙金筆記本」。
抽獎資格：集滿兩點，並挑戰「山迷究極問答」活動，全對者即有抽獎資格（共 10 個名額，兩次抽獎日各抽 5 名），若有公開或抄襲答案者視同放棄抽獎資格，活動詳情請見奇幻基地 FB 及 IG 公告！

特別說明：

1. 請以正楷書寫回函卡資料，若字跡潦草無法辨識，視同棄權。
2. 活動贈品限寄台澎金馬。

當您同意報名本活動時，您同意【奇幻基地】（城邦文化事業股份有限公司）及城邦媒體出版集團（包括英屬蓋曼群島商家庭傳媒股份有限公司城邦分公司、書虫股份有限公司、墨刻出版股份有限公司、城邦原創股份有限公司），於營運期間及地區內，為提供訂購、行銷、客戶管理或其他合於營業登記項目或章程所定業務需要之目的，以電郵、傳真、電話、簡訊或其他通知公告方式利用您所提供之資料（資料類別 C001、C011 等各項類別相關資料）。利用對象亦可能包括相關服務的協力機構。如您有依個資法第三條或其他需要協助之處，得致電本公司（(02) 2500-7718）。

個人資料：

姓名：______________ 性別：□男 □女

地址：______________________ Email：______________

想對奇幻基地說的話或是建議：____

____

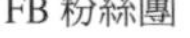

奇幻基地 20 週年慶 · 城邦讀書花園 2021/12/31 前樂享獨家獻禮！
立即掃描 QRCODE 可享 50 元購書金、250 元折價券、6 折購書優惠！
注意事項與活動詳情請見：https://www.cite.com.tw/z/L2U48/

FB 粉絲團　戰隊 IG 日常　讀書花園

請剪下右側點數，貼於集點處，集滿兩點即可參加抽獎